U0090870

古典文獻研究輯刊

二　編

曾永義主編

第22冊

韓愈贈序文研究

蒲彥光著

國家圖書館出版品預行編目資料

韓愈贈序文研究／蒲彥光 著 — 初版 — 新北市：花木蘭文化
出版社，2011〔民100〕
目 2+162 面；19×26 公分
（古典文學研究輯刊 二編；第22冊）
ISBN：978-986-254-509-6（精裝）
1. 學術思想 2. 序跋 3. 文學評論
820.8   100001159

ISBN-978-986-254-509-6

古典文學研究輯刊
二 編 第二二冊   ISBN：978-986-254-509-6

韓愈贈序文研究

作 者 蒲彥光
主 編 曾永義
總 編 輯 杜潔祥
出 版 花木蘭文化出版社
發 行 所 花木蘭文化出版社
發 行 人 高小娟
聯 絡 地 址 新北市永和區中正路五九五號七樓之三
　　　　　 電話：02-2923-1455／傳眞：02-2923-1452
網 址 http://www.huamulan.tw 信箱 sut81518@ms59.hinet.net
印 刷 普羅文化出版廣告事業
初 版 2011 年 3 月
定 價 二編 30 冊（精裝）新台幣 48,000 元　　　
版權所有·請勿翻印

韓愈贈序文研究

蒲彥光　著

作者簡介

蒲彥光，東吳大學中國文學研究所碩士，佛光大學文學研究所博士，主要研究興趣在古典文學史與文體變革。求學與工作皆在台北，曾任教北台灣科技學院、台北海洋技術學院、明志科技大學及國立台北大學。

提　要

　　本論文大致分為四章，分別就文體史、創作觀、文本分析、典範化及影響等層面，逐一試加析論。

　　論文中，首先介紹贈序文體之定義及由來，評估其於文體分類上之意義，說明韓昌黎作品於此文類何以具備了代表性及規範性。

　　其次 闡釋贈序文體之創製 與唐宋古文運動之關係 指出昌黎贈序具有「以詩為文」之風格，並試加詮釋其文中「古道」如何具體呈現。本論文認為中唐古文運動能夠成功，韓、柳等人在文體創製上的努力應為一重要關鍵，他們撰寫「銘狀雜文」的新鮮風格，不僅在當時發揮了極大的影響力，更造成宋明以後「古文」的面貌一新。

　　復次，從魏晉贈別詩加以分析，再介紹陳子昂、李白及至杜甫的詩歌復古運動，並考察初盛唐贈序之具體寫法，進一步闡明昌黎如何於前人書寫中承繼與創新。就昌黎今存三十四篇贈序文加以考察，發現其所作贈序而無贈詩之作品，已逾半數，可信贈序一體於昌黎之觀念中，已確然可以離詩集而別立。其贈序書寫內容不外：頌美、規誡、敘事、慰情與勉勵等。再者，就文本具體剖析昌黎贈序文寫作特色，論文中大致約為十二項，包括：文眼、先議後敘、對比照應、層遞、轉摺變化、複句、頓挫、排比、繞筆、句式參差、微辭譏諷，及富於形象等。

　　再次，考察昌黎贈序文於歷代之接受及研究情形，並另闢一節專門分析姚鼐《古文辭類纂》之贈序分類觀念。韓愈贈序文極受歷來文家重視，中唐時便有許多人向他求序，宋代歐陽修、王安石、蘇軾等人之贈序文，亦於昌黎作品多所取法。明、清古文家則不但對昌黎贈序之修辭句法加以分析，又考證其文中所述人事，多方探究昌黎為文之機軸。姚鼐《古文辭類纂》將贈序自序跋類下抽出，別立為一類，並舉昌黎作品為此文類典範，更可徵昌黎創製贈序文體製之成功。

　　贈序此文類所以值得重視，不祇在於它是序文寫作中一個極端的發展，從介紹註釋的陪角取代了「本文」的地位；也由於此文類將序跋以「論說文義」為內容的敘述焦點，轉移到了具體的人事上面。而贈序文「論說事理」的結果，則使得此等文體具備了強烈的個人言志色彩；贈序文之內容，便傾向於陳述作者面對人事遷異的看法。於是贈序文成功與否，往往乃取決於作者才性識見之高下。

目
次

第一章 緒 論

　　此章本論文要對研究韓愈贈序文一題之意義試加說明，以下分為三節：第一節先簡單介紹贈序文體的由來、及其內容，第二節評估將贈序立為文類的必要性，第三節說明韓愈作品於贈序文類中的重要意義。

第一節　贈序文的由來與內容

　　贈序文是唐朝以來興盛的一種文體。唐初文壇，親朋故舊在送別之際，往往設宴餞別，賦詩相贈，贈序即為此等詩篇前之序文。此類序文發展到後來，並不附庸於詩篇卷帙之餘，即使並無詩歌唱和，只是寫一篇文章贈人也叫做「序」〔註1〕。這種以「臨別贈言」為旨要的「序」，就是「贈序」。

〔註 1〕據梅家玲〈唐代贈序初探〉研究：「唐代贈序共有四百餘篇，據其寫作場合及所序詩篇之多寡，可分為早期的『眾詩之序』與後起的『一詩之序』及『無詩之序』三大類。……其中，『眾詩之序』產生於盛大的送別場合，就作用言為當時所有送行詩作之總序；就性質言，則與書籍之序有其相通處。作序者可以同時參與詩篇之寫作，亦可不作詩而專寫序。前者因詩作與序寫作先後不同，又有『作為引言』與『作為總結』之分。然因其與詩作關係密切，故文章格調、內容皆與詩作相近，以抒情為主，初唐之作多屬此類。後者興起時期略晚於前者，由於作序者不作詩而專力為序，序文乃不純屬詩作之陪襯，而可酌增作者本人意見，故內容擴展，技巧加強，因此日益為人重視。由此，也促成日後『無詩之序』的產生。其次『一詩之序』與漢魏六朝時期別行篇章詩文序的性質，頗為相類，不同處在於內容係扣緊作者與受贈者的情況抒論，故重要性遠過於詩作。至『無詩之序』乃由『眾詩之序』中序、詩分人而作的一類演變而來，此類序文出現之時期最晚，但也最具有獨立文學生命，是韓、柳倡導古文運動時大力從事創作的新體之一。」可知唐人贈序又可別為數種。值得我們重視的是，姚鼐《古文辭類纂》從序跋體中分出

贈序文與一般序跋文不同的是，序跋文多著重於文集內容、或作者生平的介紹；而贈序文則以送別人事爲端，有所慨歎申論、或寓言規諷。

有關贈序文之由來，前人曾追溯其源頭。例如姚鼐《古文辭類纂·序目》即言：

> 贈序類者，老子曰：「君子贈人以言。」顏淵、子路之相違，則以言相贈處。梁王觴諸侯於范臺，魯君擇言而進，所以致敬愛，陳忠告之誼也。唐初贈人，始以序名，作者亦眾。

姚鼐認爲若從贈序文「致敬愛，陳忠告」的旨要來看，可以上溯到先秦「以言相贈處」的傳統〔註2〕。此外，清末姚永樸《國文學》也說：

> 遷安鄭東父曰：「《詩·崧高》云：『吉甫作頌，其詩孔碩，其風肆好，以贈申伯。』蓋即贈序之權輿。」富陽夏伯定亦曰：「〈燕燕〉序莊姜送歸妾、〈渭陽〉首云：『我送舅氏』。皆有贈言之意。」此說似足補惜抱所未備。（卷下）

姚永樸以爲贈序之由來，還應溯及《詩經》之「贈言」。二位先生的舉證皆說明了「贈言」的淵源〔註3〕。但我們今日若就「文類」觀點而論。贈言之以「序」名體，蔚爲風行，實由唐人始造其端〔註4〕。曾國藩〈易問齋母壽

贈序文，即主要針對韓、柳倡導古文運動時所大力從事創作的「無詩之序」而論。

〔註2〕姚鼐會這麼說，有其根據。如李華〈送十三舅適越序〉云：「昔子路去魯，告顏生曰：『何以贈我？』夫贈人以言，古之道也。」（《李遐叔文集》卷一）韓愈〈贈張童子序〉文末也說：「愈與童子俱陸公之門人也，慕回、路二子之相請贈與處也，故有以贈童子。」（《韓集》卷四）可見唐代古文家以贈序復先秦贈言之誼。古文家這種說法，其實亦承於魏晉以來贈別詩的傳統，如魏王粲〈贈蔡子篤〉云：「何以贈行？言賦新詩。」曹植〈離友詩〉曰：「折秋華兮采靈芝，尋永歸兮贈所思。」潘尼〈送盧弋陽景宣詩〉詩云：「愧無紵衣獻，貽言取諸懷。」是知魏晉贈別詩之作者，已將其送行詩篇視爲「贈言」，此故盛唐孫逖〈送遂州紀參軍序〉中會說「群公贈言，要僕作序」了。（見《文苑英華》卷七一九）

〔註3〕也有學者並不贊同姚鼐的意見，如朱邊先《中國文學史·總論》認爲：「姚氏特立贈序一類，謂贈人以言始於老子，擇言而進，則有魯君。不知當日贈言，非贈以文；即曰爲文，與書說甚近，與序跋則甚遠也。」即反對將贈序上溯於先秦贈言傳統。

〔註4〕根據李珠海《唐代序文研究》的統計，《全唐文》收錄贈序作者計五十三人。作品四百七十九篇；《文苑英華》贈序作者三十三人，作品三百五十篇；《唐文粹》計有贈序作者十八人，贈序作品三十二篇。而姜明翰《中唐贈序文研究》認爲：「據《全唐文》及陸心源《全唐文拾遺》、《全唐文續拾遺》所蒐錄

詩序〉載：

> 古者以言相贈處，至六朝、唐人，朋知分隔，爲餞送詩，動累卷帙，
> 於是別爲序以冠其端。（《曾文正公文集》卷一）

又吳曾祺《涵芬樓文談・文體芻言》云：

> 贈序一類，自來選古文者，皆與序跋爲一，至姚氏《古文辭類纂》
> 始分爲二。然追原所以名序之故，蓋由臨別之頃，親故之人，相與
> 作爲詩歌，以道惓惓之意，積之成帙，則有人爲之序以述其緣起，
> 是固與序跋未嘗異也。惟相承既久，則有不因贈什而作，而專爲序
> 以送人者，於是其體始分。

可知贈序文原爲六朝、唐人餞送詩集之序，這種序文逐漸在書寫過程中失卻
原本「序跋」特質，竟有「不因贈什而作」者，而自成一門體類。

　　「不因贈什而作」的贈序文，在內容上與贈別詩無異〔註5〕，可知贈序文
實爲贈別詩「序跋」對於「本文」之擴張。如張相《古今文綜》說：

> 臨別贈言，其誼古矣。漢魏以還，贈別以詩，唐人爲之，緣詩作序。

張氏乃認爲唐人贈序，承襲漢、魏贈別詩之內容，皆以「臨別贈言」爲主。
錢穆先生〈雜論唐代古文運動〉則云：

> 相傳五言詩起於蘇李贈答，此固不足信，然贈答要爲此下詩中最廣
> 使用之一體。故昭明選詩，亦獨以贈答一類爲多。……及於唐人，
> 臨別宴集，篇什既多，乃有特爲之作序者，亦有不爲詩而逕以序文
> 代者。（《中國學術思想史論叢》第四冊，頁46）

可知唐人此類贈序文內容，原見於漢、魏人之贈答詩篇。到了唐朝時，附庸
於贈答詩的序文取詩篇「臨別贈言」之本義而起，反而成爲一種新興的文學
體裁。

　　唐人贈序文以「臨別贈言」爲旨，經由閱讀這些贈序文，我們可以勾勒

的序文，凡二千一百一十一篇，其中贈序文計四百七十一篇，佔二成以上，
儼然成爲唐代新興的文體」。可證贈序於唐朝蔚爲風行。

〔註5〕根據金南喜《魏晉交誼詩類的研究》云：「（魏晉）贈答詩中常見的敘事成分，
　　　多爲詩人敘述與友人相識至相別的經過，或相識、相別的緣由。以及詩人之
　　　所以作詩相答贈的動機等，其中亦或可見到詩人描述當時的社會情況及個人
　　　自述等。而這些敘事的成分也有許多寫入序文中。」（頁159）該論文又歸納
　　　魏晉祖餞（送別）詩的結構有六點：(1)離別的原因。(2)離情——抒情的部
　　　分。(3)餞飲的描寫與稱頌之語。(4)送別的對象。(5)送別的時間。(6)送行
　　　的地點。凡此皆可於唐人贈序文中見之。

出當時文士遊歷、與社會變遷的景況。根據梅家玲〈唐代贈序初探〉一文的整理，唐代贈序文在送別對象上，可以略別爲三大類，反應出不同的人事變遷：

（一）朝廷命官

此一身分的出行者多爲奉王命而遠行，負有行政任務。此外亦有致仕、退隱與返鄉省親者。朝廷命官的遠行可分爲：(1)赴任；(2)出使；(3)出征與移防；(4)貶官；(5)致仕等五類。

（二）文士（包括極少數之庶民）

以一般文士爲書贈對象之序作，初唐並不普遍，至盛唐逐漸增多，中唐則趨於極盛，數量幾乎爲當時序作之冠。此類人物又可細分爲士人之不遇者、士人之得遇者，士人之未應科舉者三類，每類人物所受贈序之內容又可別爲數端如下：

1.士人之不遇者

多爲屢應科舉不第，因而窮愁潦倒者。其出行原因有：(1)落第歸鄉；(2)隱居；(3)另謀發展；(4)廣聞求友；(5)出遊自適五類。

2.士人之得遇者

此類士人雖未必已由當朝授官，但卻因擢第或爲幕府所召辟，故景況自較未遇之人爲佳。此類序文又可分爲：(1)擢第省親；(2)赴幕應辟兩種。

3.士人之未應科舉者

唐以科舉取士，參加貢舉考試是入仕爲官的主要途徑。士人歷經十餘年寒窗苦讀後，必以參加貢舉，求取功名爲要務。故此類送舉子赴試的序文乃多勖勵之詞。此外，晚唐如陸龜蒙等以庶民爲受贈對象的序文，因爲並不是臨別時「以言相贈處」之作，又爲贈序文的變例。

（三）方外人士

唐代文人與釋、道之徒相交的情形極普遍，此等方外之徒亦有頗好文墨者，故亦有爲此類人物而寫的序作。分析此類贈序內容，又可以分爲：(1)宣傳教義；(2)採藥求經；(3)雲遊四方等。

從上述種種不同的贈別對象，可知在當時「以文贈別」情形的普遍。

由於贈序是以「臨別贈言」爲主旨，所以此文體常見的內容多半圍繞在

敘說人事變遷，或是強調故舊情誼兩個部分。贈序文之重情誼，誠如褚斌杰《中國古代文體學》所說的：

> 贈序一體，一般以述友誼、敘交遊、惜道別爲主，而某些優秀作品，往往表達作者的理想、識見，以及師友親朋之間互相勸勉和眞摯赤誠的感情，成爲敘事、說理而又兼抒情的散文。（頁 403）

而陳必祥《古代散文文體概論》也說：

> 贈序的內容一般都要寫到作者和被贈者的關係、友誼，對於對方的期望、勸勉和關心等等。但也不只限於這些，如韓愈、柳宗元的許多贈序，除了一般的道別、敘情以外，還常常借以抒發理想、抱負，議論朝政，抨擊時弊，內容廣泛，形式多樣。

是唐人贈序文除了敘說別情之外，還有進而言志、論政的作品。梅家玲〈唐代贈序初探〉亦云：

> 贈序的體製與寫作方式，自與文學潮流中的古文運動關係相當密切。然其內容方面，則爲唐人生活之反映。其中，尤其受到政治制度和社會風氣的深遠影響。

經由這些贈序文的閱讀及整理，我們可以設身處地，重現唐人餞別贈行之情誼，更有助於我們對當時文士際遇、世風移易的同情與認識。〔註6〕

第二節　贈序文類的評估

　　前面本論文介紹了贈序文從贈答詩集序跋轉變的由來，及贈序文「臨別贈言」的大致內容。本節繼之討論贈序文應否視爲一門文類。

〔註 6〕 簡單的說，贈序文是「臨別贈言」的送別詩序，可是讀者在實際的判別過程中，卻常會遭遇到相關作品「實同名異」的問題，如黃振民即認爲贈序文「有其題目不僅不以序名篇，且亦不揭示被贈者姓名，然就其內容觀之，而實爲贈言之序者。例如唐韓愈〈師說〉，即屬此類之作。……他如唐來鵠〈儉不至說〉，宋蘇軾〈剛說〉，明蘇伯衡〈染說〉，清汪琬〈改過說〉等，亦皆屬此類之作。若此類之序，至此已與論說之文相混，令人無從區分矣。」（〈論以「序」名篇之古文〉）也因此，學者爲了研究的方便，多將贈序類作品採以嚴格定義，如梅家玲的界定是：「有一定的致贈對象，且題名中有『送』、『餞』、『贈』、『別』等字樣者，皆包羅於『贈序』之列。」（〈唐代贈序初探〉）姜明翰《中唐贈序文研究》、李珠海《唐代序文研究》二文在界定贈序時，亦從梅說，嚴格定義贈序文題名須有「送別之實」，且內容須有「一定的致贈對象」。本論文爲研究的方便，亦採梅家玲的界定。

　　考慮贈序文的分類，對我們閱讀、研究贈序文有何意義可言？美籍學者
倪豪士（William H. Nienhauser, Jr.）〈文苑英華中「傳」的結構研究〉曾經提
出相同的問題：

> 中國文學在普遍受到當代文學批評的注意之前，既然尚有許多基本
> 工作需要做，為什麼要進行文類研究？……文類研究目前有其必
> 要，理由有二：(1)因為實際的文類較加諸其上的名稱改變得更
> 快；(2)因為文類是讀者（也因而是批評家）探討作品時的基本取
> 向。（《傳記與小說──唐代文學比較論集》，頁 23～24）

倪豪士就閱讀的觀點認為，由於文類是讀者探討作品時的基本取向，而文類
與作品內容又常常名實不符，因此文類研究是有其必要性的。

　　事實上，要將文學作品加以適當分類並不容易。郭紹虞《中國文學批評
史》提到文章分類的方法與困難時，他說：

> 文章體製之分類，一方面須注重在形式之歧異，一方面又須顧到性
> 質之相同，歸納的與分析的方法宜同時並用，本不容易求其完善無
> 疵。（頁 126）

朱光潛《談文學》更以為：

> 我們只看《文選》、《古文辭類纂》、《經史百家雜鈔》之類選本對於
> 文章的分類，互不相同，而且都很勉強，就可以知道把文學作品擺
> 進鴿子籠裡去，不是一件合理的事。同屬一類型的作品有時差別很
> 大，我們很難找出共同原則來，求其適合一切事例。（《朱光潛全集》
> 第四卷，頁 236）

由此可見區分文類的困難。即以贈序文為例，雖然贈序是由序跋文演變所
致，但我們若就唐、宋以後兩類作品的旨趣與風格來觀察，便會發現其間有
了極大的差異。一直到清朝，文論家或如姚鼐將贈序文確然獨立於序跋體
外，或如曾國藩復將贈序併入序跋體中，古人對於贈序文分類與否的標準便
有所不同。

　　雖然分類不易，文類的區分確有其必要性，如董崇選〈區分文類的價值〉
所說：

> 為文類命名便是在區分文類。命名無一定準據，文類區分也沒有固
> 定的方法。因此，無一區分系統是絕對可靠的，區分文類的價值也
> 不在於系統中所標榜的「真理」。其實，文類的區分常受時空的因素

所左右，任何區分系統都會因時因地而產生不同的變化。

但區分文類對批評家、作家與一般讀者，都有很大的意義。西洋的批評家對文類的「純度」、「階程」、「持久性」與「增添」等問題一直感到興趣，而他們爭論此等問題的結果，除了刺激進一步的文學研究之外，也影響到作家寫作的態度與讀者的閱讀興趣。

文類經過區分後，作家寫作時，可依文類的成規模式而考驗自己的寫作技巧，也可企圖背離文類的傳統特徵而創新。一般讀者在閱讀作品時，如果有文類的知識，便可在認知文類特徵時，享有熟識的樂趣，也可在覺察不到熟悉特徵時，體驗到作品的原創性。

儘管文評家在作品文類的區分上本無一定準據，但是經由文章的分類，確實可以促進閱讀者之於作品的深刻認識。也因此，區別文類對創作者和讀者而言，誠然具有重大的意義。

劉苑如〈雜傳體志怪與史傳的關係——從文類觀念所作的考察〉則論及文類的「規約」性：

什麼叫做文類呢？文類是指人類在寫作歷史發展過程中逐步形成的作品類型。由於它是語言、題材和功能交互作用的結果，一旦形成之後，也就獲得了相對的穩定性，作為把握現實生活的一種言說形式，自具有所謂「藝術的記憶」和「經久不衰」傾向。換言之，也即具有所謂規約（convention）存在。這種文類規約的穩定性，明顯地受到兩種力量的維繫，一是作者的意圖，一是讀者的期待。

文類的選擇會受到時代風氣的制約，並不是無意識的採用，它仍然包含了作者對於表現題材、運用場合的考量，因而在眾多的言說形式中擇取一種相應的文類，以承載作者的意圖。其次，就閱讀行為而言，讀者往往必須根據作品的類型規約，作為判斷文句意義的相對座標，以及評估該作品與其他同類型作品高低的基準。因此在解析文類之際，不僅要注意其外在的書寫成規，也應當說明作者意圖與讀者期待所帶來的形式制約。換言之，也就是該種文類的功能性。

我們可以說，區分文類就是要幫助閱讀者去認識此「規約」的存在，從而能夠在面對作品時有所判斷、評估。

區別作品的文類，並不是現代才有的觀念。如南宋倪思云：

> 文章以體製爲先，精工次之。失其體製，雖浮聲切響，抽黃對白，
> 極其精工，不可謂之文矣。（引自明吳訥《文章辨體序説》）

金王若虛《滹南遺老集》載：

> 或問：「文章有體乎？」曰：「無。」又問：「無體乎？」曰：「有。」
> 「然則果何如？」曰：「定體則無，大體則有。」（卷三十七，〈文
> 辨〉）

明陳洪謨：

> 文章莫先於辯體，體正而後意以經之，氣以貫之，辭以飾之。體者，
> 文之幹也。（徐師曾《文體明辨序説》書首〈文章綱領〉引）

又徐師曾說：

> 夫文章之有體裁，猶宮室之有制度，器皿之有法式也。爲堂必敞，
> 爲室必奧，爲臺必四方而高，爲樓必狹而修曲，爲苫必圓，爲筐必
> 方，爲簠必外方而内圓，爲簋必外圓而内方，夫固各有當也。苟舍
> 制度法式，而率意爲之，其不見笑於識者鮮矣，況文章乎？（〈文體
> 明辨序〉，《文體明辨序説》）

可見古人在創作時，已知著眼於文類體裁的「制度法式」。換言之，在我國傳統的文學觀念，「文章體裁」對於寫作者與讀者的規約，實已自古有之。

我國文類觀念的產生，首先是基於不同的對象和用途而形成的。先秦時代即有將「文辭」分類之記載，例如《尚書》的「典、謨、訓、誥、誓、命」就是六種朝廷公文的文體。又如《周禮‧大祝》稱：「作六辭以通上下親疏遠近。一曰辭，二曰命，三曰誥，四曰會，五曰禱，六曰誄。」此時已對於各種文辭的不同用途，形成粗淺的類別觀念。

時至兩漢，「文學」與「文章」開始有了分野。大體言之，「文學」泛指儒學或其他學術性的著作，「文章」則專指具有文采的作品。如司馬相如〈答盛擥問作賦〉云：「合纂組以成文，列錦繡而爲質，一經一緯，一宮一商，此作賦之跡也。」﹝註7﹞司馬遷《史記‧屈原賈生列傳》云：「其文約，其辭微，其志潔，其行廉，其稱文小而其指極大，舉類邇而見義遠。」（卷八十四）二篇皆視表現文采的「辭賦」爲「文」，而與以達意爲主的學術性著作有

﹝註7﹞見《太平御覽》卷五八七引《西京雜記》。又清嚴可均《全漢文》卷二十二，
　　　亦輯有此文。

所差別。

到了魏晉南北朝，文學的觀念愈趨細密，范曄在《後漢書》中首將《儒林》和《文苑》二傳分列。而時人對於個別文類的體性風格，也開始加以界定說明，如曹丕《典論‧論文》曰：「夫文本同而末異，蓋奏議宜雅，書論宜理，銘誄尚實，詩賦欲麗。此四科不同，故能之者偏也，唯通才能備其體。」曹丕不僅舉出文類風格的差異，也注意到創作者心性氣質與作品文類風格之間的關係，他認為文類風格除了受其對象與用途的規約外，還受到作者自身才性偏向的影響。其後，陸機〈文賦〉對於不同的文類風格，也提出說明，除了詩賦外，他還列舉了八種文體：「碑披文以相質，誄纏綿而淒愴，銘博約而溫潤，箴頓挫而清壯。頌優游以彬蔚，論精微而朗暢，奏平徹以閑雅，說煒曄而譎誑。」（卷一）陸機比曹丕分類稍細，於文體風格的論析上更為詳盡，顯示隨著文學創作的日益發展，文體觀念也愈加成熟。《典論‧論文》與〈文賦〉的文體分類，所舉大多是朝廷流行的實用文體。當時的文體遠過於此，還不是全面的分類。

陸機〈文賦〉稍後，葛洪〈抱朴子自敘〉有云：「洪年二十餘，乃計作細碎小文，妨棄功日，未若立一家之言，乃草創子書，會遇兵亂，流離播越，有所亡失，連在道路，不復投筆。十餘年，至建武中乃定。及著內篇二十卷，外篇五十卷，碑頌詩賦百卷，軍事檄移章表箋記三十卷。」（外篇卷五十）葛洪此謂「碑頌詩賦」，即有韻的文體；「軍事檄移章表箋記」，即無韻的文體。可知在當時已有區別韻文、散文的觀念。韻文曰「文」，散文曰「筆」，文筆兩分的詞彙，有意為學者同時運用的，以《晉書》最早。如〈習鑿齒傳〉云：「少有志氣，博學恰聞，以文筆著稱。」（卷八十二）〈張翰傳〉云：「其文筆數十篇行世。」（卷九十二）此證散文已日漸受人重視，故而可與韻文詩賦分庭抗禮。

就散文文體而言，真正全面進行分類研究的，應首推晉代摯虞的《文章流別論》和李充的《翰林論》，可惜因為散佚，該書究竟是如何分類，已很難斷定。現存最早研究散文文體的專著，是梁代任昉的《文章緣起》，劉勰的《文心雕龍》和蕭統的《文選》。

任昉《文章源起》把文章分為八十四類，除詩賦等韻文外，屬於廣義散文範疇的，計有七十餘類。每類都舉一篇最早的文章為例，所以稱作「緣起」。《文章源起》在分類上雖比前人具體詳盡，但重複不當之處甚多，根本

原因是沒有統一而明確的分類標準。編撰者但見文章標題稍有不同，即列為一體，難免蕪雜不精。

《文心雕龍》全書五十篇，有二十五篇是文體論。書中將文體分為三十五類。即：騷、詩、樂府、賦、頌、贊、祝、盟、銘、箴、誄、碑、哀、弔、雜文、諧隱、史、傳、諸子、論、說、詔、策、檄、移、封、禪、章、表、奏、啓、議、對、書和記。其中絕大部分都是散文文體。對於每類文體，劉勰都一一說明其名稱意義，敘述該文體的起源和演變，並就古人作品中選出代表作，加以評論，最後則闡明不同體裁的寫作要求，藉以表明各體的特點。在文體分類上，《文心雕龍》與曹丕、陸機的過簡與任昉的過繁相比，較為適中。劉勰又能考述源流，評論得失，確是辨體史上最早而且較為完備的專著。

蕭統的《文選》是我國現存第一部詩文總集，文集將「遠自周秦，迄於聖代」的各類文章，選編為三十卷，除詩賦外分為三十六類：七、詔、冊、令、教、文、表、上書、啓、彈事、箋、奏、記、書、檄、對問、設論、辭、序、頌、贊、符、命、史論、史述、贊、連珠、箴、銘、誄、哀、碑文、墓誌、行狀、弔文、祭文等。《文選》的分類雖不如《文心雕龍》集中，但當時所流傳的各類文體，大致都包括無餘，而且在文體辨析上也頗有獨到之處。有的文體，形式或內容較複雜，同一類文體中又按內容加以區分，例如「賦」體就包括了「江海」、「物色」、「鳥獸」、「志」、「哀傷」、「論文」、「音樂」、「情」等類。

綜上所述，我國散文文體的分類，齊、梁時已有較為詳盡的辨析。

到了宋朝，李昉等人奉敕編纂《文苑英華》，此書上續《文選》，從梁末以下，分類編輯，計有一千卷，體例與《文選》大略相似。姚鉉又選擇其中十分之一文章，編成《唐文粹》，把文體分為十餘類。嗣後，又有南宋呂祖謙編輯的《宋文鑑》，除詩賦外，又分碑傳、露布等五十類；元代蘇天爵編《元文類》，分為四十餘類，明代程敏政編的《明文衡》，分為三十八類。這些斷代文選，在分類上皆沿續《文選》，沒有多大變化。

除了前述斷代文選外，宋代真德秀編的《文章正宗》，則將文章分為辭令、議論、敘事、詩歌四門。門類雖簡，然以「議論」、「敘事」來分類，確實掌握了散文的基本特徵。以後，又有明代吳訥《文章辨體》和徐師曾《文體明辨》。吳訥將文體分為五十四類，徐師曾又擴張為一百二十七類。兩書都

是一面分體選文，一面依體序說。由於編著目的主要在指示寫作各類文章的準則，因此對各種體裁的特點、源流和寫作要求，考慮極精微。徐師曾把文體分為一百二十餘類，卻被《四庫提要》斥為「千條萬緒，無復體例可求」（卷一九二）。可知文體的分類，既要條分縷析，也應當提綱挈領；徐師曾沒有將這一百二十餘類文體歸納，以達到提綱挈領的要求，確實令人產生「千條萬緒」之歎。

清人在散文文體分類上有傑出貢獻的，是著名的古文家姚鼐。他選取先秦兩漢至唐宋明清各種文章，編成《古文辭類纂》。姚氏一改過去詩文合集的常規，專以散文為集；於文體分類時，也改變過去散漫蕪雜的弊病，做到「嚴而不濫，精而各當」。此書所分不過十三類，即：論辨、序跋、奏議、書說、贈序、詔令、傳狀、碑誌、雜誌、箴銘、贊頌、辭賦、哀祭。凡從前所謂：

（一）經、七、難、對問、設論等，皆歸於辭賦類。

（二）表、疏、上書、彈事、論狀等，皆歸於奏議類。

（三）箋、啟、奏記、劄子、移、揭等，皆歸於書說類。

（四）詔、冊、令、敕、誥、制、符、赦文、御箚、批答、九錫文、鐵卷文等，皆歸入詔令類。

（五）序、復序、序錄、序略、跋、引、書後、題詞及史論、史贊等，皆歸於序跋類。

（六）傳、家傳、外傳、狀、述、行狀、事略、玄錄等，皆歸於傳狀類。

（七）碑、碑記、墓碑、墓表、墓碣、神通碑、墓誌、墓銘、墓誌銘、壙誌、壙誌銘等，皆歸於碑誌類。

（八）記、後記、志、錄述、書事等，皆歸於雜記類。

（九）箴銘、戒、訓、規等，皆歸於箴銘類。

（十）頌、贊、符命等，皆歸入頌贊類。

（十一）哀詞、弔文、誄、祭、齋詞、醮詞、青詞等，皆於哀祭類。

姚鼐於歷代選文，凡是標題不一，或體同名異、體異名同者，都加以精心辨別，恰當歸類，力求其名實相符。在分類上，可謂既提綱挈領，又條分縷析，自乾嘉以後二百餘年間，無不奉之為準繩，很少有超出姚氏範圍的。

　　繼《古文辭類纂》後，曾國藩爲了彌補姚氏不足，又編輯《經史百家雜鈔》一書。其分類上基本依照姚氏，但姚鼐不收的正史史傳文章、與古代典章制度，曾氏則加以收錄，增列爲「敘記」和「典志」兩類。他又把「傳狀」、「碑誌」合爲「傳誌」；「贈序」併入「序跋」；「箴」、「銘」、「頌」、「贊」附入「詞賦」類，總共十一類。曾國藩在這十一類基礎上，又揭出三門：一爲「著述門」，包括論著、詞賦、序跋各體；二爲「告語門」，包括詔令、奏議、書牘、哀祭各體；三爲「記載門」，包括傳誌、敘記、典志、雜記各體。《經史百家雜鈔》將古今文體別爲「三門十一類」，實爲前所未有，可謂曾氏分類的創舉。

　　總之，我國散文文體的分類，已肇始於先秦，大盛於齊梁，繁衍於宋明，論定於晚清。梁以《文選》爲規範，明以《文章辨體》、《文體明辨》爲代表，清則以《古文辭類纂》、《經史百家雜鈔》爲正宗，而關於各類文體流變、特徵的論述，均以《文心雕龍》爲鼻祖。〔註8〕

　　前面粗略介紹了我國散文文體分類的發展歷史，我們注意到贈序文雖然自唐、宋後已蔚爲流行，但是像《文苑英華》、《唐文粹》等輯本在分類時，卻仍然將其歸於序跋體下。真能認識贈序文風格，並將其由序跋文中抽出，特別立爲一類的，是姚鼐的《古文辭類纂》。

　　姚鼐何以區分序跋、贈序二文類？其《古文辭類纂・序目》云：

> 序跋類者，昔前聖作《易》，孔子爲作《繫辭》、《說卦》、《文言》、《序卦》、《雜卦》之傳，以推論本原，廣大其義。《詩》、《書》皆有序，而《儀禮》篇後有記，皆儒者所爲。其餘諸子，或自序其意，或弟子作之，《莊子・天下篇》、《荀子》末篇皆是也。余撰次古文辭，不載史傳，以不可勝錄也。惟載太史公、歐陽永叔表志序論數首，序之最工者也。向、歆奏校書各有序，世不盡傳，傳者或僞，今存子政〈戰國策序〉一篇著其概。其後目錄之序，子固獨優已。

〔註8〕 此節所述參見陳必祥《古代散文文體概論・古代散文的文體分類》、王更生〈簡論我國散文的立體、命名與定義〉二文。值得注意的是，我國文體分類雖有悠久歷史，但若與現代流行的文類學比較，仍有相當大的差異。我國傳統的文學分類，如李再添所說：「蓋中國文章分類主要依據題材在實用上之性質而來，至於文字語言構成之形式，僅居於次要地位，毫無輕重。……可爲『文類』下一定義，即『文類是依據文章題材之實用性質，而劃分之類別。』」（〈文心雕龍之文類論〉，新埔學報第七期）古典散文在文類區分上，多以作品應用性爲考量，較不重視文章形構的層面。

贈序類者，老子曰：「君子贈人以言」，顏淵、子路之相違，則以言相贈處；梁王觴諸侯於范臺，魯君擇言而進。所以致敬愛、陳忠告之誼也。唐初贈人始以序名，作者亦眾。至於昌黎，乃得古人之意，其文冠絕前後作者，蘇明允之考名「序」，故蘇氏諱「序」，或曰「引」、或曰「說」。

可知姚氏對於序跋文、贈序文的界定，是很清楚的：

（一）就書寫目的而言，序跋文是以「推論本原，廣大其義」為宗，贈序文則以「致敬愛、陳忠告」為要，旨趣判然有別。

（二）就作品內容而言，序跋文所陳義者，端以書籍為對象；贈序文敘說的，卻以人事為主，範疇截然不同。

也因為序跋與贈序之間有這樣明顯的差異，此故姚氏才將贈序文由歷代選集的序跋類中抽出，特別歸為一類。

在上一節，我們曾提到贈序乃由贈答詩集序跋轉變而來，誠如屈萬里〈「滕王閣序」的兩個問題〉所論：

到了唐代，「序」的用途被擴大了。按照唐文粹所載，除了整部的書籍之序、和個別的詩文之序而外，還有「錫宴」、「讌集」和「餞別」等序。於是，「序」的勢力，更突破了書籍詩文的範圍，而兼有了「事」的領域。

屈先生便以為贈序文突破了書籍詩文的範圍，兼有「事」的領域，已使得傳統序跋文的用途「被擴大了」。實際在唐、宋人觀念中，未嘗不重視此類兼有「事」的領域、用途「被擴大了」的序文，據梅家玲〈唐代贈序初探〉研究：

唐代序文中為數最多，且最受後人重視者，厥為贈序。

只要其所抒寫之主題為送別，則不論在文字上，其後是否附有詩歌，或送別場合為長官錫宴，抑為一般友人之讌集，或且既無詩作，又無宴餞過程者，皆可謂之贈序。

（自唐代開始，單篇作品的序文）就性質言，已具有獨立成篇之特性。由於篇幅增長、內容豐富、技巧加強，此類序文很自然的具備了成為獨立文學作品的條件，因此，在《唐文粹》、《文苑英華》等以類相從的選集中，歌詩序及有序無詩的序文皆得以單獨成卷，別

爲一類。〔註9〕

可知贈序文「送別人事」的既定內容，於《唐文粹》、《文苑英華》等輯本中，已經具有了「獨立成篇」的特性，而得以在序跋體下「單獨成卷，別爲一類」。祇是贈序雖源出序跋，畢竟在爲文旨趣及應用上，兩者中間的差距相當大；此故姚鼐將贈序作品別爲一類，就文體內容論之，是有其理據的。

《古文辭類纂》雖將贈序別爲一類，到了曾國藩編撰《經史百家雜鈔》時，卻又將贈序文併入序跋類下，他的說法是：

> 古者以言相贈處。至六朝唐人，朋知分隔，爲餞送詩，動累卷帙，於是別爲序以冠其端，昌黎韓氏爲此體尤繁。間或無詩而徒有序，於義爲已乖矣。元明以來，始有所謂壽序者。夫人之生，飢食而渴飲，積日而成年，苟不已，必且增至六十七十，又不已，則至大臺期頤，彼特累日較多耳，非有絕特不可幾之理也，胡序之云？而爲此體者，又率稱功頌德，累牘不休。無書而名曰序，無故而諛人以言，是皆文體之詭，不可不辨也。(〈易問齊之母壽序〉，《曾文正公文集》卷一)

> 古之知道者，不妄加毀譽於人，非特好直也，內之無以立誠，外之不足以信後世，君子恥焉。自周詩有〈崧高〉、〈烝民〉諸篇，漢有〈河梁〉之詠，沿及六朝，餞別之詩，動累卷帙，於是有爲之序者。昌黎韓氏爲此體特繁，至或無詩而徒有序，駢拇枝指，於義爲已侈矣。熙甫則未必餞別而贈人以序，有所謂賀序者，謝序者，壽序者，此何說也？又彼所爲抑揚吞吐，情韻不匱者，苟裁之以義，或皆可以不陳。(〈書歸震川文集後〉，《曾文正公文集》卷二)

曾氏反對將贈序文別立一類，理由是「無書而名曰序，無故而諛人以言，是皆文體之詭，不可不辨也」、「苟裁之以義，或皆可以不陳」，在他看來：

（一）贈序文「無書名序」極爲不妥，是「文體之詭」。

（二）贈序「無故而諛人以言」的應酬性質，「苟裁之以義，或皆可以不陳」，是故此體沒有別立一類的必要。

〔註9〕梅家玲自註：「《唐文粹》卷九十六爲歌詩序、卷九十七爲錫宴序、讌集序、卷九十八爲餞別序。《文苑英華》卷七一五至七一七爲詩序、卷七一八至七三三爲餞送序，卷七三四爲贈別序，皆視單篇詩作之序文爲獨立文體。」(頁213)

　　也因而，贈序文在《經史百家雜鈔》是被歸入於「著述門」的序跋類下。

　　曾氏認爲「無書名序」是「文體之詭」，非爲無見，如近人朱逷先《中國文學史・總論》也說：

> 唐初贈人，本用詩歌，乃爲詩歌作序耳。張說之〈餞韋侍郎〉，孫逖
> 之〈送紀參軍〉，宋之問之〈送裴司馬〉，劉太眞之〈送蕭穎士〉，或
> 言「贈詩」，或言「贈言」，因而作序，非無端摛辭也。至于退之，
> 亦尚知此意，故其〈送殷員外序〉，則云「相屬爲詩，以道其行」；
> 〈送石處士序〉，則云「各爲歌詩六韻，愈爲之序」；〈送溫處士序〉，
> 則云「留守相公首爲四韻詩歌其事，愈因推其意而序之」；〈送韓侍
> 御序〉，則云「聞其歸皆相勉爲詩以推大之，而屬余爲序」；〈送李正
> 字序〉，則云「重李生之還者，皆爲詩，愈最故，故又爲序」；〈送鄭
> 校理序〉，則云「各爲詩五韻，且屬愈爲序」；〈送浮屠令縱西遊
> 序〉，則云「賦詩道行」；〈送李愿歸盤古序〉，則云「與酒爲歌」。此
> 皆序爲詩歌而發，文體實與序、跋同類。其贈序之無詩歌者，但
> 以敍離道意，此爲變體，本不當名爲序，循名責實，當歸之書說類
> 可耳。

朱氏即接受曾國藩的主張，以爲贈序文有附詩者，當歸入序跋類；而「變體」的無詩贈序，循名責實，可歸到書說類。換言之，不必另立贈序一類。此外，清人惲敬〈答蔣松如書〉有云：

> 序者，蓋始于史臣之序《詩》、《書》。漢人著書多自序，魏、晉崇尚
> 詩文，始有爲人序專集、類集者。唐、宋人爲贈送序，此謂不經。
> 明之壽序、考察序、升擢序，又其不經者也。是故漢之所無，魏晉
> 有之；魏晉之所無，唐宋明有之，文者，因事而立體，順時而適用
> 而已。（《大雲山房文稿》初集卷三）

是知惲氏亦以唐、宋人之贈序爲「不經」，但他卻能持文體發展的歷史觀點，來看待新文體的產生，認爲「文者，因事而立體，順時而適用而已」。惲氏之見，可謂通達。吳汝綸〈鹽山賈先生八十壽序〉也認爲：

> 若乃文之體製之起於近古，以此爲非古，則韓、柳氏之文之所爲贈
> 序者，故亦起於唐世，非前古所有也。凡文之能者，亦各用當時之
> 體，追古風而爲之辭爾，豈必古人有之，而吾乃爲之也哉！（《桐城
> 吳先生文集》卷三）

乃肯定韓、柳贈序文「用當時之體」，「追古風而爲之辭」的作法。與憚氏所論同詣。劉勰《文心雕龍·詮賦》曾論及漢賦之名體：

> 賦也者，受命於詩人，拓宇於《楚辭》也。於是荀況〈禮〉〈智〉，宋玉〈風〉〈釣〉，爰錫名號，與詩畫境，六義附庸，蔚成大國。遂客主以首引，極聲貌以窮文，斯蓋別詩之原始，命賦之厥初也。

乃由《詩經》「六義」附庸，拓宇於《楚辭》而來，以致「蔚成大國」，逐漸形成了賦文「遂客主以首引，極聲貌以窮文」的體要風格，故能與詩劃境，別爲一體。此可知劉勰《文心雕龍》於文章辨體時，已經考見歷代文體發展上「因事立體，順時適用」的現象。曾氏之見，未免太過拘謹。

反對曾說的，如馮書耕《古文通論·文章分類》的評論：

> 《古文辭類纂》分序跋、贈序爲二類，《經史百家雜鈔》錄贈序數首附於序跋中。曾氏常言天地間，不當有此文體。其〈書歸震川文集後〉，以爲無異駢拇枝子，於義爲侈，或皆可以不陳。其言未嘗不當，但其雖力主不應爲此類文章，而曾氏文集中，所載贈序，亦不一而足。豈其徇人之請，亦不能免俗乎？人事日繁，爲適應需用，文體不能不因之日增。比如賦爲「六藝附庸，蔚爲大國」，贈序之於序跋，亦猶是也。其重要處，不在應否有無此文體，而在作者能否得古人之意，不致沿流忘返。推之其他文體亦然，豈得因噎而廢食？故《古文辭類纂》之立贈序類，爲適應此一文體之發展而設，承姚氏之選文者，多因仍不廢，職是故歟？（頁 846～847）

薛鳳昌《文體論》也云：

> 贈序一類，從來選文家多合於序跋。獨姚姬傳《類纂》分而爲二。贈人之作，以序名者，始於唐初。蓋臨別之際，親戚故舊，相與作爲詩歌，積而成帙。於是有爲之作序，以道其由來者，初與序跋無二致也。然亦有並無詩歌，而亦以序名者，體乃與「序」大異，此姚氏分之之故也。曾滌生《雜鈔》仍合爲一，蓋泥乎古人之見耳！

二氏提出序跋、贈序文體性質的差異，與文體發展變化之需，適足以澄清曾氏泥於「無書名序」的名實糾葛。

其次，贈序的應酬性質雖然一向爲人詬病，但是我們在大家名作中。也確實可見到如曾氏所言，「不妄加毀譽於人」的風骨。以此否定贈序文之價

值，無異於因噎廢食〔註10〕。章學誠〈答陳鑑亭書〉嘗云：

> 足下自謂應酬人事中學爲古文，恐無長進，……僕意則謂以文明道，
> 君子患夫與道有所未見，苟果有見於意之所謂誠然，則觸處可以發
> 揮，應酬人事，亦以吾道施之。昌黎詩文七百，其離應酬而自以本
> 意著文者。不過二十之一；《孟子》七篇，凡答齊、梁諸君，答弟子
> 問，與時人相辯難者，皆應酬也，是何傷哉！世人以應酬求之，吾
> 以吾道與之，豈必擇題而後爲文字乎？

章學誠的說法，正可以見出姚鼐於人際文體分類之高明。〔註11〕

綜上所述，贈序文的分類與否，誠然如李珠海《唐代序文研究》所稱：

> 唐代是贈序文形成且同時得到充分發展之時期。它的數量以及文學
> 上的成就都遠超過序跋文，成爲唐代最主要的散文體類之一。贈序
> 的出現，使序文的價值從學術性著作提高到純文學的領域。（頁198
> ～199）

> 「贈序」其實跟「序跋」具有共同的淵源，二者發展到後來，在其
> 性質上，雖然產生了很大的差別，但是它們的原始則是一樣，都是
> 爲一篇作品或一部著作道出其寫作宗旨、緣起。後來選文家中。姚
> 鼐是因爲「極其變」，分爲二體；其他的人因爲「原起始」，故把贈
> 序合并於序跋類中。（頁69）

乃是「極其變」與「原起始」的抉擇。曾國藩既欲「返古文之於三代兩漢」，
則他不重視唐宋新興的贈序文，應可以爲我們所理解。

贈序此一古典文類在寫作上有何「規約」可言？陳必祥於《古代散文文
體概論》說：

> 贈序既然是贈人之作，必須具有寫作對象的特定性，也即是說，文
> 章內容必須從被贈的對象具體情況出發。

〔註10〕 曾國藩雖反對以贈序名體，於《經史百家雜鈔》刪去贈序一類，併之序跋類
下，然而其序跋類中所錄的四篇贈序，韓愈之作，即佔其三，可見曾氏也不
能不承認韓愈贈序文之優勝。

〔註11〕 姚鼐《古文辭類纂》分門別類時，所持標準之一，便是以作者與受文者之間
的人際關係爲範，於不同的情境中，見其文章之應對周旋。如奏議類是「臣
下告君」之辭，詔令類是「諭下」之辭，書說與贈序二文類，則屬於友朋間
平行之關係；祇是書說類乃先秦以來既有之文體，而贈序類則出於唐、宋文
家「得古人之意」的新製。根據此一標準所立之文類，後來被曾國藩《經史
百家雜鈔》併入「告語門」，與「著述門」、「記載門」有別。

贈序既然是贈人之作，因此就不像上疏、奏章那樣做「官樣文章」，
也不像頌贊文那樣講究詞藻的華美、句式的整齊、音調的和諧等
等，而可較多地向摯友促膝交談，比較自由、隨便，文章可以議論，
可以敘事，可以抒情，表現手法也比較靈活。

陳氏強調「必須從被贈的對象具體情況出發」，可以說是贈序體最重要的規
約，從中唐韓愈以來，贈序文就是經由這些人事變遷中，訴說種種不同的生
命處境。至於表現手法，則不拘一格。又如清陶正靖云：

凡古文之用三：明道也，經世也，獻酬斯下矣。自韓柳以來，莫之
能廢。推而上之，如雅之有〈嵩高〉、〈烝民〉也，魯之有頌也，皆
獻酬之作也。然莫不有法焉。所謂法者，非但摛詞之雅令也，序致
之簡節也，稱量之不苟也。亦以明道經世，將於是乎有取焉。以是
為不可廢而已。由韓柳以來，或因頌以致規，或自抒其憤懣，苟無
寄託，則不容強為之言，而丐求者之情不可以終拒，則以簡樸應之，
此震川以上之家法也。

而謝楚發《中國古代文體叢書——散文》亦認為贈序文的寫作要求有：

（一）內容重在致敬愛，陳忠告。務求既有警人之力，又有慰人之
情。……

（二）寫法因人而異，因時而異，沒有定規。林紓說：「諸體中，唯
贈送序最無著實之體例，可以憑空自成樓閣」。……

（三）措辭要有分寸，委婉得體。贈序中說些贊揚的話是應該的，
但要有分寸；如果過譽，則近於奉諛，成了虛與應付，反不
見真情。……（頁 173～178）

二氏強調「稱量不苟」、「委婉得體」是前人書寫贈序的基本規約，倘若情況
允許，更須以此應酬篇幅「明道經世」，也就是以姚鼐提出的「致敬愛，陳忠
告」為贈別旨意。然而贈序文欲「致敬愛，陳忠告」，欲「明道經世」，實皆
必須從被贈對象的具體情況立言，才不致於流為空論。

第三節　韓愈贈序文之重要性

前面本論文已經介紹了贈序的由來、內容，與贈序文類的特質；本節所
要說明的是，韓愈贈序作品對於此一文類的貢獻。

　　研究韓愈贈序文有何意義？姚鼐既然將贈序文別立一類，他對於韓愈贈序的看法值得重視，《古文辭類纂・序目》云：

> 贈序類者，老子曰：「君子贈人以言」，顏淵、子路之相違，則以言相贈處；梁王觴諸侯於范臺，魯君擇言而進。所以致敬愛、陳忠告之誼也。唐初贈人始以序名，作者亦眾。至於昌黎，乃得古人之意，其文冠絕前後作者。

姚氏說「唐初贈人始以序名，作者亦眾；至於昌黎，乃得古人之意」，換言之，贈序文類「致敬愛，陳忠告」的「規約性」，是要到了韓愈筆下始確然樹立。據顏崑陽的說法：

> 在文體尚未被全面反省而給予規定之前，可謂之「創造階段」……。但等到一種文體已被全面反省而給予規定之後，它便形成客觀的規範性，可謂之「規範階段」。（〈論文心雕龍「辯證性的文體觀念架構」〉，《文心雕龍研究綜論》，頁 259～310）

我們若從《古文辭類纂》中所收錄的贈序文來看〔註12〕，可以簡單說：在姚鼐的觀念，贈序文要到了韓愈作品出現後，才具備「客觀的規範性」，始步入文體的「規範階段」。韓愈以前的贈序文，仍然還處於「創造階段」的摸索、嘗試。

　　贈序文是韓愈刻意創作的重要文體之一，從他貞元十年（794）寫〈送齊暤下第序〉、〈贈張童子序〉起，到長慶四年（824）的〈送楊少尹序〉為止，韓愈對於贈序文的書寫有三十年之久〔註13〕。再者，就作品的數量而言，贈序亦屬《韓集》中今存篇章較多的門類〔註14〕。至於其評價優劣，如清人陳衍評論韓文曰：

> 其文之工者：第一傳狀碑志，第二贈序，第三雜記，第四序跋，第五乃書說論辨。（《石遺室論文》卷四，引自《韓愈資料彙編》，頁1576）

〔註12〕《古文辭類纂》「贈序類」下錄文三卷：卷三十一全是韓愈贈序，卷三十二是宋人贈序，卷三十三則是明、清人贈序；可見姚鼐確實視韓愈作品為此文類的典範。

〔註13〕贈序寫定之年代，此據南宋方崧卿《韓集舉正》之說。

〔註14〕根據王基倫的統計，韓文三五一首中，以奏議、書牘、贈序、碑誌、哀祭類作品較多，各佔了《韓集》總數十分之一以上。參見王氏《韓歐古文比較研究》，頁 57。

以贈序爲韓文第二，林紓更說：

> 贈送序是昌黎絕技，歐、王二家，王得其骨，歐得其神。歸震川亦可謂能變化矣，然安能如昌黎之飛行絕跡邪？（《韓柳文研究法・韓文研究法》）

認爲贈序乃是韓文「絕技」，二氏皆肯定此類作品之成功，可徵贈序文確是韓愈「有意爲之」的新文體。作品既多，用功且久，此所以其贈序文能夠「冠絕前後作者」。

林紓對於韓愈贈序推崇備致，他說：

> 姚氏姬傳曰：「唐初贈人，始以序名，作者亦眾。至於昌黎，乃得古人之意，其文冠絕前後作者。」嗚呼！先生之知昌黎深矣。唐初雖傑出如陳子昂，然其〈別中岳二三眞人序〉，則皆用駢儷之句。如「悠悠何往，白頭名利之交；咄咄誰嗟，玄運盛衰之感」，語至凡近。其餘則李白爲多，白〈送陳郎將歸衡嶽序〉，如「朝心不開，暮髮盡白。登高送遠，使人增愁」句，則狃於六朝積習。……夫文章至於子昂、太白，尚何可議？不過唐世一有昌黎，以吞言咽理之文，施之贈送序中，覺唐初諸賢，對之一皆無色。《韓集》贈送之序，美不勝收。（《畏廬論文》「流別論」）

便以爲韓愈一新「駢儷之句」、「六朝積習」，其贈序文「吞言咽理」、「美不勝收」，足使唐初諸賢「對之一皆無色」。林氏所言並非虛美，錢穆先生於〈雜論唐代古文運動〉也談到李、韓贈序的不同：

> 然太白所爲諸序，尋其氣體所歸，仍不脫辭賦之類。其事必至韓公，乃始純以散文筆法爲之。此又韓公一創格也。……惟太白集尚自稱其序爲辭，辭體固猶與詩近，而韓公則徑以散文筆法爲之。故遂正式成爲送行詩集之序文，於是遂正式爲散文中一新體。
>
> 故《韓集》贈序一體，其中佳構，實皆無韻之詩也。今人慕求爲詩體之解放，欲創爲散文詩，其實韓公先已爲之，其集中贈序一類，皆可謂之是散文詩，由其皆從詩之解放來，而仍不失詩之神理韻味也。（頁47～49）

錢先生更認爲韓愈贈序的重大成就，是在於他「徑以散文筆法爲之」，使贈序文「從詩之解放來，而仍不失詩之神理韻味」，「遂正式爲散文中一新體」。就這一點來說，韓愈贈序文實與陳子昂、李白等前人的作品不盡相同。由於文

字形式的改變，贈序文內容到了韓愈手中也有所變革，如葛曉音云：

> 韓愈對中國古代散文所作出的重大貢獻之一，就是使散文從應用性
> 轉向了文學性。……韓愈還對傳統的應用文體進行了全面的改造，
> 這也是他對散文復興所作出的重大貢獻之一。例如序文是初、盛唐
> 流行的一種文體，有的寫在文集前，有的用於親朋離別或宴集的時
> 候，送人的序文常見格式是泛詠眼前風景、贊美行人的才德，預祝
> 前程遠大等等，一般都用駢文。韓愈的贈別序文不但一律變爲散
> 文，而且總能就行人的不同情況發表高人一著的議論。（《唐宋散
> 文》，頁 22～35）

正由於韓愈「變駢爲散」，所以其贈序文「總能就行人的不同情況發表高人一
著的議論」，而具有「致敬愛，陳忠告」的功能。另一方面，韓愈贈序確又能
重視文辭筆法，賦與詩歌的「神理韻味」，「使散文從應用性轉向了文學性」。

　　擅於因事說理可謂是韓愈贈序一大特色，前人論述甚繁。如明吳訥云：

> 大抵序事之文，以次第其語、善敘事理爲上。近世應用，惟贈送爲
> 盛。當須取法昌黎韓子諸作，庶爲有得古人贈言之義，而無枉己徇
> 人之失也。（《文章辨體序說》）

清張裕釗云：

> 唐人始以序名篇，作者不免貢諛，體亦近六朝。至退之，乃得古人
> 贈人以言之義，體簡辭足，掃盡枝葉，所以空前絕後。（引自《古文
> 辭類纂》卷三十一，〈送王秀才序〉評文引言）

林紓云：

> 愚嘗謂驗人文字之有意境與機軸，當先讀其贈送序。序不是論，卻
> 句句是論。不惟造句宜斂，即製局亦宜變，贈送序是昌黎絕技。歐、
> 王二家，王得其骨，歐得其神。歸震川亦可謂能變化矣，然安能如
> 昌黎之飛行絕跡邪？（《韓柳文研究法‧韓文研究法》）

三人所言，可見韓愈贈序於論理之簡要、精妙。韓愈贈序不僅是論理精彩，
依林紓的看法，韓序之論理，其造句、其製局，亦有可觀之處。

　　其造句之可觀，如南宋謝枋得評〈送孟東野序〉曰：

> 此篇凡六百二十七字，鳴字三十九，讀者不覺其繁，何也？句法變
> 化，凡二十九樣。有頓挫，有升降，有起伏，有抑揚，如層峰疊巒，
> 如驚濤怒浪，無一句怠慢，無一句塵埃，愈讀愈可愛。（《文章軌範》，

引自胡楚生《韓文選析》，頁 171）

今人何寄澎評〈送石處士序〉亦云：

> 一段文字融對稱、交錯、參差於一，又穿以譬喻而終貫之以參差，
> 真句法奇變之極致。（〈韓愈古文作法探析〉，《唐宋古文新探》，頁
> 66）

二氏所論，只徵韓愈贈序句法之精能奇變。

其製局可觀者，則如邵傳列說：

> 愈作贈序，善於擺脫前人贈別應酬之作的舊套，能夠針對不同的對
> 象，從一點生發開去，借送序為引子，恣意發揮，……（《中國雜文
> 史》，頁 267）

又如姚永樸《文學研究法》所舉：

> 贈序類之在古人者多簡，故僅存記事之中。及退之為之乃多，或深
> 微屈曲，如送董邵南之屬；或生動飛揚，如送揚少尹之屬；或奇奧，
> 如送鄭尚書之屬；或滑稽，如送溫、石二處士之屬。

可見韓愈贈序文能夠擺脫舊套，針對不同的贈別對象、事誼，塑造其文章格
局，恣意發揮。

韓愈用散文筆法寫作向來以駢文為主的贈序，造就了作品於風格與內容
上的新變，獲得相當成功的結果。朱光潛《談文學》曾說：

> 批評家常責備……蘇東坡以做詩的方法去做詞，說這不是本色當
> 行。這就是過於信任體裁和它的規律。每一個大作家沿用舊體裁，
> 對於它都多少加以變化甚至於破壞。他用迎合風氣的方法來改變風
> 氣。（《朱光潛全集》第四卷，頁 234～240）

朱氏的意見可以說明韓愈對於舊體裁的破壞，與新風格的創造。事實上，韓
愈所創造的贈序體格，至今日已被視作典範，反而成為此文類之「本色當行」。
他用當日流行的贈別序文加以變化，卻促成了一種新文學觀念的萌發，王更
生《韓愈散文研讀》云：

> 韓愈的三十六篇贈序，雖然大多數仍是臨別贈言式的文字，但內容
> 已大別於往昔。在這些贈序中，既有「相請贈與處」、「賜之言」、「贈
> 行」、「識別」的傳統內容，更有以「以為戒」（〈送陳密序〉）、「泄其
> 思」（〈送陸歙州詩序〉）、「不以頌而以規」（〈送陸郢州序〉）的內容。
> 韓愈有意打破傳統贈序勸慰、祝福、寒暄、嘮叨的習慣，很少有庸

俗無聊的客套話，而大多具備充實的社會內容，發表自己的見解，
抒發個人的情緒，有很強烈的現實意義。（頁157）

在韓愈筆下，贈序作品大別於往昔，特別具備了「強烈的現實意義」。褚斌杰
則認為：

韓愈所寫的贈序文，並非泛泛應酬之作，而正是他的「文以載道」
理論的實踐。（《中國古代文體學》，頁402）

如此，贈序文乃是韓愈「古文運動」中，刻意創作之新體散文。劉正忠〈韓
愈贈序散文的藝術〉也說：

他開闢出贈序散文的新園地，這種新文體不僅宜於抒情，亦宜於議
論，更宜於情理交融的表現方式。贈序之用以抒情，原來即其本
色。只是古來才士胥以抒發離情為主。……昌黎贈序，則絕少沈溺
於別情離意者。但他並非不作抒情之事，只是透過曲折深邃的途
徑，製造出更沈鬱頓挫的情感，不僅具備強烈的感染力，更在情緒
渲染中提拔彼此的精神意志。再加上恰如其份的議論，遂使此種文
體亦成為「明道」的利器。雖然其說理的濃度不如論辯一類文體，
但卻能以更溫潤的方法達成道藝合一的效果。（《大陸雜誌》，第九十
卷第六期）

是知贈序文經由韓愈在形式與內容的創造後，已確然變化為「明道」利器，
擅於因事說理議論，使贈序文富有了全新的旨趣，也就是姚鼐所謂「得古人
之意」的「致敬愛，陳忠告」。

姚鼐《古文辭類纂》稱韓愈贈序「始得古人之意」，也有學者提出不同的
看法。如蔣伯潛說：

贈序本為贈別之詩歌作序，唐人所作如孫逖〈送紀參軍序〉、張說〈送
韋侍郎序〉等，皆明言為序贈別之詩歌而作，韓愈集中，贈序甚多，
亦有明言為贈別的詩歌作序者，而無詩之贈序已居多數；與其說他
「始得古人之意」，倒不如說他「始變古人之體」，較為確當。（《文
體論纂要》）

乃就其作品體製之改變，認為韓愈贈序是「始變古人之體」，強調韓愈於無詩
贈序新體的製作。由於受韓愈作品影響，宋人所寫的贈序已全屬此類「無贈
詩」之新體。文人寫作「無詩」贈序以為送別、以茲紀念，正說明散體「古
文」具備了藝術價值，故而能取代魏晉贈別詩篇的地位。

　　錢鍾書曾論韓愈〈平淮西碑〉一文云：

> 名家名篇，往往破體，而文體亦因以恢弘焉。李商隱《韓碑》：「文
> 成破體書在紙」，釋道源注：「『破』當時爲文之『體』，或謂『破書
> 體』，必謬」；是也。此「紙」乃「鋪丹墀」呈御覽者，書跡必端謹，
> 斷不「破體」作行草。（《管錐編》第三冊，頁 888～897）

說明韓愈〈平淮西碑〉「以散代駢」的創製，其實唐、宋贈序文寫作的「以散
代駢」，也是到了韓愈筆下「因以恢弘」的。釋道源之注若然，可知晚唐人已
尊韓愈爲文於「破體」的創發，而贈序文實爲其「破體」作品之一種。〔註15〕

　　綜前所述，韓愈有意製作的贈序新體，因以散文取代前此之駢文風尚，
適於抒情倫理，使得贈序文的面貌一新。反而成爲了後世書寫的典範。韓愈
贈序重視文辭佈局、寄寓現實事理的作法，也使得此類作品具有了更大的可
讀性，而成爲唐、宋古文運動中重要的「明道利器」。

　　針對「始得古人之意」、「始變古人之體」的韓愈贈序文做進一步研究，
有助於我們在贈序文類，與中唐新文學觀念、復古思想等課題上的理解，是
極富意義的基礎工作。

〔註15〕韓愈「破體」爲文的表現是多方面的，根據近人的研究，他不但運用「以文
　　　　爲賦」的寫作方式，開創了辭賦、哀祭、碑誌、頌贊、箴銘等類文體的新機
　　　　運；又運用「以詩爲文」的寫作方式，開創了雜記雜說、傳狀、書牘、贈序
　　　　等類文體的新風格。這些文體都受到後人重視，顯見古文運動之成功；參見
　　　　錢穆先生〈雜論唐代古文運動〉、王基倫《韓歐古文比較研究》與何寄澎〈論
　　　　韓愈之「以詩爲文」──兼論韓文寫作策略之形成及其影響〉三文。而所謂
　　　　「破體」，此據周振甫《文章例話・破體》說：「破體就是破壞舊的文體，創
　　　　立新的文體，或借用舊名，創立一種新的表達法，或打破舊的表達法，另立
　　　　新名。……這種破舊創新，不光限於字句或體裁，有時也引起內容和表達手
　　　　法到風格的變化。」（卷二「寫作編」，頁 35～38）

第二章　韓愈贈序文的創作觀點

　　此章本論文要介紹韓愈古文的創作觀點，以下分爲三節討論：第一節說明韓愈贈序文乃出於古文運動之新文學思潮，第二節介紹韓愈古文中「以詩爲文」之新風格，第三節試述韓愈載道觀對於古文內容之革新。

第一節　贈序與古文運動

　　《舊唐書・韓愈傳》嘗論韓愈「自成一家新語」：

> 常以爲自魏、晉以還，爲文者多拘偶對；而經、誥之指歸，遷、雄之氣格，不復振起矣。故愈所爲文，務反近體；抒意立言，自成一家新語。後學之士，取爲師法。當時作者甚眾，無以過之，故世稱「韓文」焉。（卷一六〇）

《舊唐書》稱韓文「務反近體」，所務反者，六朝以來「多拘偶對」之駢文。此「近體」乃與韓愈提倡的「古文」相對。本論文發現，韓愈贈序文與他當時所推行的古文運動間，有密切之關聯。

　　「古文」一詞，是由韓愈所倡導而成功的〔註1〕。他在〈題（歐陽生）哀辭後〉自述：

> 愈之爲古文，豈獨取其句讀不類於今者耶？思古人而不得見，學古

〔註1〕如清方苞《古文約選・序例》曰：「自魏晉以後，藻繪之文興，至唐韓氏，起八代之衰，然後學者以先秦盛漢辨理論事，質而不蕪者爲古文，蓋《六經》及孔子、孟子之書之支流餘肆也。」曾國藩〈復許孝廉振禕書〉曰：「古文者，韓退之氏，厭棄魏、晉、六朝駢儷之文，而返之於六經、兩漢，從而名焉者也。」二者氏皆以爲「古文」乃出於韓愈倡導之功。

道則欲兼通其辭。通其辭者，本志乎古道者也。古之道不苟譽毀於

人，劉君好其辭，則其知歐陽生也無惑焉！（《韓集》卷五）

又〈答陳生書〉云：

愈之志在古道，又甚好其言辭。觀足下之書及十四篇之詩，亦云有

志於是矣！（《韓集》卷三）

韓愈古文之「句讀不類於今」，是因為他「志乎古道」，欲「兼通其辭」。其所

謂「兼通其辭」，欲兼通「古道」之文辭也，主要乃從辭章之創作層面立說

〔註2〕；此可見韓愈復古，是亦考慮及如何施之於當代的〔註3〕。如他在〈與

馮宿論文書〉中就說：

辱示〈初筮賦〉實有意思，但力為之，古人不難到，但不知直似古

人，亦何得於今人也？僕為文久，每自則意中以為好，則人必以為

惡矣；小稱意人亦小怪之，大稱意即人必大怪之也。時時應事作俗

下文字，下筆令人慚，及示人，則人以為好矣；小慚者亦蒙謂之小

好，大慚者即必以為大好矣，不知古文直何用於今世也！（《韓集》

卷三）

便強調出寫作「古文」與「用世」之間的差距。又韓愈〈答李翊書〉曰：

始者非三代、兩漢之書不敢觀，非聖人之志不敢存，處若忘，行若

遺，儼乎其若思，茫乎其若迷。當其取於心而注於手也，惟陳言之

務去，戛戛乎其難哉。（《韓集》卷三）

〈答劉正夫書〉云：

〔註2〕 如胡時先〈昌黎「古文」之真義〉說：「昌黎文道合一之旨，與今人所論『從
事藝術創作，須有藝術修養』之理極同。故昌黎所謂『古』文，其義實為『古
道』之文。後世每以『古型』之文解之，淺之乎視之矣。」參《中國文學批
評家與文學批評》冊一，頁152～153。

〔註3〕 龔鵬程《文化符號學》：「整個古文運動，是要把文提高到『道』的層次，而
其語言策略則是『務去陳言』、或復秦漢之古。這當然表示了他們將文學神聖
化的企圖，務求其勿同於時俗。但若細予推敲、所謂『古文』，實在要比駢文
更接近自然語言，亦即更接近世俗語言，當時『應事為俗下文字』的，固然
是駢文，然古文運動卻是以比駢文更應世諧俗的方式去改革時文。」（頁359）
又如譚丕模〈唐代古文運動之革新性〉：「唐代的古文運動，不是在企圖文學
的復古，而是在意味著文學的革新。……古文運動第一個號召，就是不摹擬
過去的文學內容與形式。……第二個號召，就是文學要走上通俗化的大道。」
（《中國古代文論研究論文集》）可知文章「通俗化」以用世，亦為唐人古文
特徵之一。

或問：「爲文宜何師？」必謹對曰：「宜師古聖賢人。」曰：「古聖賢人所爲書俱存，辭皆不同，宜何師？」必謹對曰：「師其意，不師其辭。」（《韓集》卷三）

〈答侯繼書〉云：

僕少好學問，自五經之外，百氏之書，未有闚而不求、得而不觀者。

然其所志，惟在其意義所歸。（《韓集》卷三）

可知韓愈爲古文，其策略旨由「觀三代、兩漢之書」，師「古聖賢人之意」，以「存聖人之志」；於其創作時，則強調「不師其辭」、「惟陳言之務去」。他並不主張完全模擬三代、兩漢之書寫形式，而是持「學古道欲兼通其辭」的態度：認爲面對新的世局，想要貫徹古聖之道，就必須尋找合適的表述方式，以期文學與道義能隨時契合。

韓愈嘗遊梁肅之門，是梁肅所拔擢的進士，而梁肅又是獨孤及門人。獨孤及的文學復古觀念曾影響韓文之創作。據《唐實錄》載韓愈乃「師其爲文」〔註4〕，獨孤及〈李公中集序〉嘗云：

志非言不形，言非文不彰。（《毘陵集》卷十三）

可見獨孤及對於文辭之注重。韓愈門人李漢亦稱其師道曰：

文者，貫道之器也；不深於斯道，有至焉者不也。（《昌黎先生集·序》）

此即中唐「古文運動」之主張，認爲作者不能耽美於芟藻，卻忽略了內容。一篇有意義的作品，其文旨必須深契於人生道義；同時他們也不忘提醒，必須經由此「文」之「器」，「貫道」才成爲可能，在這種情況下，「務去陳言」的表述方式，乃成爲論題的核心，韓公所謂「戛戛乎其難哉」，即著眼於此。

論者咸謂韓愈乃古文運動之集大成者。其「貫道」之看法有承於前儒，特韓愈稍變更原意，方使文道合一。如隋代王通《中說》嘗載：

學者博誦云乎哉！必也貫乎道。文者苟作云乎哉！必也濟乎義。（〈天地〉）

言文而不及理，是天下無文也。王道從何而興乎？吾所以憂也。（〈王道〉）

是王氏反對六朝華靡文風，標舉道義於文學之上。因爲強調道義於文學之上，故而著重文學的教化功能與實用性。又如隋文帝開皇四年，治書侍御史

〔註4〕據宋晁公武《郡齋讀書志》卷十七引。

李諤上書請革文弊曰：

> 臣聞古先哲王之化民也，必變其視聽，防其嗜欲，塞其邪放之心，
> 示以淳和之路。五教六行，爲訓民之本；《詩》、《書》、《禮》、《易》，
> 爲道義之門，故能家復孝慈，人知禮讓，正俗調風，莫大於此。其
> 有上書獻賦，制誄鐫銘，皆以褒德序賢，明勳證理；苟非懲勸，義
> 不徒然。降及後代，風教漸落。魏之三祖，更尚文詞，忽君人之大
> 道，好雕蟲之小藝。下之從上，有同影響。競騁文華，遂成風俗。
> 江左齊、梁，其弊彌盛。貴賤賢愚，唯務吟詠。遂復遺理存異，尋
> 虛逐微。競一韻之奇，爭一字之巧。連篇累牘，不出月露之形；積
> 案盈箱，唯是風雲之狀。世俗以此相高，朝廷據茲擢士。祿利之路
> 既開，愛尚之情愈篤。於是閭里童昏，貴游總角，未窺六甲，先製
> 五言。至如羲皇舜禹之典，伊傅周孔之說，不復關心，何嘗入耳。
> 以傲誕爲清虛，以緣情爲勳績，指儒素爲古拙，用詞賦爲君子。故
> 文筆日繁，其政日亂。良由棄大聖之規模，構無用以爲用也。(《隋
> 書》卷六十六〈李諤傳〉)

是他們理想中之文章，必須具有「褒德序賢，明勳證理；苟非懲勸，義不徒
然」的淑世功能。李諤提及「閭里童氏，貴游總角，未窺六甲，先製五言。
至如羲皇舜禹之典，伊傅周孔之說，不復關心，何嘗入耳。以傲誕爲清虛，
以緣情爲勳績，指儒素爲古拙，用詞賦爲君子」，可知他排斥當時五言、詞賦
之作，提倡後來《全唐文·序》中所言「以文輔治，用昭立言極則」的朝廷
述作。

　　強調文學之教化功能，到了中唐安史之亂後，呼聲益爲鮮明〔註5〕。如柳
冕乃完全否定文學之藝術價值，而一歸於教化與倫理，正式建立起載道之文
學理論。其論文意見如下：

> 相公如變其文，即先變其俗。文章風俗，其弊一也。變之之術，在
> 教其心，使人日用而不自知也。伏惟尊經術，卑文士。經術尊則教

〔註5〕如陳寅恪《陳寅恪先生論文集·論韓愈》云：「唐代古文運動一事，實由安史
　　　之亂及藩鎮割據之局所引起。」（頁597）何寄澎《北宋的古文運動》：「考唐
　　　代古文運動的先導人物，如蕭穎士、李華、元結等，都曾身經安史之亂，他
　　　們目睹時代的創傷，心頭烙印之深可以想見。安史之亂促成他們對時代的反
　　　省，也促成他們對儒道改革政治的功效做重新肯定，從而反省到文章所應具
　　　備的功能以及使命。」（頁268）

化美，教化美則文章盛，文章盛則王道興，此二者在聖君行之而已。
（〈謝杜相公論房杜二相書〉）

自成、康沒，頌聲寢；騷人作，淫麗興，文與教分而爲二。教不足者
強而爲文，則不知君子之道；知君子之道者則恥爲文。文而知道，
二者兼難。兼之者大君子之事。上之堯、舜、周、孔也，次之游、
夏、荀、孟也，下之賈生、董仲舒也。（〈答徐州張尚書論文武書〉）

故君子之文必有其道。道有深淺，故文有崇替；時有好尚，故俗有
雅、鄭。雅之於鄭，出乎心而成風。昔游、夏之文，日月之麗也，
然而列於四科之末，藝成而下也，苟文不足，則人無取焉。故言而
不能文，非君子之儒也。文而不知道，亦非君子之儒也。（〈答衢州
鄭使君論文書〉）

「經術尊則教化美，教化美則文章盛，文章盛則王道興」，這幾句可說是隋唐文
學復古的核心思想。柳冕稱「君子之文必有其道。道有深淺，故文有崇替」，
是以言道深淺評文之崇替；同時他也就此教化目的提出「苟文不足，則人無取
焉」的困難。故其曰：「文而知道，二者兼難。兼之者大君子之事」，又云：
「言而不能文，非君子之儒也。文而不知道，亦非君子之儒也」。對唐代的古
文運動者而言，如何以作品實踐其教化理想，是復古運動能否成功的關鍵。

於此，柳冕嘗慨歎曰：

老夫雖知之不能文之，縱文之不能至之。況已衰矣，安能鼓作者之
氣，盡先王之教？（〈與滑州盧大夫論文書〉）

小子志雖復古，力不足也。言雖近道，辭則不文。雖欲拯其將墜，
末由也已。（〈答荊南裴尚書論文書〉）

正是因爲前此之人「雖知之不能文之，縱文之不能至之」，所以唐代古文運動
的成熟，不得不待於韓、柳克竟其功。

　　古文運動之成熟，必待於韓、柳而後可，實因韓、柳文集中所創發之新
文學觀念〔註6〕。當時對於韓文的反應，誠如李漢《韓集·序》所言：「時人

〔註6〕韓愈説：「體不備不可以爲成人，辭不足不可以爲成文。」（〈答尉遲生書〉，
　　　　《韓集》卷二）可見他對於文辭的重視。何寄澎《北宋的古文運動》認爲：
　　　　「雖然唐代古文運動一開始已顯示它重辭不弱於重道，但強烈的重辭，仍然
　　　　要從韓愈開始。」（頁287）「韓愈終於除了理論之外，在創作上也呈現鮮明的
　　　　標誌；這是前此古文家所欠缺的。」（頁281）

始而驚，中而笑且排，先生益堅，終而翕然隨以定」，嘗爲時人所排懼。《舊唐書・韓愈傳》論說韓文時且云：

> 史臣曰：貞元、大和之間，以文學聳動晉紳之伍者，宗元、禹錫而已。其巧麗淵博，屬辭比事，誠一代之宏才。如俾之詠歌帝載，鋪藻王言，足以平揖古賢，氣吞時輩。而蹈道不謹，昵比小人，自致流離，遂隳素業。故君子群而不黨，戒懼愼獨，正爲此也。韓、李二文公，於陵遲之末，遑遑仁義，有志於持世範，欲以人文化成，而道未果也。至若抑楊墨、排釋老，雖於道未弘，亦端士之用心也。（卷一六〇）

《舊唐書》是後晉劉昫等人據唐實錄撰成，所云應與唐代史臣之意見相符。其稱「貞元、大和之間，以文學聳動晉紳之伍者，宗元、禹錫而已」，不及於韓愈，卻說韓、李「欲以人文化成，而道未果也」，認爲韓愈文學成就不如柳、劉二人，此可知唐代史官對韓文的評價，乃抱持不大認同之保留態度。《舊唐書・韓愈傳》又評曰：

> 然（愈）時有恃才肆意，亦有盭（戾）孔孟之旨。若南人妄以柳宗元爲羅池神，而愈譔碑以實之；李賀父名晉，不應進士，而愈爲賀作（諱辨），令舉進士；又爲〈毛穎傳〉，譏戲不近人情；此文章之甚紕繆者。（卷一六〇）

可知在唐史臣之觀念，韓文所以不如柳、劉，實因其「恃才肆意」，「譏戲不近人情」，有「盭孔孟之旨」。此正如裴度〈寄李翱書〉所言：

> 昌黎韓愈，僕識舊矣。中心愛之，不覺驚賞，然其人信美材也。近或聞諸儕類云，恃其絕足，往往奔放，不以文立制，而以文爲戲，可矣乎！可矣乎！今之不及之者，當大爲防焉爾。（《唐文粹》卷八十四）

由於韓文「不以文立制，而以文爲戲」，故而爲時人所疑。裴度此云「以文立制」，何謂也？考《舊唐書・元稹、白居易傳》：

> 史臣曰：……國初開文館，高宗禮茂才，虞（世南）、許（景先）擅價於前，蘇（頲）、李（嶠）馳聲於後。或位昇台鼎，學際天人，潤色之文，咸布編集。……若品調律度，揚榷古今，賢不肖皆賞其文，未若元（稹）、白（居易）之盛也，昔建安才子，始定霸於曹、劉；永明辭宗，先讓功於沈、謝；元和主盟，微之、樂天而已。臣觀元

之制策、白之奏議，極文章之壺奧，盡治亂之根荄，非徒謠頌之片
言，盤盂之小說。（卷一六六）

可知如元、白的制策、奏議，「極文章之壺奧，盡治亂之根荄」，方為史臣所
取「以文立制」的作品；因此他們才尊元、白為盟主，而非議韓、柳所作「謠
頌之片言，盤盂之小說」。〔註7〕

相對於《舊唐書》之抑韓，宋祁、歐陽修編撰的《新唐書》卻極力尊崇
其儒學成就，《新唐書・韓愈傳》云：

至貞元、元和間，愈遂以六經之文為諸儒倡，障隄末流，反刓以樸，
剗偽以真。然愈之才，自視司馬遷、揚雄，至班固以下不論也。當
其所得，粹然一出於正，刊落陳言，橫鶩別驅，汪洋大肆；要之無
抵捂聖人者。（卷一七六）

此說韓愈為文「要之無抵捂聖人者」，顯與《舊唐書》所言「有鰲孔孟之旨」
的評斷有別。同篇又云：

愈深探本元，卓然樹立，成一家言。其〈原道〉、〈原性〉、〈師說〉
等數十篇，皆奧衍閎深，與孟軻、揚雄相表裡而佐佑六經云。至他
文造端置辭，要為不襲蹈前人者。（卷一七六）

是《新唐書》稱許韓文「粹然一出於正，刊落陳言，橫鶩別驅，汪洋大肆」
者，主要乃針對「〈原道〉、〈原性〉、〈師說〉等數十篇」立言。但是《舊唐書》
所云「後學之士取為師法，當時作者甚眾，無以過之。故世稱韓文焉」，事實
上並非指此類立意於「撥衰反正」之作，卻主要是說像〈羅池廟碑〉、〈諱辨〉、
〈毛穎傳〉等「抒意立言，自成一家新語」的「紕繆文章」。韓愈〈上宰相書〉
曾說明自己為文的內容：

其所著皆約六經之旨而成文，抑邪與正，辨時俗之所惑。居窮守約，

〔註7〕 日人前野直彬《中國文學史》說：「經過六朝大致已臻於完成之域的駢文，進
入唐代以後，依然繼續維持其文章主流的地位。詔敕、奏議等具有公文性質
的文章，非以駢文書寫不可；而序文、墓誌銘等，就展示給多數人觀看一點
而言，多少也有公文的性質，所以以駢文書寫之乃是一種普遍的意識。」（頁
120）錢穆先生〈讀姚炫唐文粹〉則認為：「韓、柳古文運動乃古者家言之復
起，其用重在社會、在私家，不重在廟堂、在政府。……下迄宋代，韓、柳
古文，既已風行一世，然仍不為廟堂所采用。縱如歐陽修、王安石、蘇軾，
皆一代古文大師，然當其為朝廷廟堂文字，則仍必遵時王之制，用四六體，
可見其中消息矣。」（《中國術思想史論叢》第四冊，頁88）可見韓、柳古文
實與「朝廷廟堂文字」，如制策、奏議等篇章，意趣完全不同。

亦時有感激怨懟奇怪之辭，以求知於天下，亦不悖於教化。妖淫諛佞諛張之說，無所出於其中。（《韓集》卷三）

又〈上兵部李侍郎書〉云：

謹獻舊文一卷，扶樹教道，有所明白。南行詩一卷，舒憂娛悲，雜以瓌怪之言，時俗之好，所以諷於口而聽於耳也；如賜覽觀，亦有可采。（《韓集》卷二）

可以想見韓愈當時欲「求知於天下」的「感激怨懟奇怪之辭」、及所謂「諷於口而聽於耳」的「瓌怪之言」，應當不在少數。錢基博〈韓集籀讀錄〉也提到韓文兩種體格：

其一原道析理，軒昂洞達，汲《孟子》七篇之流，如「五原」、〈對禹問〉是也。其一託物取譬，抑揚諷諭，爲詩教比興之遺（自注：章學誠《文史通義·詩教篇》曰：「學者惟拘聲韻之爲詩，而不知言志達情，敷陳諷諭，抑揚涵泳之文，皆本於詩教。」），如〈雜說〉、〈獲麟解〉、〈師說〉、〈進學解〉、〈圬者王承福傳〉、〈訟風伯〉、〈伯夷頌〉是也。（《韓愈志》，頁119~120）

依錢基博此說，可見韓文爲人稱道者，多在其「託物取譬，抑揚諷諭，爲詩教比興之遺」的篇章〔註8〕。又如劉師培批評韓、柳古文：

夫二子之文，氣盛言宜，希蹤子史。而韓門弟子有李翶、皇甫湜諸人，偶有所作，咸能易排偶爲單行，易平易爲奇古，復能「務去陳言」，「辭必己出」。當時之士，以其異於韻語偶文之作也，遂群然目之爲古文。以筆爲文，至此始矣。而昌黎之作，尤爲學者所盛推。

〔註8〕 柳宗元〈楊評事文集後序〉云：「文有二道：辭令褒貶，本乎著述者也；導揚諷諭，本乎比興者也。著述者流，蓋出於《書》之謨訓、《易》之象系、《春秋》之筆削，其要在於高壯廣厚，詞正而理備，謂宜藏於簡策也。比興者流，蓋出於虞夏之詠歌，殷周之風雅，其要在於麗則清越，言暢而意美，謂宜流於謠誦也。茲二者，考其旨義，乖離不合，故秉筆之士，恆偏勝獨得，而罕有兼者焉。」（《河東先生集》第二十一卷）柳宗元將「文」分成「著述」、「比興」二道，並以爲秉筆之士「罕有兼者」。以《韓集》作品來考察，我們發現韓文殆亦偏近於上述之「比興者流」。就寫作贈序而言，據王基倫〈柳宗元古文作品之體類區分及其意義〉說：「唐代『序』類作品例分兩途，有源於典籍者，重在論理，有源於詩賦者，重在風雅；前者入序跋，後者入贈序，與柳宗元著述、比興源流二分的說法若合符節。」（《臺北師院學報》第七期，頁205~234）考《韓集》中收錄之「序文」，竟全以記事、贈人爲主，沒有一篇符合傳統序跋文「詞正理備」、「宜藏於簡策」的著述流別。

宋代之初，有柳開者，文以昌黎爲宗。厥後蘇舜欽、穆伯長、尹師魯諸人，善治古文，效法昌黎，與歐陽修相唱和。而曾、王、三蘇咸出歐陽之門，故每作一文，莫不法歐而宗韓。古文之體，至此大成。即兩宋文人，亦以韓、歐爲圭臬。試推其故，約有三端：一以六朝以來，文體益卑，以聲色詞華相矜尚，欲矯其弊，不得不用韓文；一以兩宋鴻儒，喜言道學，而昌黎所言，適與相符，遂目爲文能載道，既宗其道，復法其文；一以宋代以降，學者習於空疏，椏腹之徒，以韓、歐之文便於蹈虛也，遂群相效法。有此三因，而韓、歐之文，遂爲後世古文之正宗矣。世有正名之聖人。知言之君子，其惟易「古文」之名爲「雜著」乎！（《論文雜記》）

據其說，可知韓文對近代的影響，主要正在此類「雜著」〔註9〕。也因而章學誠才會有「韓子文起八代之衰，而古文失傳亦始韓子！」（《文史通義》外編卷三〈與汪龍莊書〉）的慨歎。

　　《新唐書》所論確有所不足，因爲韓愈的「銘狀雜文」對於北宋古文運

〔註9〕清人陳宏緒曾批評《韓文鈔》選錄失當，他說：「韓退之自選生平所爲文二十六篇，題曰《韓子》，今不知二十六篇之目爲何。元儒程黔南有《韓文鈔》，止取十篇，以〈李愿歸盤谷序〉爲卷首，餘九篇則〈送文暢師〉、〈送王秀才〉、〈溫處士〉、〈楊少尹〉、〈盛山十二詩序〉與〈燕喜亭記〉、〈孔子廟碑〉、〈獲麟解〉、〈祭鱷魚文〉也。此外雖退之極有關係之作，如〈平淮西碑〉、〈諫佛骨表〉、〈與孟尚書書〉皆在所不錄。而文章之妙如〈諱辯〉、〈送孟東野〉、〈高閑上人〉、〈殷員外序〉、〈祭十二郎文〉、〈代張籍與李浙東書〉，悉被刪去；而反有取於〈盛山詩序〉、〈燕喜亭記〉，足以驗此君之謬妄無識矣。」（《寒夜錄》卷上）陳氏此處標舉足以代表韓文之篇章，除了〈孔子廟碑〉、〈平淮西碑〉及〈諫佛骨表〉三文外，已全屬章學誠所稱之「雜著」。兵界勇《韓文「載道」與「去陳言」之研究》亦云：「事實上，韓愈所擅長寫作的，的確不是元、白『極文章之壺奧，盡治亂之根荄』的朝廷大述作，而是許許多多形式新穎、內容駁雜，類若『謠頌之片言，盤盂之小說』的短篇雜著，如〈雜說〉、如〈毛穎傳〉，以及書牘、贈序、碑誌等等應酬文字。這種取捨，正關係於韓愈將『載道』的書寫範圍由廟堂國家，擴及到日常人生和個人情志的改變，它雖然不受史臣所青睞，卻在廣大的群眾間造成熱烈的迴響，進而有『世稱韓文』的盛名，這是《舊唐書》也不得不承認的事實。可以說，韓愈的文學成就並不以寫作傳統的『載道』之文而定，而是在於他能夠以更自由的形式、更多樣的內容來發揮『載道』的理想。」（頁101）陳紹棠〈唐代古文運動和集部之學的確立〉據章學誠說，則認爲：「自韓、柳二集出，文集內容才眞正建立起來，集部之學，遂與文學有別。」（《唐代文學研討會論文集》，頁185～203）韓文此類短篇雜著對近代之影響，略一翻閱宋、明以來古文輯本之目錄可知。

動曾起了相當大的影響。北宋古文家從始倡者柳開以下，無不尊韓。宋員興宗〈跋劉原父文〉記載：

> 至和、嘉祐間，歐陽子永叔以古文章名天下。士率曰「今之韓愈」，而歐亦規愈自名者。（《九華集》卷二十）

可知編撰《新唐書》的歐陽修以「規愈自名」，他文集中的「古文章」也多所效法於韓，其中不乏《舊唐書》視爲「紕繆文章」的作品。如陳善云：

> 韓文重於今世，蓋自歐公始倡之。公集中擬韓作多矣，予能言其相似處。公〈祭吳長文文〉似〈祭薛中丞文〉，〈書梅聖俞詩稿〉似〈送孟東野序〉，〈吊石曼卿文〉似〈祭田橫墓文〉，蓋其步驟馳騁，亦無不似，非但效其句語而已。（《捫虱新話》卷二）

此舉〈祭薛中丞文〉、〈送孟東野序〉、〈祭田橫墓文〉三篇，皆韓愈「銘狀雜文」之屬也。又洪邁曰：

> 〈盤谷序〉云：「坐茂林以終日，濯清泉以自潔。采於山，美可茹；釣於水，鮮可食。」〈醉翁亭記〉云：「野花發而幽香，佳木秀而繁陰。臨溪而漁，溪深而魚肥；釀泉爲酒，泉香而酒冽。山殽野蔌，雜然而前陳。」歐公文勢，大抵化韓語也。然「釣於水，鮮可食」與「臨溪而漁，溪深而魚肥」；「采於山」與「山殽前陳」之句，煩簡工夫，則有不侔矣。（《容齋三筆》卷一）

案：〈盤谷序〉亦贈序雜文也，歐陽修乃效其文勢；而蘇軾更云：「唐無文章，惟韓退之〈送李愿歸盤谷〉一篇而已。」（《蘇軾文集》第六十六卷）可知宋人實未嘗輕忽韓愈此等雜文，甚且取以爲法。《新唐書》所謂韓文之「刊落陳言，橫騖別驅，汪洋大肆」者，亦必包括此等雜文而說〔註10〕。這其中，「贈

〔註10〕宋初姚炫編《唐文粹》，首先標舉唐人之「古文」一體，蒐錄古文六卷（卷四十三至四十九），計一百八十九篇；以韓文爲首，作者凡三十五人。此書所輯「古文」作品中，析分爲「言語對答」、「經旨」、「談」、「辯」、「解」、「說」、「評」、「符命」、「論兵」、「析微」、「毀譽」、「時事」、「變化」十三類。姚炫對於唐人別集盛行之「書」、「啓」、「序」、「記」、「表」、「狀」等篇章，雖有選錄，但並不視作「古文」。他對於唐人「古文」之理解，實與後來《新唐書》編者的觀點一致。錢穆先生嘗比較此書與《昭明文選》分類異同：「不僅姚氏所收議、論兩類之文（卷三十四至四十二），皆已是古文，即此下碑、銘、記、書、序、傳錄記事諸類（卷五十至一百），其文體亦皆已是古文。……然則通觀姚書一百卷，當可分爲兩大部分，即自三十四卷論文一類以前，大體承襲蕭選，其所收文字，大體可代表韓、柳唱爲古文以前唐文之舊風格，自三十四卷以下，大體乃代表韓、柳以下唐文之新體製。」（〈讀姚炫唐文

序」尤爲韓愈古文之一種重要門類。〔註11〕

　　在李漢所編纂的《韓集》中，「贈序」並未分出序跋文外；贈序文歸入於序類，是因贈序本出於詩文集之序文。至清代姚鼐《古文辭類纂》首將「贈序」歸爲一類，其〈序目〉曰：「唐初贈人，始以序名，作者亦眾，至於昌黎，乃得古人之意，其文冠絕前後作者。」可知姚鼐認爲「贈序」此一新興文體，是到了韓愈筆下，方「得古人之意」，而冠絕前後作者。翻閱《古文辭類纂》所收之贈序文，我們發現此類作品實出於韓愈復古運動「以文貫道」之創發。

　　錢穆先生在〈雜論唐代古文運動〉一文中，曾針對「韓文」之制作詮析其特點如下：

　　　　試誦《韓集》諸賦，及其哀辭祭文，乃至碑誌之銘文，及其它頌贊
　　　　箴銘之類；凡其文體當歸入辭賦類者，韓公爲之，不論用韻不用
　　　　韻，實皆運用散文之筆法氣體以成篇，而使其面貌一新，迥不猶
　　　　人，此皆韓公之創格也，而固不能謂之不工。而韓文之神奇變化，
　　　　開此下散文無窮法門，而能使短篇散文達於海涵地負，放恣縱橫之
　　　　境界者，尤要則在其書牘與贈序之兩體。（《中國學術思想史論叢》
　　　　第四冊，頁42～43）

就錢先生所言，韓文「書牘」與「贈序」兩體，「能使短篇散文達於海涵地負，放恣縱橫之境界」，「開此下散文無窮法門」。然「書牘」一體，東漢前已有之，特韓愈以舊瓶裝新酒，故而精彩絕倫。「贈序」卻爲新興於唐代之應酬文，其體則近，其旨則俗，第此實足以突顯韓愈贈序雜文於復古運動之特殊意義。

　　　　粹〉，《中國學術思想史論叢》第四卷，頁82～90）今案：《唐文粹》輯錄序文
　　　　共八卷（卷九十一至九十八），可徵姚炫亦並非無視於韓、柳此類作品之重要
　　　　性。

〔註11〕如王基倫據韓愈〈南陽樊紹述墓誌銘〉，晚唐李漢〈昌黎先生集序〉、及牛希
　　　　濟〈文章論〉等文，整理出當時的古文體類如下：「晚唐古文成型者，仍以論
　　　　辨、序跋、奏議、書牘、贈序、傳狀、碑誌、雜記、哀祭等九種體類爲主，
　　　　而詔令、箴銘、頌贊、辭賦次之。」（《韓歐古文比較研究》，頁48）又云：「昔
　　　　人常指責韓、柳碑誌有諛墓之謙，或譏誚韓、柳公文書啓之不可取，此皆昧
　　　　於體類定制之不可改易的事實。而贈序、雜記較少遭致批評，實與其饒富文
　　　　學深趣，開闊古文境地，息息相關。」（〈柳宗元古文作品之體類區分及其意
　　　　義〉，《臺北師院學報》第七期，頁205～234）王氏即認爲贈序確爲韓愈「古
　　　　文」觀念中之重要體類。

正因爲韓、柳贈序文於復興「古道」有如此特殊之意義，所以柳宗元在〈楊評事文集後序〉中提到：

> 其爲〈鄂州新城頌〉，〈諸葛武侯傳論〉，餞送〈梓潼陳眾甫〉，〈汝南周愿〉，〈河東裴泰〉，〈武都符義府〉，〈太山羊士諤〉，〈隴西李鍊〉，凡六序，〈廬山禪居記〉，〈辭李常侍啓〉，〈遠遊賦〉，〈七夕賦〉，皆人文之選，用是陪陳君之後，其可謂具體者歟。（《柳河東集》第二十一卷）

是以六篇贈序爲「人文之選」；而北宋鄭獬〈還汪正夫山陽小集〉載：

> 汪子之文正類斯，一十五軸紛葳蕤。燭光直欲紙上飛，長篇短篇傾珠璣。題說論序及賦詩，篇雖不同皆有歸，要之孔子、韓退之。（《鄖溪集》卷二十五）

鄭氏更以「題說論序」這些文體，來高唱孔、韓道統。

韓愈自云「居窮守約，亦時有感激怨懟奇怪之辭，以求知於天下，亦不悖於教化。妖淫諛佞譸張之說，無所出於其中」（〈上宰相書〉），劉師培所謂「以筆爲文」。以及錢基博所謂的「託物取譬，抑揚諷諭，爲詩教比興之遺」，我們認爲這就是韓愈在復古運動的制作中，如贈序等短篇散文，所創發出之新文學觀念。

第二節　韓愈以詩爲文之風格

上節已約略說明韓愈古文之制作，主要在「以文貫道」，尤其特別的是他寫了許多「銘狀雜文」，乃異於此前有意於「教化」之文學體裁。而贈序厥爲此類作品中重要一例。

此節繼之論析韓文於風格上之創發。錢穆先生〈雜論唐代古文運動〉文中曾言及韓、柳古文之貢獻：

> 迄於唐人有意復古，詔令奏議，求能擺脫駢儷、重模典雅，此事自周隋以來已啓其端，然亦終未能愜愜人心，而有以大變乎東漢以下之所爲也。自陳子昂、李太白、杜子美諸賢之興，而詩體一變，自韓、柳之興而文體亦一變。此二者皆主復古。詩之復古，在求有興寄，勿徒尚麗采。文之復古，則主以明道，而毋徒修辭句。此其要領也。

然韓、柳之倡復古文，其實則與「眞古文」復異。一則韓、柳並不刻意子史著述，必求爲學術專家。二則韓、柳亦不偏重詔令奏議，必求爲朝廷文字。韓、柳二公，實乃承於辭賦五、七言詩盛興之後，純文學之發展，已達燦爛成熟之境，而二公乃站於純文學之立場，求取融化後起詩賦純文學之情趣風神以納入於短篇散文之中，而使短篇散文亦得侵入純文學之閫域，而確占一席地。故二公之貢獻，實可謂在中國文學園地中，增殖新苗，其後乃蔚成林藪，此即後來之所謂唐、宋古文是也。

建安以下，知爲文以騷賦詩歌爲尚，此爲中國文學史上文學獨立之一種新覺醒。然騷賦詩歌，必尚辭藻、必遵韻律，爲之不已，流弊所趨，乃競工外飾，忘其內本。唐興，陳、李揄揚風雅，高談興寄，正以藥其病。至於韓、柳有作，乃刻意運化詩騷辭賦之意境而融入之於散文各體中，並可剝落藻采，遺棄韻律，洗脂留髓，略貌存神，而文學之園地轉更開拓，文學之情趣轉更活潑。（《中國學術思想史論叢》第四冊，頁52～54）

據錢說，是知唐、宋人所作「古文」，實站於「純文學」立場、寓藏詩歌之「情趣風神」，故而與「眞古文」不同。錢先生因此提出韓愈「以詩爲文」說，評析其文體如下：

（韓、柳）二公之爲此，情存比興，乃以遊戲出之。名雖傳狀，實屬新體。此等題材，若承舊貫，當爲一詩，非眞承襲自史傳也。此則……二公別創新格，運詩爲文之一證矣。（傳狀）

此等書札，則辭多嗟嘆，情等詠歌，本亦宜於作爲一詩，今特變其體爲一封書札耳。（書札）

韓公狡獪爲文，又一轉手運詩入文，遂若蹊徑獨闢。今試以《韓集·雜說》「龍噓氣成雲」、「世有伯樂後有千里馬」兩章，以韻語轉譯之，豈不即成爲太白〈古風〉之類乎？故李光地評韓公龍雲篇，亦謂此篇取類至深，寄托至廣，是仍以評詩語評文也。（雜說）

昭明選詩，亦獨以「贈答」一類爲多，其他如公讌、如祖餞，皆與贈別相近。可證此類本屬詩題，故皆以吟詠出之。及於唐人，臨別宴集，篇什既多，乃有特爲之作序者，亦有不爲詩而徑以序文代

者。今傳《李太白文集》共五卷，而序文獨占兩卷，實皆贈答詩之
變相也。……然太白所爲諸序，尋其氣體所歸，仍不脫辭賦之類。
其事必至韓公，乃始純以散文筆法爲之，此又韓公一創格也。……
贈別有詩，公讌亦有詩，至於唐，皆變而有序，此等序，其實皆詩
之變體。惟韓公深於文，明於體類，故能以詩之神理韻味化入散文
中，遂成爲曠古絕妙之至文焉。……諸家，尚多以評詩語評韓公贈
序諸篇，皆可謂妙得神理。惜無一人能明白言之曰：是乃韓公之「以
詩爲文」耳。……《韓集》贈序一體，其中佳構，實皆無韻之詩也。
（贈序）

可知錢先生認爲韓愈爲文之「創格」，在於他以散文筆法寫詩歌之境，「情存
比興，乃以遊戲出之」，故而能達到「取類至深，寄托至廣」的閱讀效果。此
所舉韓文諸體中，尤以贈序堪稱爲「曠古絕妙之至文」也。〔註12〕

羅聯添〈論韓愈古文幾個問題〉嘗考定錢說，並原其根據於清代曾國
藩：

曾氏評韓愈〈題李生壁〉文，有云：「低徊唱歎，深遠不盡，無韻之
詩也。」此外曾氏以論詩語評韓文者甚多。如評〈答李秀才書〉
云：「義深而文淡永」；評〈送董召南序〉云：「沈鬱往復，去膚存
液」；評〈送王秀才序〉云：「淡折夷猶，風神絕遠」；評〈羅池廟

〔註12〕王基倫〈「韓愈以詩爲文」論題之辨析〉（《第二屆國際唐代學術會議論文
集》，頁 377～402）統計錢穆、羅聯添二氏確認《韓集》「以詩爲文」的篇章，
結果發現在韓文中，端以「書牘」及「贈序」多數作品屬之。其他如「奏
議」、「詔令」等篇章中，並無「以詩爲文」的作法；「碑誌」、「傳狀」、「雜記」
等作品中，僅有部分篇章屬之。韓愈贈序雖多燕私間酬唱作品，性質頗近於
書牘，然而行文間之論理、諷寓時事，仍與書牘風格有別。王氏且認爲韓愈
「以詩爲文」作法，「並非魏晉以來『詩賦化』的技巧，諸如好用富有想像
性的文字，減省虛詞，整齊句式，從中安插典實，濃縮故事，所造成奇詭、
繁複、緩弱、夸飾、豔麗的語言審美特色；而是指『陶寫心靈』，『妙得神
理』，『取類至深，寄托至廣』，『刻意運化詩騷辭賦之意境』」，「『以詩爲文』
的『詩』不應指爲『唐詩』而已，魏晉以來富有『情韻』風格的駢儷作品，
實亦爲唐代散文之源流。」柯師慶明也提出：「事實上韓、柳古文，仍然充分
的利用辭賦的排比、對偶的形式美感，只是將通篇四六轉化爲多種字數句式
的對偶與排比，並且中間穿插『散文筆法起落轉接』，因而充分顯現一種『氣
盛』的靈轉流動。」（〈從韓柳文論唐代古文運動的美學意義〉）說明韓、柳古
文仍然運用了時文的「形式美感」，此所以其贈序能夠「沈鬱往復」、「情韻不
匱」。

碑〉云：「此文情韻不匱，聲調鏗鏘，乃文章第一妙境」；評〈殿中
少監馬君墓誌〉亦稱「情韻不匱」。類似之例，不勝列舉。從此可知
錢氏「以詩爲文」之說，有其根據。（《漢學研究》第九卷二期，頁
290）

足徵錢說有據。韓愈的古文佳作中，確實寓有詩賦之風神情韻，爲前此未見，
而爲後世師法評賞者。特別是韓愈的贈序文，誠如游喚所論：

> 贈序類散文，用意甚美，文辭自成一系，也有強烈的個人言志色
> 彩。……至其擅長此體者，韓愈開其端。……藉此體坦誠地表露言
> 志：〈送王含秀才〉，其實寫一己人生觀；〈送孟東野〉，其實述韓愈
> 文學思想論。……而文路蹊徑與字句間雜廉悍，又合當是「詩人筆
> 下的散文」。

> 簡言之，所謂詩人的散文，就是詩人所寫的散文，純粹是因爲居兩
> 面角色之故，論者以爲彼憑藉寫詩的經驗，把寫詩的技巧，包括遣
> 詞用句與文章祈向，轉化到散文的創作中。（〈古典散文與現代散
> 文〉）

韓愈贈序文正是高妙地將詩歌的遣詞用句與文章祈向，轉化到散文創作中，
所以能令讀者有「淡折夷猶，風神絕遠」之嘆！〔註13〕

　　錢穆先生既說韓愈之「以詩爲文」，乃「融化後起詩賦純文學之情趣風神
以納入於短篇散文之中，而使短篇散文亦得侵入純文學之閫域」，所以此類作
品的風格必然是「情存比興，乃以遊戲出之」。我們發現，在韓愈稍前之古文
家，如元結、獨孤及、梁肅等人，皆重視以「比興」來宏道〔註14〕。如獨孤
及〈唐故殿中侍御史贈考功郎中蕭府君文章集錄序〉曰：

> 足志者言，足言者文。情動於中而形於聲，文之微也；粲於歌頌、
> 暢於事業，文之著也。君子修其詞，立其誠，生以比興宏道，歿以
> 述作垂裕，此之謂不朽。（《毘陵集》卷十三）

〔註13〕此如劉正忠〈韓愈贈序散文的藝術〉即認爲韓愈「以詩爲文」的創格，可以
　　　概分三點而論：「古人以詩表現的題材內容，昌黎以文爲之，此其一。將詩歌
　　　中的技巧引入散文，此其二。在散文中創造詩的意境，此其三。」（《大陸雜
　　　誌》第九十卷六期，頁10～16）

〔註14〕參見何寄澎《北宋古文運動》，該文云：「古文家之念念不忘『比興』……反
　　　映了唐代古文運動所受古詩運動的影響；換言之，反映了詩、文復古的一致
　　　性。」（頁267）

梁肅〈李泌文集序〉云：

> 用比興之文，行易簡之道。（《全唐文》卷五一八）

而柳宗元〈楊評事文集後序〉更載：

> 作於聖，故曰經；述於才，故曰文。文有二道：辭令褒貶，本乎著
> 述者也；導揚諷諭，本乎比興者也。著述者流，蓋出於《書》之謨
> 訓、《易》之象系、《春秋》之筆削，其要在於高壯廣厚，詞正而理
> 備，謂宜藏於簡策也。比興者流，蓋出於虞夏之詠歌，殷周之風雅，
> 其要在於麗則清越，言暢而意美，謂宜流於謠誦也。茲二者，考其
> 旨義，乖離不合，故秉筆之士，恆偏勝獨得，而罕有兼者焉。（《河
> 東先生集》第二十一卷）

可見「比興」實為古文家所重視之作法，其目的則在「導揚諷諭」。與此相對
應的另一種文，則是本乎「著述」的「辭令褒貶」〔註15〕。如前引獨孤及與
柳宗元二人所言，基於這兩種不同的文學觀念，時人對韓文也就形成了不同
評價。張籍〈上韓昌黎書〉便曾勸他：

> 執事聰明文章，與孟軻、揚雄相若。盍為一書，以興存聖人之道，
> 使時之人、後之人知其去絕異學之所為乎？曷可俯仰於俗，囂囂為
> 多言之徒哉？然欲舉聖人之道者，其身亦宜由之也，比見執事多尚
> 駁雜無實之說，使人陳之於前以為歡。此有以累於令德。……若執
> 事守章句之學，因循于時，置不朽之盛事，與夫不知言者亦無以異
> 矣。（《五百家註音辨昌黎先生文集》卷十四附錄）

所謂「章句之學」，在此指的是「篇章辭句」之學，乃針對韓愈之詩歌、散文
而言〔註16〕。張籍正是以「著述傳世」的文學觀，質疑韓文「多尚駁雜無實

〔註15〕 韓文多偏近「導揚諷諭」之作，此故清代章學誠〈上朱大司馬論文〉才會慨
　　　　 歎曰：「雖謂古文由昌黎而衰，未為不可。……蓋六藝之教，通於後世有三：
　　　　 《春秋》流為史學，《官禮》諸記流為諸子論議，《詩》教流為辭章辭命。其
　　　　 他《樂》亡而入於《詩》、《禮》，《書》亡而入於《春秋》，《易》學亦入《官
　　　　 禮》，而諸子家言，源委自可考也。昌黎之文，本於《官禮》，而尤近於孟、
　　　　 荀；荀出《禮》教，而孟子尤長於《詩》。故昌黎善立言而又優於辭章，無傷
　　　　 其為山斗也，特不深於《春秋》，未優於史學耳。噫！此殆難以與文學士言
　　　　 也。」（《文史通義》補遺）

〔註16〕 「章句之學」在此指的是詩賦、散文等「篇章辭句」。如張籍〈春日李舍人宅
　　　　 見兩省諸公唱和因書情即事〉詩云：「紫掖發章句，青闈更詠歌。」（《張司業
　　　　 集》卷二）〈傷于鵠〉云：「我初有章句，相合者惟君，今來弔嗣子，對隴燒
　　　　 斯文。」（《張司業集》卷七）又韓愈〈此日足可惜一首贈張籍〉詩云：「州家

之說，使人陳之於前以爲歡」，「有累於令德」。韓愈〈答張籍書〉回覆：

> 然吾子所論：「排釋老不若著書。囂囂多言，徒相爲訾。」若僕之見，
> 則有異乎此也。夫所謂著書者，義止於辭耳。宣之於口，書之於簡，
> 何擇焉？孟軻之書，非軻自著。軻既歿，其徒萬章、公孫丑相與記
> 軻所言已耳。僕自得聖人之道而誦之，排前二家有年矣。不知者以
> 僕爲好辯也。然從而化者亦有矣。聞而疑者又有倍焉。頑然不入者，
> 親以言諭之不入。矧其觀吾書也，固將無得矣。化當世莫若口，傳
> 來世莫若書，又懼吾力之未至也，三十而立，四十而不惑，吾於聖
> 人，既過之，猶懼不及，矧今未至。請待五、六十然後爲之，冀其
> 少過也。吾子又譏吾與人人爲無實駁雜之說，此吾所以爲戲耳。(《韓
> 集》卷二)

此所言「宣之於口，書之於簡，何擇焉？」「化當世莫若口，傳來世莫若
書」，「所以爲戲耳」，正異於張籍所持之「著述傳世」文學觀，亦即錢先生所
謂「情存比興，乃以遊戲出之」的文學觀。這種文學觀表現於短篇散文之成
就，也就是錢先生所言「融化後起詩賦純文學之情趣風神以納入於短篇散文
之中，而使短篇散文亦得侵入純文學之閫域，而確占一席地」，換言之，古文
家韓愈在「文以貫道」前提下，並具有詩人重視修辭的一面。他於〈進學解〉
說自己：

> 學雖勤而不繇其統，言雖多而不要其中，文雖奇而不濟於用，行雖
> 修而不顯於眾(《韓集》卷一)

並非謙稱，實正好說明其爲文特色。

　　古文家如此重視「比興」，乃反映出中唐古文運動受到古詩運動之影響，
當時的古文家多推崇陳子昂於古詩運動之號召〔註17〕。李華〈揚州功曹蕭穎

舉進士，選試繆所當，馳遂對我策，章句何煒煌。」(《昌黎詩繫年集釋》卷
一)數首皆以「章句」指稱詩文，可證張籍所規勸韓愈者，正在此類「因循于
時」的詩文章句之學。韓愈與孟子著述觀之不同，誠如清人汪縉〈合訂管商
韓三家敘〉所論：「有主於行文而著書之意寓焉者，唐、宋大家也。予既嗜其
辭，然亦頗病夫著書盛而六藝之旨亂，行文盛而著書之體且亡矣。以著書之功
繼六藝者，孟子一人而已；以行文之雄繼孟子者，昌黎韓子一人而已。」(《汪
子文錄》卷二)然則孟子著書與韓愈行文，皆時異事變下之自然趨嚮。

〔註17〕錢穆先生〈雜論唐代古文運動〉亦認爲「唐代之古文運動當追溯於唐代之古
詩運動。……古詩運動，當溯自陳子昂。」(《中國學術思想史論叢》第四冊，
頁16)

士文集序〉云：

> 君謂六經之後有屈原、宋玉，文甚雄壯而不能經；厥後有賈誼，文
> 詞詳正，近於理體。……近日陳子昂拾遺文體最正。以此而言，見
> 君之述作矣！君以文章制度爲己任，時人咸以此許之。(《全唐文》
> 卷三一五)

獨孤及〈檢校尚書吏部員外郎趙郡李公（華）中集序〉云：

> 帝唐以文德敷义于下，民被王風，俗稍丕變。至天后時，陳子昂以
> 雅易鄭，圓（案：《文苑英華》作「學」字）者寖而嚮方。天寶中，
> 公與蘭陵蕭茂挺、長樂賈幼幾，勃焉復起，用三代文章律度當世。
> 公之作，本乎王道，大抵以五經爲泉源，抒情性以託諷。(《毘陵集》
> 卷十三)

可見這些古文家皆受陳子昂古詩運動號召之影響。韓愈〈送孟東野序〉曰：

> 唐之有天下，陳子昂、蘇源明、元結、李白、杜甫、李觀，皆以其
> 所能鳴。(《韓集》卷四)

〈薦士詩〉云：

> 國朝盛文章，子昂始高蹈；勃興得李杜，萬類困陵暴。(《韓昌黎集
> 昌黎詩繫年集釋》卷五)

可見韓愈亦以陳子昂爲唐人復古思潮之道倡者，其影響且深及於李白、杜甫
詩作中。韓愈古文「情存比興」，如獨孤及論陳子昂云「本乎王道，大抵以五
經爲泉源，抒情性以託諷」，乃承繼陳子昂詩歌主張，特其發之於短篇散文。
陳子昂〈修竹篇序〉云：

> 文章道弊五百年矣，漢、魏風骨，晉、宋莫傳，然而文獻有可徵者。
> 僕嘗暇時觀齊、梁間詩，彩麗競繁，而興寄都絕，每以永歎。思古
> 人常恐逶迤頹靡，風雅不作，以耿耿也。一昨於解三處見明公〈詠
> 孤桐篇〉，骨氣端翔，音情頓挫，光英朗練，有金石聲。遂用洗心飾
> 視，發揮幽鬱，不圖正始之音，復睹於茲，可使建安作者，相視而
> 笑！(《陳伯玉文集》卷一)

可知其所欲復之「古」，乃漢、魏之風骨也；尤以建安（西元 196～220 年）
作者爲其典範。所謂的「建安風力」，〈詩品序〉云：

> 降及建安，曹公父子，篤好斯文；平原兄弟，鬱爲文棟；劉楨、王
> 粲，爲其羽翼。次有攀龍託鳳，自致于屬車者，蓋將百計。彬彬之

盛，大備于時矣。

《文心雕龍・時序篇》曰：

> 魏武以相王之尊，雅愛詩章；文帝以副君之重，妙善辭賦；陳思以
> 公子之豪，下筆琳琅；並體貌英逸，故俊才雲蒸。仲宣委質於漢南，
> 孔璋歸命於河北，偉長從宦於青土，公幹徇質於海隅，德璉綜其斐
> 然之思，元瑜展其翩翩之樂；文蔚休伯之儔，子叔德祖之侶，傲雅
> 觴豆之前，雍容衽席之上，灑筆以成酣歌，和墨以藉談笑。觀其時
> 文，雅好慷慨，良由世積亂離，風衰俗怨，並志深而筆長，故梗概
> 而多氣也。

就時代背景而言，「建安作者」正面臨漢末統一帝國的崩潰世局，他們的詩
文值此「世積亂離，風衰俗怨」，及發爲「志深筆長」、「梗概多氣」的風格
〔註18〕。此期詩文除了反映社會人群之變動，而抱持深刻感慨同情外，也展
現出作者其人明朗剛健的個性。質言之，這也就是陳子昂在面臨「文章道弊
五百年」時，所亟欲復興的文章品格。

盧藏用〈陳子昂文集序〉云：

> 昔孔宣父以天縱之才，自衛反魯，乃刪《詩》定《禮》，述《易》道
> 而修《春秋》，數千百年，文章粲然可觀也。孔子歿二百歲而騷人作，
> 於是怨麗浮侈之法行焉。漢興二百年，賈誼、馬遷爲之傑，憲章禮
> 樂，有老成之風。長卿、子雲之儔。瑰詭萬變，亦奇特之士也，惜
> 其王公大人之言，溺於流雜而不顯。其後班、張、崔、蔡、曹、劉、
> 潘、陸，隨波而作，雖大雅不足，其遺風餘烈，尚有典型。宋、齊
> 之末，蓋憔悴矣；逶迤陵積，流靡忘返，至於徐、庾，天之將喪斯

〔註18〕林耀潾〈陳子昂詩觀研究〉提及「建安風骨」特色爲：「總而言之，動盪的時
局，乃是建安詩人寫作的大背景，然而這一群生活於亂世的文士，並不是冷
眼的旁觀者，卻是熱血的關懷者，他們對於社會大我，抱持極深的關懷，
對於民生疾苦，寄與極大的同情，而揮灑成就一篇篇有血有淚，思想深刻，
感情充沛的實錄文學。」（《孔孟學報》第六十四期，頁199～220）這也是中
唐古文家面臨安史之亂變局下，所亟欲追復之文章品格。據何寄澎〈論韓愈
之「以詩爲文」──兼論韓文寫作策略之形成及其影響〉說，他認爲：「韓愈
一方面凜於『形式』上詩改變文的歷史事實，一方面看到駢文熾盛後，文章
個性化失落的流弊；一方面又有鑒於子昂詩歌復古成功的昭示；加上他本身
就具有的『自樹立』的主張，終使他繼承之而後開拓之地走出一條『以詩爲
文』的大道，並且發揮淋漓盡致。」（《中國文學的多層面探討》論文集，頁
312）

> 文也！……道喪五百歲而得陳君，……故其諫諍之辭則爲政之先
> 也，昭夷之碣則議論之當也，國殤之文則大雅之怨也，徐君之議則
> 刑禮之中也；至於感激頓挫，微顯闡幽，庶幾見變化之朕，以接乎
> 天人之際者，則感遇之篇存焉。觀其逸足駿駿，方將摶扶搖而凌太
> 清，獵遺風而薄嵩岱。

盧氏上溯前人之「文統」，爲唐代文家復古運動中常見說法；陳子昂言「漢、
魏風骨」，亦於茲可見。其所法之文，則漢、魏人「遺風餘烈，尚有典型」作
品；其自作文，如〈感遇〉篇，則以「感激頓挫，微顯闡幽，庶幾見變化之
朕，以接乎天人之際」爲其風格。可知陳子昂爲矯瀆靡，乃主張恢復文學「感
激頓挫」的鮮明個性，此尤以漢、魏間慷慨之士爲其典型。

如陳子昂〈薛大夫山亭宴序〉云：

> 向之所得，已失於無何；今之所遊，傷羈於有物。詩言志也，可得
> 聞乎？（《陳子昂文集》卷七）

可知他繼承了〈詩大序〉言志傳統，以言爲心聲，此「心聲」尤爲發自作者
內心之眞情實感，其精悁所至，乃造端於天地、歷史之存有。例如著名的〈登
幽州臺歌〉云：

> 前不見古人，後不見來者；念天地之悠悠，獨愴然而涕下。（《陳子
> 昂文集》補遺）

此所以能激奮人心，實因文中透顯出作者情意之崇高深摯。這正是唐代古文
家師法於陳子昂的重要觀念。

此外，又如其〈喜馬參軍相遇醉歌序〉自云：

> 進不能以義補國，退不能以道隱身。……夫詩可以比興也，不言曷
> 著？（《陳子昂文集》卷二）

是其作詩「興寄」之旨，端在道義，如陳子昂〈感遇詩〉云：

> 蒼蒼丁零塞，今古緬荒途。亭堠何摧兀，暴骨無全軀。黃沙漠南起，
> 白日隱西隅。漢甲三十萬，曾以事匈奴。但見沙場恐，誰憐塞上孤。
> （之三）
>
> 朝入雲中郡，北望單于臺。胡秦何密邇，沙朔氣雄哉。籍籍天驕子，
> 猖狂已復來。塞垣無名將，亭堠空崔嵬。咄嗟吾何歎，邊人塗草萊。
> （之三十七，《陳子昂文集》卷一）

可見其比興諷諭類詩作，實已具備了現實主義精神，這也就是唐人詩文復古

的具體呈現。

陳子昂後，李白亦主文學復古。其〈古風〉第一首曰：

> 大雅久不作，吾衰竟誰陳？王風委蔓草，戰國多荊榛。龍虎相啖
> 食，兵戈逮狂秦。正聲何微茫，哀怨起騷人。揚、馬激頹波，開流
> 蕩無垠。廢興雖萬變，憲章亦已淪。自從建安來，綺麗不足珍。
> 聖代復元古，垂衣貴清眞。群才屬休明，乘運共躍鱗。文質相炳
> 煥，眾星羅秋旻。我志在刪述，垂輝映千春，希聖如有立，絕筆於
> 獲麟。

又唐孟棨《本事詩‧高逸第三》載其論詩語曰：

> 梁、陳以來，豔薄斯極，沈休文又尚以聲律，將復古道，非我而誰
> 與？……興寄深微，五言不如四言，七言又其靡也，況使束於聲調
> 俳優哉！

李白所欲追復之「元古」，與陳子昂的「漢、魏風骨」不同。他重視「大雅」、
「王風」的「清眞」，強調文辭之樸質充實，並認爲文體已每變愈下。李白〈古
風〉第三十五首曰：

> 醜女來效顰，還家驚四鄰。壽陵失本步，笑殺邯鄲人。一曲斐然子，
> 雕蟲喪天眞。棘刺造沐猴，三年費精神。功成無所用，楚楚且華身。
> 大雅思文王，頌聲久崩淪。安得郢中質，一揮成風斤。

又〈贈江夏韋太守良宰〉詩云：

> 覽君荊山作，江、鮑堪動色，清水出芙蓉，天然去雕飾。(《李太白
> 詩集》卷十一)

可知其不屑爲「效顰」、「失本步」之文，以爲欲追復元古炳煥風神，不待「喪
天眞」之模倣，實在於求文意之「清眞天然」。就此意見而言，李白乃基於陳
子昂重視「慷慨興寄」的復古主張，更深入認識到撰作風格之鮮活性〔註19〕。

清人翁方綱《石洲詩話》云：

> 子昂、太白，皆嫉梁、陳之豔，而思復古之道者；然子昂以精深復
> 古，太白以豪放復古。

「以豪放復古」，說明了李白詩文復古之創造性，已與陳子昂之主張有別。宋

〔註19〕如吳彩娥〈陳子昂與李白復古思想的比較〉云：「子昂在復古思想的籠罩下，
實際的創作，難免有摹擬的痕跡，尤其子昂〈感遇詩〉之於阮籍〈詠懷詩〉，
有幾首無論在命意造境或遣辭用字方面，都有相當明顯的點化痕跡。」(《王
靜芝先生七十壽慶論文集》，頁 747)

人張表臣云：

> 李唐群英，惟韓文公之文、李太白之詩，務去陳言，多出新意。（《珊
> 瑚鉤詩話》卷一）

可知韓愈古文運動能成功，必承襲於李白古詩運動之若干觀念，尤其發揚了
太白於詩篇中「自我作古」的創造精神。〔註20〕

韓愈〈調張籍〉詩曾云：

> 李、杜文章在，光燄萬丈長。不知群兒愚，那用故謗傷？蚍蜉撼大
> 樹，可笑不自量。伊我生其後，舉頸遙相望。夜夢多見之，晝思反
> 微茫。（《韓昌黎詩繫年集釋》卷九）

除了受到陳子昂、李白復古號召影響外，杜甫的文學思想亦有助於韓愈古文
觀念之創發。《新唐書·杜甫傳》史官贊曰：

> 唐興詩人承陳、隋風流，浮靡相矜。至宋之問、沈佺期等研揣聲音，
> 浮切不差，而號「律詩」，競相襲沿。逮開元間稍裁以雅正。然恃華
> 者質反，好麗者壯違。人得一概，皆自名所長。至甫，渾涵汪茫，
> 千彙萬狀，兼古今而有之。他人不足，甫乃厭餘。殘膏賸馥，沾丏
> 後人多矣。故元稹謂詩人以來，未有如子美者。甫又善陳時事，律
> 切精深，至千言不少衰。世號「詩史」。昌黎韓愈，於文章慎許
> 可，至歌詩獨推曰：「李、杜文章在，光燄萬丈長」誠可信云。（卷
> 二〇一）

從《新唐書》這段評論中，我們注意到杜甫「兼古今而有之」的態度，乃與
陳、李追復上古主張不同。他在〈戲為六絕句〉其五自云：

> 不薄今人愛古人，清詞麗句必為鄰。（《杜詩鏡詮》卷九）

〈戲為六絕句〉其六曰：

> 別裁偽體親風雅，轉益多師是汝師。（《杜詩鏡詮》卷九）

又元稹撰〈唐故工部員外郎杜君墓係銘〉則說：

> 至於子美，蓋所謂上薄風、騷，下該沈、宋，古傍蘇、李，氣奪曹、
> 劉；掩顏、謝之孤高，雜徐、庾之流麗。盡得古今之體勢，而兼今
> 人之所獨專矣。（《元氏長慶集》卷五十六）

可知杜甫是以「清詞麗句」為鄰，「轉益多師」，而盡得「古今之體勢」。這尤

〔註20〕李白曾自稱：「梁陳以來，豔薄斯極，將復古道，非我而誰？」（據孟棨《本
事詩》引）其詩作中抒情自我之呈現，是李白詩歌復古的重要特質。

其與李白「文貴清眞」、「綺麗不足珍」的態度不同。又杜甫〈江上值水如海勢聊短述〉說自己：

> 爲人性僻耽佳句，語不驚人死不休。（《杜詩鏡銓》卷八）

其詩所法則「古今清詞麗句」，於撰作時則斧削雕琢，必欲達「驚人」之閱讀效果而後已。

而宋人秦觀撰〈韓愈論〉曰：

> 蓋前之作者多矣，而莫有備於愈；後之作者亦多矣，而無以加於愈。故曰：總而論之，未有如韓愈者也。然則列、莊、蘇、張、班、馬、屈、宋之流，其學術才氣，皆出於愈之文，猶杜子美之於詩，實積眾家之長，適當其時而已。……孔子之謂集大成，嗚呼！杜氏、韓氏，亦集詩文之大成者歟！（《淮海集》卷二十二）

此段論贊並舉杜詩、韓文，謂其爲集大成者，可見二氏於我國文學史上之貢獻所在；然杜詩「積眾家之長」的作法，必曾影響韓愈古文「口不絕吟於六藝之文，手不停披於百家之編」的寫作態度。

穆修撰〈唐柳先生集後序〉云：

> 唐之文章，初未去周、隋、五代之氣，中間稱得李、杜，其才始用爲勝，而號雄歌詩，道未極渾備。至韓、柳氏起，然後能大吐古人之文，其言與仁義相華實而不離。（《河南穆公集》卷二）

此說代表北宋人對唐朝復古運動之看法，是知欲探韓、柳古文淵緣，還應該溯及陳子昂、李白及杜甫的詩歌主張。綜前所述，可見韓、柳古文之風格實偏近詩歌「比興」，其要旨在於兼重用世理想與文辭表現，便於傳播，而反映現實；與傳統散文「宜藏於簡策」的「著述」觀念有別。〔註21〕

如前述，由於韓、柳古文之創製，散文乃開始富有了「純文學」的情味。其實從魏、晉以來，人們心目中視爲「純文學」的篇章，端在歌詩、韻文，

〔註21〕就古文風格之革新，王基倫認爲：「韓愈『以詩以文』的作法之所以能成功，在於古文運動與古詩運動關係密切，且體類作法原有易於轉換、相生相成的性質，故『以詩爲文』（實即以詩、賦、時文作法來作古文，因中唐以前一切文體已詩賦化，且以此三大類作品爲主），有助於古文的革新。此項革新的效果有二：一是造成散文筆法氣體有類於詩、賦，辭藻音節邁入純文學的進境。二是舊體改創成新體，短篇古文應運勃興，奠定了各古文體製的表達方式。」（《韓歐古文比較研究》，頁23）因爲受到詩、賦、時文作法之影響，麗則清越、言暢意美的短篇古文，較諸傳統散文便於傳播，所以能蔚爲風行。

而並非指散體之應用文。這種觀念一直要到中唐韓、柳古文崛起後，開始有了轉變。劉師培說：

> 唐人之以筆爲文，始於韓、柳。……夫二子之文，氣盛言宜，希蹤子史。而韓門弟子有李翱、皇甫湜諸人。偶有所作，咸能易排偶爲單行，易平易爲奇古，復能「務去陳言」，「辭必己出」。當時之士，以其異於韻語偶文之作也，遂群然目之爲古文。以筆爲文，至此始矣。

> 唐代以筆爲文，如昌黎言「作爲文章，其書滿家」，夢得言「手持文柄，高視寰海」是也。以詩爲文，如杜詩「文章憎命達」，韓詩「李杜文章在」是也。夫詩爲有韻之文，且多偶語，以詩爲文，似未盡非；若以筆爲文，則與古代文字之訓相背矣。而流俗每習焉不察，豈不謬哉？（《論文雜記》）

據其說，他認爲韓、柳古文之前，所謂「文」（文學）者，端在有韻之詩文，而非散體之「筆」。考諸六朝文獻，如《文心雕龍・總術篇》云：

> 今之常言，有文有筆。以爲無韻者筆也，有韻者文也。

又梁元帝《金樓子・立言篇》云：

> 至如不便爲詩如閻纂，善爲章奏如伯松，若此之流，汎謂之筆。吟詠風謠，流連哀思者，謂之文。……筆退則非謂成篇，進則不云取義，神其巧惠，筆端而已。至如文者，惟須綺縠紛披，宮徵靡曼，脣吻遒會，情靈搖蕩。

可徵劉說有據。「筆」不被視爲「文」者，正因爲散體應用文並不具備歌詩駢文「綺縠紛披，宮徵靡曼，脣吻遒會，情靈搖蕩」的美學特徵。魏晉人區別文、筆之意義，據郭紹虞說：「文、筆的區分，是由於文學創作日益繁榮，人們辨析文章體製日益精密而產生的結果」〔註22〕，在我國文學史上的意義可謂相當重大。

　　六朝以來文、筆區分的觀念，到了唐代卻逐漸混淆；同樣稱「文」，有時指的是詩，有時則稱散文。如韓愈〈上兵部李侍郎書〉云：

> 謹獻舊文一卷，扶樹教道，有所明白；南行詩一卷，舒憂娛悲。
> （《韓集》卷二）

〔註22〕見郭紹虞編著《中國歷代文論選》。

張籍〈上韓昌黎書〉云：

> 執事聰明文章，與孟軻、揚雄相若。（《全唐文》卷六八四）

即唐人以「文」稱「筆」之例。

反之，如皎然《詩式》「文章宗旨」條：

> 康樂公早歲能文。……夫文章，天下之公器。

韓愈〈調張籍〉詩：

> 李、杜文章在，光焰萬丈長。

又〈送竇從事序〉：

> 合東都交遊之能文者二十有八人，賦詩以贈之。（《韓集》卷四）

數條則又以「文」稱詩之例，可見唐人文、筆觀念的混淆。文、筆觀念之混淆，或許正因爲古文襲取了詩歌原有的風神情趣，是故其質雖「筆」，時人亦目之曰「文」。此故郭紹虞〈文筆與詩筆〉云：

> 文、筆之分起於六朝，文、筆之淆始自唐、宋。……以文、筆對舉，
> 則雖不忽視文章體製之異點，而更重在文學性質之分別；其意義與
> 近人所謂純文學、雜文學之分爲近。（《照隅室古典文學論集》，頁
> 138～149）

又葛曉音〈古文成于韓柳的標誌〉說：

> 韓、柳變「筆」爲「文」的主要標誌是在應用文章中感懷言志，使
> 之產生抒情文學的藝術魅力。其次，他們扭轉了唐代古文模擬前人
> 的傾向。（《漢唐文學的嬗變》）

可知唐人文、筆觀念的混淆，視「雜著」爲「古文」，其實皆因韓、柳散文之富於詩情，才使得原本寓有教化目的之應用文，從此兼備了歌詩緣情述懷、與觀群怨的風味神采。

第三節　韓文與古道

前面本論文介紹了韓愈古文於體裁、風格的創發，本節欲進一步辨析韓文所復之古道。

韓愈〈題歐陽生哀辭後〉云：

> 愈之爲古文，豈獨取其句讀不類於今者耶？思古人而不得見，學古
> 道則欲兼通其辭；通其辭者，本志乎古道者也。（《韓集》卷五）

〈答李秀才書〉亦云：

> 然愈之所志於古者，不惟其辭之好，好其道焉爾。（《韓集》卷三）

可知韓愈作古文，志在「修其辭以明其道」。然則韓文明道之內容云何？

　　韓愈〈上宰相書〉自述：

> 其業則讀書著文，歌頌堯舜之道。……其所讀皆聖人之書，楊墨釋
> 老之學無所入於其心。其所著皆約六經之旨而成文，抑邪與正，辨
> 時俗之所惑。（《韓集》卷三）

是知韓文所宗者，端在堯舜之道、六經之旨。如其〈原道〉篇云：

> 博愛之謂仁，行而宜之之謂義，由是而之焉之謂道，足乎己無待於
> 外之謂德。仁與義爲定名，道與德爲虛立。故道有君子小人，而德
> 有凶有吉。老子之小仁義，非毀之也，其見者小也。坐井而觀天，
> 曰天小者，非天小也。彼以煦煦爲仁，孑孑爲義，其小之也則宜。
> 其所謂「道」，道其所道，非吾所謂道也。其所謂「德」，德其所
> 德，非吾所謂德也。凡吾所謂「道德」云者，合仁與義言之也，天
> 下之公言也。老子之所謂「道德」云者，去仁與義言之也，一人之
> 私言也。
>
> 周道衰，孔子沒，火于秦，黃老于漢，佛于晉魏梁隋之間。其言道
> 德仁義者，不入于楊，則入于墨；不入于老，則入于佛。入于彼，
> 必出于此。入者主之，出者奴之；入者附之，出者汙之。噫！後之
> 人其欲聞仁義道德之說，孰從而聽之！老者曰：「孔子，吾師之弟子
> 也。」佛者曰：「孔子，吾師之弟子也。」爲孔子者習聞其說，樂其
> 誕而自小也，亦曰：「吾師亦嘗師之云爾！」不惟舉之于其口，而又
> 筆之于其書。噫！後之人雖欲聞仁義道德之說，其孰從而求之？（《韓
> 集》卷一）

韓愈如此標舉孔子之仁義道德，實欲與當時盛行的佛、道二教抗衡。他在〈送
王（塤）秀才序〉中批評：

> 故學者必愼其所道，道於楊、墨、老、莊、佛之學，而欲之聖人之
> 道，猶航斷港絕潢，以望至於海也！（《韓集》卷四）

可見韓愈對老、佛之學不以爲然的態度。〈送廖道士序〉云：

> 衡山之神既靈，而郴之爲州，又當中州清淑之氣，蜿蟺扶輿，磅礴
> 而鬱積，其水土之所生，神氣之所感，……意必有魁奇忠信材德之

民生其間。而吾又未見也，其無乃迷惑溺沒於老佛之學而不出邪！

（《韓集》卷四）

又〈送高閑上人序〉曰：

今閑師浮屠氏，一死生，解外膠，是其為心必泊然無所起，其於世
必淡然無所嗜。淡與泊相遭，頹墮委靡，潰敗不可收拾。（《韓集》
卷四）

是以韓愈欲「辨時俗之所惑」者，正因老、佛之徒「溺沒不出」，於世「淡然
無所嗜」，試想如果民眾都遁世不出，朝政自然要「潰敗不可收拾」了，所以
〈原道〉篇才說：

甚矣，人之好怪也，不求其端，不訊其末，惟怪之欲聞。古之為民
者四，今之為民者六。古之教者處其一，今之教者處其三。農之家
一，而食粟之家六。工之家一，而用器之家六。賈之家一，而資焉
之家六。奈之何民不窮且盜也？（《韓集》卷一）

批評時人之不務實際。此故，韓愈乃以儒家剛健入世之精神，矯正當時思想
文辭的「頹墮委靡」。〈原道〉篇云：

古之時，人之害多矣。有聖人者立，然後教之以相生養之道。為之
君，為之師。驅其蟲蛇禽獸，而處之中土。寒然後為之衣，飢然後
為之食。木處而顛，土處而病也，然后為之宮室。為之工以贍其器
用，為之賈以通其有無，為之醫藥以濟其夭死，為之葬埋祭祀以長
其恩愛，為之禮以次其先後，為之樂以宣其壹鬱，為之政以率其怠
勌，為之刑以鋤其強梗。相欺也，為之符璽斗斛權衡以信之；相奪
也，為之城郭甲兵以守之；害至而為之備，患生而為之防。今其言
曰：「聖人不死，大盜不止；剖斗折衡，而民不爭。」嗚呼！其亦不
思而已矣。如古之無聖人，人之類滅久矣。何也？無羽毛鱗介以居
寒熱也，無爪牙以爭食也。

是故君者，出令者也；臣者，行君之令而致之民者也；民者，出粟
米麻絲，作器皿，通貨財，以事其上者也。君不出令，則失其所以
為君，臣不行君之令而致之民，民不出粟米麻絲，作器皿，通貨財，
以事其上，則誅。今其法曰：必棄而君臣，去而父子，禁而相生養
之道，以求其所謂清淨寂滅者。嗚呼！其亦幸而出于三代之後，不
見黜于禹、湯、文、武、周公、孔子也，其亦不幸而不出于三代之

前，不見正于禹、湯、文、武、周公、孔子也。

帝之與王，其號名殊，其所以爲聖一也。夏葛而冬裘，渴飲而飢食，其事殊，其所以爲智一也。今其言曰：曷不爲太古之無事？是亦責冬之裘者曰：曷不爲葛之之易也？責飢之食者曰：曷不爲飲之之易也？（《韓集》卷一）

又〈送浮屠文暢師序〉曰：

民之初生，固若禽獸夷狄然。聖人者立，然後知宮居而粒食，親親而尊尊，生者養而死者藏；是故道莫大乎仁義，教莫正乎禮樂刑政。施之於天下，萬物得其宜；措之於其躬，體安而氣平。堯以是傳之舜，舜以是傳之禹，禹以是傳之湯，湯以是傳之文、武，文、武以是傳之周公、孔子，書之於冊，中國之人世守之。（《韓集》卷四）

韓愈承襲孟子「人之異於禽獸者，幾希！」的觀點立說，此處所舉的三代聖人之道，其實也就是「相生養之道」，他用人類根本的生命存亡問題、以及活潑潑的人群間情感互動，來說明儒家的禮樂刑政。韓愈與孟子不同的是，他更進而強調君令之重，欲使百姓注重民生、關心政治，想藉此恢復朝廷的權力與威信。

韓愈曾於〈論佛骨表〉諫憲宗曰：

今無故取朽穢之物，親臨觀之。巫祝不先，桃茢不用，群臣不言其非，御史不舉其失。臣實恥之！乞以此骨付之有司，投諸水火，永絕根本，斷天下之疑，絕後代之惑。使天下之人知大聖人之所作爲，出於尋常萬萬也，豈不盛哉！豈不快哉！（《韓集》卷八）

又〈原道〉篇勾勒其道統觀云：

夫所謂先王之教者，何也？博愛之謂仁，行而宜之之謂義，由是而之焉之謂道，足乎己無待於外之謂德。其文《詩》、《書》、《易》、《春秋》，其法禮、樂、刑、政，其民士、農、工、賈，其位君臣、父子、師友、賓主、昆弟、夫婦，其服麻絲，其居宮室，其食粟米、果蔬、魚肉。其爲道易明，而其爲教易行也。是故以之爲己，則順而祥；以之爲人，則愛而公；以之爲心，則和而平；以之爲天下國家，無所處而不當。是故生則得其情，死則盡其常，郊焉而天神假，廟焉而人鬼饗。曰：斯道也，何道也？曰：斯吾所謂道也，非向所謂老

與佛之道也。堯以是傳之舜，舜以是傳之禹，禹以是傳之湯，湯以
是傳之文、武、周公，文、武、周公傳之孔子，孔子傳之孟軻。軻
之死，不得其傳焉。（《韓集》卷一）

我們可以在韓愈上面的敘述中，感受到儒教生動平實的人間情味。而這正是
韓愈窮畢生精力所欲恢復之古道。

因為重視大聖人「出於尋常萬萬」的「相生養之道」，文中對於社會庶民
階層的描寫，反而成為韓、柳古文之重要特色。

例如韓愈的〈圬者王承福傳〉：

圬之為技，賤且勞者也。有業之，其色若自得者。聽其言，約而
盡。……又曰：「粟，稼而生者也。若布與帛，必蠶績而後成者
也。其他所以養生之具，皆待人力而後完也，吾皆賴之，然人不可
遍為，宜乎各致其能以相生也。故君者，理我所以生者也；而百官
者，承君之化者也。任有小大，惟其所能，若器皿焉。食焉而怠其
事，必有天殃，故吾不敢一日舍鏝以嬉。」……愈始聞而惑之，又
從而思之：蓋賢者也，蓋所謂「獨善其身」者也。……其賢於世之
患不得之而患失之者，以濟其身之欲，貪邪而亡道，以喪其身者，
其亦遠矣！又其言有可以警余者，故余為之傳而自鑒焉！（《韓集》
卷一）

柳宗元的〈梓人傳〉：

京兆尹將飾官署，余往過焉。委群材，會眾工。或執斧斤，或執刀
鋸，皆環立嚮之。梓人左持引、右執杖，而中處焉。量棟宇之任，
視木之能舉，揮其杖曰：「斧！」彼執斧者奔而右。顧而指曰：
「鋸！」彼執鋸者趨而左。俄而，斤者斲，刀者削，皆視其色，俟
其言，莫敢自斷者。其不勝任者，怒而退之，亦莫敢慍焉。畫宮於
堵，盈尺而曲盡其制。計其毫釐而構大廈，無進退焉。既成，書於
上棟，曰：「某年某月某日某建。」則其姓字也，凡執用之工不在
列。余圜視大駭，然後知其術之工大矣。……余謂梓人之道類於
相，故書而藏之。（《柳河東集》卷十七）

二文都以刻畫庶民之生計情狀見長，而於對話中透顯出尋常人事間通達的智
慧。又如韓愈〈師說〉云：

巫、醫、藥師、百工之人，不恥相師。士大夫之族，曰師、曰弟子

云者，則群聚而笑之。問之，則曰：「彼與彼年相若也，道相似也。」位卑則足羞，官盛則近諛。嗚呼！師道之不復可知矣。巫、醫、樂師、百工之人，君子不齒，今其智乃反不能及，其可怪也歟！（《韓集》卷一）

則更以為士大夫墮落，其智反不及巫、醫、樂師、百工之人。

　　韓、柳文此種描寫庶民的特色，誠如柯師慶明〈從韓柳文論唐代古文運動的美學意義〉一文所論：

　　　　這種將百姓日用的生活的「相生養之道」與仁義君臣的道德倫常問題的繫連在一起，而欲以「文」貫「道」的結果，就產生了唐代古文的基本的美學風格；以百姓日用的經驗來闡發人倫心性的旨趣。

　　　　由於韓柳心目中的「道」，……能遍及一切生活日用的「物」，以及「相生養之道」、「生人之理」。所以「文以貫道」或「文以明道」的結果，就走向一種即物窮理，寓言寫物的修辭策略，因而導致一種新起的美學風格的確立，使古文運動終於達到了文學上的成功。

　　　　（《第一屆國際唐代學術會議論文集》，頁 245～246）

我們可以說，韓、柳古文正是以平實豐富的百姓日用經驗，來抗衡釋、老空泛之論。韓愈古文取材既廣，寓意且深，故而李翱說他：

　　　　其詞與其意適，則孟軻既沒，亦不見有過於斯者。（《李文公集》卷七）

其詞所敘說者，則樸素之人倫經驗；其意所寄託者，則六經之旨、先王之教。古文運動之發展必至於此，乃蔚為風行，為人信服。

　　韓愈這種以百姓日用經驗闡發先王之道的敘事手法，實由《孟子》一書所啓發。他於〈讀荀〉篇云：

　　　　始吾讀孟軻書，然後知孔子之道尊，聖人之道易行。王易王，霸易霸也！以為孔子之徒沒，尊聖人者，孟氏而已。（《韓集》卷一）

〈答張籍書〉云：

　　　　夫所謂著書者，義止於辭耳。宣之於口，書之於簡，何擇焉？孟軻之書，非軻自著，軻既歿，其徒萬章、公孫丑相與記軻所言焉耳。僕自得聖人之道而誦之，排前二家（案：釋、老二家）有年矣！不知者以僕為好辯也。（《韓集》卷二）

〈送王（塤）秀才序〉更說：

　　孟軻師子思，子思之學蓋出曾子，自孔子沒，群弟子莫不有書，獨
　　孟軻氏之傳得其宗，故吾少而樂觀焉。太原王塤示予所爲文，好舉
　　孟子之所道者。與之言，信悅孟子，而屢贊其文辭。(《韓集》卷
　　四)

可知韓愈除了受《孟子》之思想、著述觀有所啓發外，更屢贊其文辭〔註23〕。
我們注意到在《孟子》書中，也時有以描寫尋常物事，來寄託深刻義理的作
法。《孟子・滕文公篇》記載：

　　陳代曰：「不見諸侯，宜若小然，今一見之，大則以王，小則以霸。
　　且志曰：『枉尺而直尋』，宜若可爲也！」孟子曰：「……御者且羞與
　　射者比，比而得禽獸，雖若丘陵，弗爲也。如枉道而從彼，何也？
　　且子過矣！枉己者，未有能直人者也。」

　　(周霄問曰：)「出疆必載質，何也？」(孟子) 曰：「士之仕也，猶
　　農夫之耕也，農夫豈爲出疆舍其未耜哉？」

可見《孟子》在行文間，亦具備了以庶民題材論道的特色。《孟子》又常於生
活經驗之瑣事中。引發出高遠義理。如〈梁惠王篇〉記載：

　　(齊宣王) 曰：「若寡人者，可以保民乎哉？」(孟子) 曰：「可！」
　　曰：「何由知吾可也？」曰：「臣聞之胡齕曰：王坐於堂上，有牽牛
　　而過堂下者，王見之曰：『牛何之？』對曰：『將以釁鐘。』王曰『舍
　　之！吾不忍其觳觫，若無罪而就死地。』……」

〈告子篇〉云：

〔註23〕據崔述説：「按孟子在戰國時，人視之與諸子等耳。漢興，始立於學官，然亦
　　不久遂廢，人亦不過以傳記視之耳。自韓子出，極力推崇孟子，其書始大著
　　於世。至宋諸儒，遂以此七篇與諸經、《論語》並重，皆自韓子之發之也。」
　　(《孟子事實錄》卷下) 可知《孟子》一書對韓愈、以及唐宋古文的影響。此
　　影響還兼及於古文之修辭層面，如陳紹棠〈唐代古文運動和集部之學的確立〉
　　所論：「一般地説，唐代古文運動是對當時的文體和文風加以改革；而更深一
　　層的意義，則是對文學觀念加以重建，確立了集部之學的根基。……韓、柳
　　把昭明太子所不取的經、子、史的文學性質重新發掘出來，使之成爲古文家
　　取道爲文之原，但韓、柳雖師法這些經典，但他們卻別有用心，專注在這些
　　典籍的文學表現手法上，結果是他們的作品得到了和他們所師法的典籍的同
　　等地位。各有所長，在文學的領域中，和立言的聖賢並肩而無愧色。集部的
　　學術地位得到公認，完全是韓、柳在推行古文運動的同時所促成的。」(《唐
　　代文學研討會論文集》，頁185～203) 韓愈所「志於古者，不惟其辭之好，好
　　其道焉爾」，在復興古道的同時，也師法了古人典籍的行文。

今有無名之指，屈而不信，非疾痛害事也。如有能信之者，則不遠
秦、楚之路，爲指之不若人也。指不若人，則知惡之。心不若人，
則不知惡，此之謂不知類也。

〈公孫丑篇〉云：

所以謂人皆有「不忍人之心」者，今人乍見孺子將入於井，皆有怵
惕惻隱之心。非所以內交於孺子之父母也，非所以要譽於鄉黨朋友
也，非惡其聲而然也。

可知孟子實擅長於日常經驗之細微處言道。韓愈言道受其影響，在行文間也
具備了此等特色。如〈柳子厚墓誌銘〉載：

嗚呼，士窮乃見節義！今夫平居里巷相慕悅，酒食游戲相徵逐，詡
詡強笑語以相取下，握手出肺肝相示，指天日涕泣，誓生死不相背
負，眞若可信。一旦臨小利害，僅如毛髮比，反眼若不相識，落陷
阱，不一引手救，反擠之，又下石焉者，皆是也。此宜禽獸夷狄所
不忍爲，而其人自視以爲得計。聞子厚之風亦可以少媿矣！（《韓集》
卷七）

又〈送殷員外序〉云：

今人適數百里，出門惘惘有離別可憐之色。持被入直三省，丁寧顧
婢子語，剌剌不能休。今子使萬里外國，獨無幾微於言面，豈不眞
知輕重大丈夫哉？丞相以子應詔，眞誠知人！（《韓集》卷四）

皆於心性之細微處著墨，故而精彩萬分。

孟子論道時，又常常推擴其理於天地萬物，在行文間展現出一種詩教的
敦厚義蘊。如〈梁惠王篇〉云：

「（天下）孰能與之？」對曰：「天下莫不與也！王知夫苗乎？七八
月之間旱，則苗槁矣。天油然作雲，沛然下雨，則苗浡然興之矣。
其如是，孰能禦之？」

〈告子篇〉云：

五穀者，種之美者也。苟爲不熟，不如荑稗。夫仁，亦在熟之而已
矣。

韓愈師法《孟子》行文，亦時常於自然萬物交往間，有所思、有所感。例如
〈貓相乳〉篇云：

司徒北平王家貓有生子同日者，其一死焉，有二子飲於死母，母且

死，其鳴咿咿。其一方乳其子，若聞之，起而若聽之，走而若救
之。銜其一置于其棲，又往如之，反而乳之若其子然。噫！亦異之
大者也。夫貓，人畜也，非性於仁義者也，其感於所畜者乎哉？（《韓
集》卷二）

〈瘞硯銘〉曰：

土乎質，陶乎成器。復其質，非生死類；全斯用，毀不忍棄。埋而
識之仁之義。硯乎硯乎，與瓦礫異。（《韓集》卷八）

孟子、韓愈以庶民日用、心性細微、及禽獸草木土石入題，如此寫法，自
然豐富了他們論道的涵意。這也就是孟子對「君子之言」的看法，〈離婁篇〉
曰：

博學而詳說之，將以反說約也。

〈盡心篇〉亦云：

言近而旨遠者，善言也。守約而施博者，善道也。君子之言也，不
下帶而道存焉。君子之守，修其身而天下平。

而韓愈〈上襄陽于相公書〉則說：

豐而不餘一言，約而不失一辭；其事信，其理切。（《韓集》卷二）

我們發現韓愈不但推崇孟子之思想，而且由於受孟子「言近旨遠」主張的影
響，其為文多於淺近平實之敘述間，寄寓了深刻義理。

孟子強調「持其志，無暴其氣」的修養論，對於韓愈為古文有很大的啟
發。〈公孫丑篇〉曰：

「敢問夫子惡乎長？」曰：「我知言，我善養吾浩然之氣」。

「敢問何謂浩然之氣？」曰：「難言也。其為氣也至大至剛，以直養
而無害，則塞於天地之間。其為氣也，配義與道，無是餒也。是集
義所生，非義襲而取之也。行有不慊於心，則餒矣！……」

「何謂知言？」曰：「詖辭知其所蔽，淫辭知其所陷，邪辭知其所離，
遁辭知其所窮。生於其心，害於其政；發於其政，害於其事。」

孟子認為自己善養「浩然之氣」，以恢復本心的純真，故而能「知言」。韓愈
則重視行文之氣，如〈答李翊書〉云：

氣，水也；言，浮物也。水大而物之浮者大小畢浮，氣之與言猶是
也，氣盛，則言之短長與聲之高下者皆宜。（《韓集》卷三）

〈答竇秀才書〉云：

足下年少才俊，辭雅而氣銳。(《韓集》卷二)

〈至鄧州北寄上襄陽于相公書〉云：

憚赫若雷霆，浩汗若河漢，正聲諧詔護，勁氣沮金石。(《韓集》卷二)

〈唐河中府法曹張君墓碣銘〉云：

君嘗讀書，爲文辭有氣。(《韓集》卷六)

〈國子助教河東薛軍墓誌銘〉云：

君少氣高，爲文有氣力。(《韓集》卷六)

此可見韓愈重視行文之氣，文氣若能豐沛勁銳，自然「言之短長與聲之高下者皆宜」。〔註24〕

孟子認爲「浩然之氣」需要充養，「以直養而無害，則塞於天地之間」，「配義與道，無是餒也」，而且若是「行有不慊於心，則餒矣」。韓愈論行文之氣，亦主張修養之功，實因受到《孟子》書之啓發。〈離婁篇〉云：

言無實，不祥。不祥之實，蔽賢者當之。

韓愈〈答李翊書〉則說：

道德之歸也有日矣，況其外之文乎？(《韓集》卷三)

〈答李秀才書〉：

讀吾子之辭而得其所用心，將復有深於是者，與吾子樂之，況其外之文乎？(《韓集》卷三)

〈答尉遲生書〉曰：

夫所謂文者，必有諸其中，是故君子慎其實。實之美惡，其發也不揜：本深而末茂，形大而聲宏，行峻而言厲，心醇而氣和。(《韓集》卷二)

又〈答李翊書〉云：

將蘄至於古之立言者，則無望其速成，無誘於勢利，養其根而竢其實，加其膏而希其光。根之茂者其實遂，膏之沃者其光曄。仁義之人，其言藹如也。(《韓集》卷三)

韓愈乃繼承孟子所言，進而強調個人修養與文章風格的一致性；認爲文章所

〔註24〕韓愈重視行文之氣，主張復古，此故門人李漢〈昌黎先生集序〉云：「秦漢以前，其氣渾然」、「至後漢曹魏，氣象萎爾」、「司馬氏以來，規範蕩悉，……文與道蓁塞，固然莫知也」，應可代表韓愈的論學意見。

以能「氣盛」，實來自於內在心性之充養。

韓愈〈答李翊書〉曾自述其爲文：

> 愈之所爲，不自知其至猶未也。雖然，學之二十餘年矣。始者，非三代、兩漢之書不敢觀，非聖人之志不敢存。處若忘，行若遺，儼乎其若思，茫乎其若迷。當其取於心而注於手也，惟陳言之務去，戞戞乎其難哉！其觀於人，不知其非笑之爲非笑也。如是者亦有年，猶不改。然後識古書之正偽，與雖正而不至焉者，昭昭然白黑分矣。而務去之，乃徐有得也。當其取於心而注於手也，汨汨然來矣。其觀於人也，笑之則以爲喜，譽之則以爲憂，以其猶有人之說者存也。如是者亦有年，然後浩乎其沛然矣。吾又懼其雜也，迎而距之，平心而察之，其皆醇也，然後肆焉。雖然，不可以不養也。行之乎仁義之途，游之乎《詩》、《書》之源，無迷其途，無絕其源，終吾身而已矣。氣，水也；言，浮物也。水大而物之浮者大小畢浮，氣之與言猶是也，氣盛，則言之短長與聲之高下者皆宜。
>
> （《韓集》卷三）

這裡所說的「非聖人之志不敢存」，「迎而距之，平心而察之」，事實上也就是《孟子》「持其志，無暴其氣」的修養論，此故韓文才能「浩乎其沛然」、「醇」而後「肆」。韓愈〈送高閑上人序〉又舉張旭草書爲例：

> 苟可以寓其巧智，使機應於心，不挫於氣，則神完而守固，雖外物至，不膠於心。
>
> 往時張旭善草書，不治他伎，喜怒窘窮，憂悲愉佚，怨恨思慕，酣醉無聊不平，有動於心，必於草書焉發之。觀於物，見山水崖谷，鳥獸蟲魚，草木之花實，日月列星，風雨水火，雷霆霹靂，歌舞戰鬥，天地事物之可變可愕，一寓於書。故旭之書，變動猶鬼神，不可端倪。以此終其身，而名後世。
>
> 今閑之於草書，有旭之心哉？不得其心而逐其跡，未見其能旭也。爲旭有道，利害必明，無遺錙銖，情炎於中，利欲鬥進，有得有喪，勃然不釋，然後一決於書，而後旭可幾也。今閑師浮屠氏，一死生，解外膠，是其爲心必泊然無所起，其於世必淡然無所嗜。淡與泊相遭，頹墮委靡，潰敗不可收拾。（《韓集》卷四）

韓愈此云「遇其巧智」、「利害必明」者，也就是孟子所說的「知言」。「知言」

亦由修養而來，韓愈認為要「使機應於心，不挫於氣」，「利害必明，無遺錙銖，情炎於中，利欲鬥進，有得有喪，勃然不釋」，以此發而為文，才能達到「變動猶鬼神，不可端倪」的成績，如此完成的作品，自然能呈現出作者修養之心性氣度。〔註25〕

韓愈〈答李翊書〉曾提到他寫作古文的不同階段：

（一）處若忘，行若遺，儼乎其若思，茫乎其若迷。當其取於心而注於心也，惟陳言之務去，戛戛乎其難哉！其觀於人，不知其非笑之為非笑也。如是者亦有年，猶不改。

（二）然後識古書之正偽，與雖正而不至焉者，昭昭然白黑分矣。而務去之，乃徐有得也。當其取於心而注於手也，汩汩然來矣。其觀於人也，笑之則以為喜，譽之則以為憂，以其猶有人之說者存也。如是者亦有年，然後浩乎其沛然矣。

（三）吾又懼其雜也，迎而距之，平心而察之，其皆醇也，然後肆焉。（《韓集》卷四）

這不同層次的進階，可以說就是一個「自樹立」的過程。韓愈在〈答劉正夫書〉中說：

或問：「為文宜何師？」必謹對曰：「宜師古聖賢人。」曰：「古聖賢人所為書具存，辭皆不同，宜何師？」必謹對曰：「師其意，不師其辭。」……若聖人之道不用文則已，用則必尚其能者，能者非他，能自樹立，不因循者是也。有文字來，誰不為文，然其存於今者，必其能者也！（《韓集》卷三）

充分表明了他為文「不因循」的態度。而所謂「陳言」，若依劉熙載《藝概·文概》之說法：

昌黎尚陳言務去。所謂「陳言」者，非必剿襲古人之說以為己有也，只識見議論落於凡近，未能高出一頭，深入一境，自結撰至思者觀之，皆「陳言」也。

〔註25〕清沈德潛在評論韓愈〈答李翊書〉時認為：「以古之立言為期，自道其甘苦，而終之以養氣，究之所以養氣者，行乎仁義之途，游乎《詩》《書》之源，與孟子所云養氣者異，而未嘗不同也。」（引見黃華表《韓文導讀》）曾國藩也說：「杜詩韓文，所以能百世不朽者，彼自有『知言』、『養氣』工夫。惟其『知言』，故常有一二見道語，談及時事，亦甚識當世要務；惟其『養氣』，故無纖薄之響。」（〈癸卯二月日記〉）

則韓文非僅「不師其辭」，甚且還要求「不師其意」了〔註26〕。韓愈〈答陳生書〉解釋「君子待己以信」：

> 所謂「待己以信」者，己果能之，人曰不能，勿信也；己果不能，人曰能之，勿信也。孰信哉？信乎己而已矣。（《韓集》卷八）

又〈伯夷頌〉讚美伯夷「不顧人之是非」：

> 士之特立獨行，適於義而已，不顧人之是非，皆豪傑之士，信道篤而自知明者也。……
>
> 彼（伯夷）獨非聖人（武王、周公），而自是如此。夫聖人乃萬世之標準也，余故曰：若伯夷者，特立獨行，窮天地、亘萬世而不顧者也。（《韓集》卷一）

可見他很重視「自樹立」者之人格精神。而人格精神的至大至剛、不可方物，則來自於心性之充養。〔註27〕

〔註26〕韓愈於〈答李翊書〉中曾勉勵李生「將蘄至於古之立言者」，並認爲古之立言者「處心有道，行己有方，用則施諸人，舍則傳諸其徒，垂諸文而爲後世法」；於〈送孟東野序〉中則説：「文辭之於言，又其精也」又舉「臧孫辰、孟軻、荀卿，以道鳴者也；楊朱、墨翟、管夷吾、晏嬰、老聃、申不害、韓非、慎到、田駢、鄒衍、尸佼、孫武、張儀、蘇秦之屬，皆以其術鳴。」是皆諸子家言。此可知《舊唐書》説韓愈「抒意立言，自成一家新語」，並不專就其辭章之形式美而論，還包括他在文意上的「自成一家」。如宋祁即云：「韓退之〈送窮文〉、〈進學解〉、〈毛穎傳〉、〈原道〉等諸篇，皆古人意思未到，可以名家矣。」（《宋景文筆記》卷下）錢穆先生〈讀姚炫唐文粹〉更認爲：「蕭《選》賦與詩之兩類，乃由古者《詩》三百首演變而來。蕭《選》詔令、奏議兩類，乃由古者《尚書》之體演變而來。此可謂皆是承襲於古者王官之學而逶迤遞變者。亦可謂其以古經籍爲淵源也。至韓、柳以下之古文，大體可謂是上承儒、道、名、法諸子著書之意，此當是古者百家言之遺蛻。清儒章實齋《文史通義》，嘗謂『家言衰而集部與之代興』，以此論建安以下之集部，實更不如以此論韓、柳以下之集部爲尤貼列矣。」（《中國學術思想史論叢》第四冊，頁84）

〔註27〕據方介〈韓愈的聖人觀〉研究：「漢儒把聖人神化，認爲不可學而至；韓愈則肯定聖人是人，主張師聖爲賢；宋儒乃更進而主張學以至聖。」（《國立編譯館館刊》，第二十二卷第一期，頁103～128）可知韓愈受《孟子》影響，肯定人格主體的充養與實踐，此觀念對於宋儒理學有所啓發。如宋人黃震評論韓愈説：「公始出，而指『喜、怒、哀、樂、愛、惡、欲』七者以爲情，指『仁、義、禮、智、信』五者以爲性。又獨於五者之要指『仁』與『義』二者，謂由是而之焉則爲道；且謂舍是而言道者，非吾之所謂道。孔、孟而後所以辨析義理者，文公一人而已。夫惟綱常，非徒禮樂刑政之可扶也，我朝是以復極其根於性命之源。性非徒三品之可盡也，我朝是以復析其微於『本然之

　　因爲強調「不因循」、「務去陳言」，所以他特別欣賞能「自樹立」者的創造性，論文主張「不專一能，怪怪奇奇」。如他在〈送高閑上人序〉中稱讚張旭草書爲：

> 變動猶鬼神，不可端倪。(《韓集》卷四)

〈至鄧州北寄上襄陽于相公書〉則云：

> 憚赫若雷霆，浩汗若河漢。(《韓集》卷二)

又〈送權秀才序〉曰：

> 其文辭引物連類，窮情盡變。(《韓集》卷四)

可知他極欣賞「窮情盡變」、「不可端倪」之文。韓愈在〈送窮文〉中更自嘲爲文：

> 不專一能，怪怪奇奇；不可時施，祇以自嬉。(《韓集》卷八)

我們可以說，這是他爲文主張「自樹立」的一種極端表現。至於韓文在創作上的成就，誠如宋代張耒所言：

> 韓退之窮文之變，每不循軌轍。(《明道雜志》)

劉大櫆也說：

> 一集之中篇篇變，一篇之中段段變，一段之中句句變，神變、氣變、境變、音節變、字句變，惟昌黎能之(《論文偶記》卷二十二)

韓文所以能變化萬端，可謂是「信道篤而自知明」的極致表現。孫樵〈與王霖秀才書〉曾讚美韓文：

> 儲思必深，摛辭必高；道人之所不道，到人之所不到。趨怪走奇，中病歸正。……讀之如赤手捕長蛇，不施控騎生馬，急不得暇，莫可捉搦，又似遠人入太興城，茫然自失。(《孫可之集》卷二)

劉熙載《藝概·文概》故曰：

> 八代之衰，其文內竭而外侈，昌黎易之以萬怪惶惑，抑遏蔽掩，在當時眞爲補虛消腫良劑。

韓文之高辭深思，實因充養志氣所致，所以他能在「居窮守約」中，發抒其「感激怨懟奇怪之辭」，以窮天下之「可變可愕」，求知於天下。

　　韓愈論文除了主張「自樹立」者的風格氣度外，還特別強調文章反映現

性」、『氣質之性』之別。功有相因，理日以明，譬之事業，文公則撥亂世而反之正者也。我朝諸儒則於反正之後，究極治要，制禮作樂，躋世太平者也。文公之所以爲文者，其大若此。豈曰『文起八代之衰』，止於文字之文而已哉？」(《黃氏日鈔》卷五十九)

實的層面。騷人墨客面臨世運時政之變遷，發爲「感激怨懟奇怪之辭」，也就是他著名的「不平之鳴」說。韓愈〈爭臣論〉曰：

> 自古聖人賢士皆非有求於聞用也，閔其時之不平，人之不乂，得其道，不敢獨善其身，而必以兼濟天下也。孜孜矻矻，死而後已。（《韓集》卷二）

又〈送王秀才（塤）序〉：

> 吾少時讀〈醉鄉記〉，私怪隱居者無所累於世，而猶有是言，豈誠旨於味邪？及讀阮籍、陶潛詩，乃知彼雖偃蹇不欲與世接，然猶未能平其心。或爲事物是非相感發，於是有託而逃焉者也。（《韓集》卷四）

又如〈送孟東野序〉云：

> 大凡物不得其平則鳴。草木之無聲，風撓之鳴。水之無聲，風蕩之鳴。其躍也或激之，其趍也或梗之，其沸也或炙之。金石之無聲，或擊之鳴。人之於言也亦然，有不得已者而后言，其歌也有思，其哭也有懷。凡出乎口而爲聲者，其皆有弗平者乎！
>
> 樂也者，鬱於中而泄於外者也，擇其善鳴者而假之鳴：金、石、絲、竹、匏、土、革、木八者，物之善鳴者也。維天之於時也亦然，擇其善鳴者而假之鳴，是故以鳥鳴春，以雷鳴夏，以蟲鳴秋，以風鳴冬，四時之相推奪，其必有不得其平者乎！其於人也亦然：人聲之精者爲言，文辭之於言，又其精也，尤擇其善鳴者而假之鳴。（《韓集》卷四）

韓愈以「言爲心聲」，故發爲文者皆有難平之事；「其歌也有思，其哭也有懷」，不得已爲文，乃以之抒發眞情。如〈上兵部李侍郎書〉所述：

> 性本好文學，因困厄悲愁無所告語，遂得究窮於經傳史記百家之說，沈潛乎訓義，反復乎句讀，礱磨乎事業，而奮發乎文章。（《韓集》卷二）

又〈荊潭唱和詩序〉說：

> 夫和平之音淡薄，而愁思之聲要妙；讙愉之辭難工，而窮苦之言易好也。是故文章之作，恒發於羈旅草野；至若王公貴人氣滿志得，非性能而好之，則不暇以爲。（《韓集》卷四）

則以爲「窮苦之言易好」、「文章之作，恒發於羈旅草野」。韓愈「不平則鳴」

的創作觀，似亦受到《孟子》所啓發，例如〈告子篇〉云：

> 天將降大任於是人也，必先苦其心志，勞其筋骨，餓其體膚，空乏
> 其身，行拂亂其所爲，所以動心忍性，增益其所不能。

〈盡心篇〉曰：

> 人之有德慧術知者，恆存乎疢疾。獨孤臣孽子，其操心也危，其慮
> 患也深，故達！

此則孟子認爲人有「德慧術知」者，皆由「疢疾慮患」中「動心忍性」而來。困厄窮愁種種磨難，都是上天有意的安排與考驗。前舉韓愈之〈送孟東野序〉嘗慨歎孟郊、李翺、張籍三人遭遇云：

> 三子者之鳴信善矣，抑不知天將和其聲，而使鳴國家之盛邪？抑將
> 窮餓其身、思愁其心腸，而使自鳴其不幸邪？三子者之命則懸乎天
> 矣！（《韓集》卷四）

韓愈在此處對天命的質問，說明了個人之際遇已成爲詩文主要內容，而文學所表現的正是作者主體於歷史變遷中「動心忍性」的掙扎與充養。〔註28〕

柳宗元〈天說〉曾記載韓愈有關天命的看法：

> 韓愈謂柳子曰：「若知天之說乎？吾爲子言天之說。今夫人有疾痛、
> 倦辱、飢寒甚者，因仰而呼天曰：『殘民者昌，佑民者殃！』又仰而
> 呼天曰：『何爲使至此極戾也！』若是者，舉不能知天。夫果蓏、飲
> 食既壞，蟲生之；人之血氣敗逆壅底，爲癰瘍、疣贅、瘻痔，蟲生
> 之；木朽而蝎中，草腐而螢飛，是豈不以壞而後出耶？物壞，蟲由
> 之生；元氣陰陽之壞，人由之生。蟲之生而物益壞，食齧之，攻穴
> 之，蟲之禍物也滋甚。其有能去之者，有功於物者也；繁而息之者，
> 物之讎也。人之壞元氣陰陽也亦滋甚：墾原田，伐山林，鑿泉以井
> 飲，窾墓以送死，而又穴爲偃溲，築爲牆垣、城郭、臺榭、觀游，
> 疏爲川瀆、溝洫、陂池，燧木以燔，革金以鎔，陶甄琢磨，悴然使

〔註28〕龔鵬程説：「『詩窮而後工』觀念之興起，代表中國文學觀之大轉變。早期一般認爲文學與時代治亂盛衰及文人之遭遇是一致的，盛世之文學爲正、爲盛；衰世之音，則爲變、爲衰。遭遇好的文人，寫出來的作品也必然雍容平和，評價也高；反而是遭遇不好的文人，作品多衰颯淒苦之聲，被認爲不值得效法。現在卻倒過來，說文人窮，文章才能寫得好，做大官而能寫出好作品的很少。文學作品的內容，竟也以嘆老嗟卑爲常態了。」（〈文學崇拜與中國社會：以唐代爲例〉，《文化符號學》第三卷第一章之註 43，頁 395）因此「窮而後工」類作品所呈現的美感，乃轉而以人格精神爲主。

天地萬物不得其情，倖倖衝衝，攻殘敗撓而未嘗息。其為禍元氣陰陽也，不甚於蟲之所為乎？吾意有能殘斯人使日薄歲削，禍元氣陰陽者滋少，是則有功於天地者也；繁而息之者，天地之讎也。今夫人舉不能知天，故為是呼且怨也。吾意天聞其呼且怨，則有功者受賞必大矣，其禍焉者受罰亦大矣，子以吾言為何如？」（《柳子厚集》卷十六）

韓愈此說更甚《老子》「天地不仁，以萬物為芻狗」之論，將生民的制作比擬為「蟲之壞物」，故而為天地為讎。他對人生這樣反面的看法，可說是對天命「何為使至此極戾也？」抱持一種情感激越的質問。

所以柳宗元才答以：

子誠有激而為是耶？則信辯且美矣。吾能終其說。彼上而玄者，世謂之天；下而黃者，世謂之地；渾然而中處者，世謂之元氣；寒而暑者，世謂之陰陽。是雖大，無異果蓏、癰痔、草木也。假而有能去其攻穴者，是物也，其能有報乎？繁而息之者，其能有怒乎？天地，大果蓏也；元氣，大癰痔也；陰陽，大草木也，其烏能賞功而罰禍乎？功者自功，禍者自禍，欲望其賞罰者大謬；呼而怨，欲望其哀且仁者，愈大謬矣。子而信子之仁義以遊其內，生而死爾，烏置存亡得喪於果蓏、癰痔、草木耶？（同上）

柳說明白點出韓愈情感之深切，自與無情之天地、元氣、陰陽無涉。而此處將天地、元氣、陰陽比擬為「果蓏、癰痔、草木」，可見他實際上所強調的乃是仁義情性之可貴，孟子所言的「萬物皆備於我」

又誠如韓愈在〈原人〉篇的說法：

形於上者，謂之天；形於下者，謂之地；命於其兩間者，謂之人。……天者，日月星辰之主也；地者，草木山川之主也；人者，夷狄禽獸之主也。主而暴之，不得其為主之道矣！是故聖人一視而同仁，篤近而舉遠。（《韓集》卷一）

此則雖然天命難測，韓愈仍相信人類生處天地中間，有其「為主之道」，不可自暴自棄。

因為「呼而怨，欲望其哀且仁」，所以在韓愈文中展現的，常常並不是冷靜客觀的語調，反而是像他〈原性〉篇說的：

其所以為情者七：曰喜、曰怒、曰哀、曰懼、曰愛、曰惡、曰欲。

上焉者之於七也，動而處其中。（《韓集》卷一）

如〈送高閑上人序〉說的：

往時張旭善草書，不治他伎，喜怒窘窮，憂悲愉佚，怨恨思慕，酣
醉無聊不平，有動於心，必於草書焉發之。（《韓集》卷四）

和〈送孟東野序〉

人之於言也亦然，有不得已者而后言，其歌也有思，其哭也有懷。
凡出乎口而爲聲者，其皆有弗平者乎！（《韓集》四卷）

「鬱於中而泄於外」的發抒〔註29〕。韓文所以能動人，正是因爲他筆下「喜
怒窘窮，憂悲愉佚，怨恨思慕，酣醉無聊不平」種種性情之展現。錢鍾書
說：

退之可愛，正以雖自命學道，而言行失檢、文字不根處，仍極近
人。《全唐文》卷六百八十四張籍上昌黎二書痛諫其好辯、好博
進、好戲玩人，昌黎集中答書具在，亦殊有卿用卿法、我行我素之
意。豪俠之氣未除，眞率之相不掩，欲正仍奇，求屬自溫，與拘謹
苛細之儒曲，異品殊科。（《談藝錄》，北京：中華書局，1988 年，
頁 63～64）

此稱韓愈「豪俠之氣未除，眞率之相不掩」，正表現出韓文「自樹立」的特質。
事實上，與其說韓文「言行失檢、文字不根處，仍極近人」，我們倒不如說韓
愈是爲了「近人」，想在作品中表現出眞率性情，才不避其「失檢」之語、「不
根」之文的〔註30〕。韓文這種「自樹立」的表現，實如柯師慶明〈從韓柳文
論唐代古文運動的美學意義〉一文所述：

〔註29〕 如陳傳興即認爲：「設若韓愈在〈送高閑上人序〉與〈聽穎師彈琴〉兩篇論及
藝術的代表文章裏，提出一套『心理』、『情感』的主觀意識說法來解釋藝術
創作和收受經驗；他認爲張旭之草書純動源於個人之種種心理情愫，缺此則
不能，因此他懷疑高閑上人以淡泊之心境如何能超過皮相痕跡之類似而達到
張旭的藝術境界。對於觀賞者而言，同樣地，也還是以『動於心』爲其批評
準則。那我們似可斷言韓愈所偏好的藝術作品必是近屬於性情之作（而又）
能引出『激情』（Pathos）者。」（〈「稀」望——試論韓愈「畫記」〉，《中外文
學》第十六卷第十二期，頁 136～154）

〔註30〕 如清人方東樹〈書望溪先生集後〉云：「蓋退之因文見道，其所謂道由於自
得，道不必粹精，而文之雄奇疏古，渾直恣肆，反得自見其精神；先生則襲
於程、朱道學已明之後，力求充其知而務周防焉不敢肆。故議論愈密，而措
語矜愼，文氣轉拘束，不能閎放也。」（《儀衛軒文集》卷六）方東樹對比韓
愈的閎肆，與方苞文氣的拘謹，正足以見出韓文「不必粹精」之剛健高明。

　　韓、柳文確實是創造出了一種能夠表現作者個人的情志與具體經
驗，而又包涵了更豐富的經驗對象內容——這往往是尋常人物、尋
常人情，甚至不妨是卑下低俗的事物——，卻以其栩栩如生的模擬
呈現而依然動人的新的美學典範，正預示了一個作者現身說法而又
擁抱紛紜世界的新的文學時代的來臨。（《第一屆國際唐代學術會議
論文集》，頁 259）

我們今日閱讀《韓集》之文章，不論是雜著、書啓、贈序、墓銘、碑誌等，
皆可見到韓愈此種「萬物皆備於我」的豪傑氣質。韓愈「文以貫道」的表
現，如果用他自己的話來解釋，也就是：「本深而末茂，形大而聲宏，行峻而
言厲，心醇而氣和。」

第三章　韓愈贈序文的作品研究

　　此章本論文欲就韓愈贈序作品試加分析整理，以考察其贈序文的大致內容及常用作法。下面分爲三節討論：第一節說明贈序的由來，並介紹中唐以前贈序文的書寫情形，第二節說明韓愈贈序文之大致內容，第三節介紹韓愈贈序文的常用作法；由此考見韓愈贈序文於體式風格上的創製之功。

第一節　從贈詩到贈序

　　此節本論文將說明中唐以前贈序文的寫作情形，首先介紹六朝贈別詩的形成、與序跋文的內容發展；其次略舉初、盛唐作品數篇爲例，以視韓愈贈序文之承襲與創新。

一、唐以前之贈別詩、序

　　欲觀察唐以前贈序的淵源，大要有兩脈絡可尋，首先必須究明魏晉以來序跋書寫的發展情形，其次必須考量六朝人臨別贈詩的梗概。

（一）

　　本論文第一章曾簡單提到，唐人流行的贈序文是由贈別詩集序跋演變而來的新文體，這種新體的贈序，因爲襲取了贈別詩歌原有之內容與情韻，所以與傳統序跋文「論理」性質有別。如錢穆先生〈讀姚鉉唐文粹〉云：

> 姚書自九十一以下至九十八卷爲序，共八卷。序跋、贈序，混而不
> 分，此爲大病。惟姚書此類中所分子目，如唱和聯題、如歌詩、如
> 錫宴、讌集、餞別諸目，實相類似。若專以贈序一目包之，反見未

安。……今試再就姚書此八卷所收，重爲分析。可謂序之一體，在
唐代顯有兩壁壘。一曰典籍撰著之序，此乃源於古之書序，體近論
辨。一曰歌詩讌集之序，此乃源於古之詩序，義通風雅。蕭選亦有
序，共兩卷，亦已包有此兩體。至唐代乃演而益暢，爲篇益富。自
宋以下，始多無詩而專爲一序者，於是乃可確然別立贈序一目。然
後人亦遂因此而忘此一體之實自詩歌演變而來矣。唐代正在其轉變
之中途，故觀於姚書而此體所由演變之痕跡乃益顯。（《中國學術思
想史論叢》第四冊，頁 85）

錢先生認爲唐人序體「顯有兩壁壘」：一曰典籍撰著之序，體近論辨；一曰歌
詩讌集之序，義通風雅。這解釋了六朝以來序文文體演進之異趨。屈萬里先
生（「滕王閣序」的兩個問題）也說到：

到了唐代，「序」的用途被擴大了。按照唐文粹所載，除了整部的書
籍之序、和個別的詩文之序而外，還有「錫宴」、「讌集」和「餞別」
等序。於是，「序」的勢力，更突破了書籍詩文的範圍，而兼有了「事」
的領域。

屈先生則就序文內容之不同，認爲唐人突破了傳統序跋以「書籍詩文」爲範
的限制，而兼有了「事」的領域。考《文苑英華》所錄的五百四十三篇序文
中，遊宴、餞送、贈別等序，計達四百一十八篇之多；其他如文集序、詩集
序、詩序、雜序等，不過百餘篇而已。可知在此文體「轉變中途」的唐代，
序文的寫法已經相當多樣化了。

根據二位先生的說法，我們整理《文苑英華》、《唐文粹》中收錄之序文，
可以簡略的分爲以「書籍詩文」爲內容、「體近論辨」的「典籍論著之序」，
和以「事」爲主、「義通風雅」的「歌詩讌集之序」兩類。前者近於傳統序跋
文，後者則近於贈序、雜記之屬〔註 1〕。而後者之序、記，實爲序跋文傳統範
圍的突破、與用途的擴大。然而此等序文書寫之變革，並不始於唐。

李珠海曾整理六朝序文之特殊作法，歸納出以下幾點：

〔註 1〕 明人吳訥〈文章辨體序説〉載：「東萊云：『凡序文籍，當序作者之意；如贈
送、燕集等作，又當隨事以序其實也。』大抵序事之文，以次第其語、善敘
事理爲上。近世應用，惟贈送爲盛。當須取法昌黎韓子諸作，庶爲有得古人
贈言之義，而無枉己徇人之失也。」可知南宋呂祖謙已將序文內容別爲兩
類：其一如文集序以「作者之意」爲主，其二像贈送、讌遊等序文，則「隨
事以序其實」。吳氏更認爲韓愈作品得古人贈言之義，當爲後世贈序楷模。

魏晉南北朝的序文，際承漢代之餘，一般都以介紹作者與闡明全書或全篇大旨爲主要內容。但是在其作法上亦出現幾種特殊寫法。以下分別論之。

第一，以列傳之法寫序。附於著作的序，自然會提到作者。但是有些序文對於著作一字不提，只講有關作者的一生。這種序文是以「列傳」之法寫序者。代表者如任昉〈王文憲集序〉，……

第二，以紀事之法作序。劉勰曾說過「序者次事」（《文心雕龍·論說》），由此可知「紀事」是「序」的主要性質之一。六朝時以「紀敘」之法寫的序文中，代表者則是顏延之〈三月三日曲水詩序〉。他把當天宴會的盛況以及在位者賦詩的場面等一一記敘，是「次事」的很好的例子。

第三，以遊記之法作序。晉代慧遠和尚的〈盧山諸道人遊石門詩序〉雖名爲詩序，卻是一篇事實上的遊記文，……文章不但寫了遊歷的經過，還寫出了遊歷中的愉悅心情，實開了後世遊記文學的先河。

（《唐代序文研究》，頁 112）

根據李說，魏晉南北朝人寫序與漢人不同之處，在於他們所作的序文中，開始出現了與所序「典籍論著」無直接關係的內容。傳統序跋文常見的內容，多半要寫到作者、典籍的論點、與編纂情形等等；可是到了六朝人筆下，卻出現了不附於書籍或單篇作品而獨立成篇的序文，或序人、或序宴集、或序物，其中，「序人」之文近於《古文辭類纂》的「碑誌類」，「序宴集」、「序物」兩種作法則近於「贈序」與「雜記」等類別。此知序文書寫之變革，已造端於六朝。

　　六朝人遊宴，多賦詩以誌盛，而詩前又多爲序，以敘其事，於是遊宴之序，遂因此而興焉〔註 2〕。此類遊宴之序，由於作序者多爲賓客推重的文

〔註 2〕貴遊文士集宴賦詩的傳統，建安時代即已形成。入晉後，晉武帝集群臣於華林園賦詩見志，更助導宴飲賦詩風氣的熾盛，逐漸形成了有系統的集宴賦詩之雅習。據金南喜《魏晉交誼詩類的研究》所論，他認爲宴遊交誼等詩文在六朝能夠蔚然盛興，大致有兩種因素：「一是文會的增多，而文人的地位由文學侍從之身分提高爲文會的主要成員，二是文人主體精神的覺醒，個人價值、生命意識的再確認，予詩人盡情抒發個人的情感世界，個人的友情或其他屬於私人的一切感性因素。」（臺大中文所博士論文，民國 82 年 6 月，頁 1）

家，其序文價值實不在眾人所賦詩歌之下。「邀序」也開始具備了應酬性質〔註3〕。序文內容既以敘「事」主，而序文篇幅也有日漸擴張的趨勢，因此序文便漸漸具有了「獨樹一格」的條件。蕭統《文選》將序文立為一類，可徵當時序文寫作之繁盛。〔註4〕

關於此類遊宴序，褚斌杰《中國古代文體學》說：

> 古代還有一類以「序」名篇的作品，它們多用以記宴飲盛會，其來源也與臨觴賦詩，為詩作序有關，但它主要在寫盛會的場面和宴飲之樂，既不專為詩而作，也與贈序性質不同，我們可稱之為序記。這一類中也有不少名文，如晉王羲之的〈蘭亭集序〉、王勃的〈滕王閣序〉、李白的〈春夜宴從弟桃花（一作李）園序〉、柳宗元的〈陪永州崔使君游宴南池序〉等，在這些序文中雖也說到臨宴賦詩，但其性質實際上是記事，與序跋之序異趣。所以姚鼐在《古文辭類纂》中說「柳子厚（宗元）記事小文，或謂之序，然實記之類」，認為應歸在「雜記類」；林紓（《春覺齋論文·流別論十四》）又加補充說「然右軍（王羲之）之〈蘭亭〉、李白之〈春夜宴桃李園〉，雖序亦記，實不權輿於柳州。」（頁 403）

褚說認為此類「記事」的遊宴序，即《古文辭類纂》「雜記類」序文之屬，與序跋異趣，也「與贈序性質不同」。其說甚是，然本論文以為六朝人所作遊宴序，考其內容，應為唐人雜記、贈序文類之所出，因為無論是記事、述景、或贈人，都是六朝遊宴序中常見之內容〔註 5〕。例如西晉石崇〈金谷

〔註3〕由於序文在魏晉受到重視，當時有邀名家寫序的現象產生，如《晉書》載：「左思作〈三都賦〉，世人未重，皇甫謐有高名於世，思乃造而示之。謐稱善，為其賦序也。」左思因「世人未重」其作品，所以邀當時具有文名的皇甫謐為他寫序。今據王師夢鷗〈關於左思三都賦的兩首序〉所考，左思〈三都賦〉之自序，與皇甫謐所作的〈三都賦序〉，兩篇內容大同小異，是知皇甫謐〈三都賦序〉純屬應酬之作，目的在揄揚左思〈三都賦〉。

〔註4〕詳見拙文〈文選「序」類研究〉，《大陸雜誌》第九十四卷第四期，頁 28～37。

〔註5〕承六朝文會之盛，唐人宴遊賦詩的風氣也相當流行，由此出現不少宴遊詩序。黃振民〈論以「序」名篇之古文〉認為：「此風盛行之後，亦與送行、祝壽之序相同，旋亦逐漸演變為無詩之遊宴之序。故此類之序，就其實質而言，其初亦屬序跋之一種，後乃離詩而自成一體。」可見唐人宴遊序如同贈序文一般，逐漸有離詩「自成一體」的現象。姚鼐《古文辭類纂》乃將唐人宴遊序歸入雜記類中，如柳宗元〈陪永州崔使君遊讌南池序〉。屈萬里先生

詩序〉云：

> 余以元康六年，從太僕卿出為使持節，監青徐諸軍事征虜將軍，有
> 別廬在河南縣界金谷澗中，去城十里，或高或下，有清泉茂林，眾
> 果竹柏藥草之屬。金田十頃、羊二百口、雞豬鵝鴨之類，莫不畢備。
> 又有水碓魚池、土窟，其為娛目歡心之物備矣。時征西大將軍祭酒
> 王詡當還長安，余與眾賢共送往澗中。晝夜遊宴，屢遷其坐，或登
> 高臨下，或列坐水濱。時琴瑟笙筑，合載車中，道路並作。及住，
> 令與鼓吹遞奏，遂各賦詩，以敘中懷，或不能者，罰酒三斗。感性
> 命之不永，懼凋落之無期。故具列時人官號姓名年紀，又寫詩著後。
> 後之好事者，其覽之哉。凡三十人，吳王師，議郎，關中侯，始平
> 武功蘇紹字世嗣，年五十為首。

石崇於此序說明了宴集目的是在送別王詡，文中並詳列送別時間、地點、風
景、飲酒賦詩的規則、以及參與的人數等等。以此序論之，其內容實涵攝贈
別、記事、述景於一體。我們既不能將之視為「贈序」，也不能將其等同韓、
柳「雜記」文類。此外，有關〈滕王閣序〉之題名，清人蔣清翊於集注《王
子安集》時，曾據《文苑英華》正名為「秋日登洪府滕王閣餞別序」，是知此
序亦可歸於贈序一類。〔註6〕

　　因此我們說，六朝從傳統詩集序跋變革出來的遊宴序，由於多以「記
事」、「述景」為內容，而當時序文又因受人重視，逐漸具有了贈文的價值，
所以成為唐人贈序文與序記雜文之權輿。

　　（二）

宋人《冊府元龜》「餞別」條云：

> 夫祖離送別，必在於有情，登山臨水，實生於遠思。若乃膺受封之
> 窮，持式玉之命，成師以出，土受而歸，則有都邑盡傾，車蓋千乘。
> 賦詩以見志，贈言以表誠。簡冊已來，風流相接。其或懷去國之感，
> 有永訣之懼，莫有不慷慨悲歌，留連燕胥，自非達者，豈能忘情於

〈「滕王閣序」的兩個問題〉認為唐人「專以描述古跡名勝為主而名之曰序的，
畢竟沒有。因為那是『記』的責任，不需要『序』來越俎代庖。」並未注意
到唐人遊宴序的發展，由於「述景」一直是六朝以來遊宴詩文的重要特色，
所以姚氏將之歸入雜記類可說是相當合理的。

〔註6〕參見高瀾〈秋日登洪府滕王閣餞別序叢談〉一文，《致理學報》第一期，頁130
～156。

此際者哉！

可知古人於餞別之際，「賦詩見志」、「贈言表誠」的儀式，是自「簡冊以來」風流相接的。換言之，以詩文「贈言」的淵源，應該要推溯到《詩經》。

《詩經》中寫「送別」的詩歌很多，茲列舉數首，予後世影響尤甚者，如〈秦風・渭陽〉篇云：

> 我送舅氏，曰至渭陽，何以贈之？路車乘黃。
>
> 我送舅氏，悠悠我思，何以贈之？瓊瑰玉佩。

此詩據屈萬里先生的註解，是「秦康公為太子時，送其舅晉公子重耳返國之詩。」〔註7〕而〈韓奕〉篇云：

> 韓侯出祖，出宿于屠；顯父餞之，清酒百壺。
>
> 其殽維何？炰鱉鮮魚。其蔌維何？維筍及蒲。
>
> 其贈維何？乘馬路車。籩豆有且，侯氏燕胥。

更說明當時餞宴的豐盛，以表示送別者愛心之切。

我們在《詩經》〈大雅〉中，又可見到當時貴族社會，有以詩作贈的社交應酬之例，如宣王時宰相尹吉甫贈申伯的〈崧高〉、與尹吉甫贈仲山甫的〈烝民〉等篇。〈崧高〉篇云：

> 崧高維嶽，駿極于天；維嶽降神，生甫及申。
>
> 維申及甫，維周之翰；四國于蕃，四方于宣。
>
> 亹亹申伯，王纘之事；于邑于謝，南國是式。
>
> 王命召伯，定申伯之宅；登是南邦，世執其功。
>
> 王命申伯，式是南邦，因是謝人，以作爾庸。
>
> 王命召伯，徹申伯土田；王命博御，遷其私人。
>
> 申伯之功，召伯之營；有俶其城，寢廟既成，
>
> 既成藐藐，王錫申伯；四牡蹻蹻，鉤膺濯濯。
>
> 王遣申伯，路車乘馬；我圖爾居，莫如南土。
>
> 錫爾介圭，以作爾寶；往近王舅，南土是保。
>
> 申伯信邁，王餞于郿；申伯還南，謝于誠歸。
>
> 王命召伯，徹申伯土疆；以峙其粻，式遄其行。

〔註 7〕 此節所引見屈萬里《詩經釋義》。

申伯番番，既入于謝；徒御嘽嘽，周邦咸喜。

戎有良翰，不顯申伯；王之元舅，文武是憲。

申伯之德，柔惠且直；揉此萬邦，聞于四國。

吉甫作誦，其詩孔碩，其風肆好，以贈申伯。

此詩據屈萬里先生註解，是「宣王之舅申伯，出封於謝，吉甫作此詩以送之。」內容以稱頌申伯與王命為旨，且為應詔賦詩之例，而〈烝民〉篇云：

吉甫作誦，穆如清風。仲山甫永懷，以慰其心。

是知詩人「作誦」目的，在於使仲山甫長念此詩，可以安慰其思友之心。

　　《詩經》中的贈詩，均為臨別時所入，可見贈詩最原始的形態，乃是送別之作，後世才有專門酬和贈答的篇章。《文心雕龍》〈明詩篇〉云：

春秋觀志，諷誦舊章，酬酢以為賓榮，吐納而成身文。

據劉勰所論，春秋以來「諷誦舊章」的風格，「酬酢以為賓榮」的形態，應可視為後世贈答詩歌之原始。

　　漢代開始出現有關詩歌酬和的文獻記錄，據《史記・項羽本紀》載：

項王軍壁垓下，兵少食盡。……於是項王乃悲歌慷慨，自為詩曰：「力拔山兮氣蓋世，時不利兮騅不逝。騅不逝兮可奈何？虞兮虞兮奈若何？」歌數闋，美人和之，項王泣數行下，左右皆泣，莫能仰視。

虞美人和之曰：

漢兵已略地，四方楚歌聲。大王意氣盡，賤妾何聊生。（《史記》卷七，〈項羽本紀〉，註引《楚漢春秋》，鼎文本，頁334）

即為當時詩歌酬和之例。又據《漢書》〈武五子、燕刺王旦傳〉記載：

昭帝時，旦自為武帝子，且長，不得立。……謀廢帝自立。燕倉知其謀告之，由是發覺。王憂懣，置酒萬載宮，會賓客群臣妃妾坐飲，王自歌曰：「歸空城兮狗不吠，雞不鳴。橫術何廣廣兮，固知國中之無人。」華容夫人起舞曰：「髮紛紛兮寘渠，骨籍籍兮亡居。母求死子兮妻求死夫，裴回兩渠間兮君子獨安居。」（《漢書》卷六十三，頁2757）

也可見時人酬和情形。漢代又多見答對、答難體，如〈客示桓麟詩〉云：

甘羅十二，楊烏九齡。昔有二子，今則桓生。參差等蹤，異世齊名。

桓麟〈答客詩〉和曰：

> 邈矣甘羅，超等絕倫。伊彼楊烏，命世稱賢。嗟予蠢弱，殊才偉
> 年。仰悲二子，俯媿過言。

二詩實爲一贈、一答之作，而後漢蔡邕〈答卜元嗣詩〉云：

> 斌斌碩人，貽我以文。辱此休辭，非余所希。敢不酬答，賦誦以
> 歸。

更說明如有贈詩，必須答之以詩的禮節。

　　除上述所舉篇章外，值得我們重視的，還有東漢末期失意文人所寫的一些敘別的五言古詩，即《昭明文選》中假托蘇武與李陵之作的一系列「贈別送答詩」。如第一首云：

> 良時不再至，離別在須臾。屏營衢路側，執手野踟躕。……（第二
> 十九卷）

第四首云：

> ……惟念當離別，恩情日以新。鹿鳴思野草，可以喻嘉賓。我有一
> 尊酒，欲以贈遠人。願子留斟酌，敘此平生親。（第二十九卷）

此類贈答詩句皆以訴說離情爲旨，於是「贈別」乃成爲贈答詩的重要主題。

　　題爲「贈」或「答」，而實寫送別、離別的詩章，或寫出送別場合之語者，這類詩在魏、晉都非常多。如晉左思〈悼離贈妹詩〉、陸雲〈太尉王公以九錫命大將軍讓公將還京邑祖餞贈此詩〉，就詩題已明示其「贈別」性質。至於詩題中未註明「贈別」，而內容述及送別的贈答詩篇，魏代早已有之。如王粲〈贈文叔良詩〉、〈贈蔡子篤詩〉、〈贈士孫文始詩〉，曹植〈贈白馬王彪詩〉，嵇康〈贈兄秀才入軍詩〉等等皆是。

　　贈行詩作由於兼乎「贈別」與「送別」兩種內容，於是又有「祖餞詩」的類別產生〔註8〕，以與不涉送行之事的贈答詩有別。依《昭明文選》所選錄，凡詩題稱爲「送」某人、「別」某人、「祖」某人、「餞」某人，或「祖道」等等皆屬之，也就是後世習稱的「送別詩」。此類祖餞詩如魏曹植〈送應氏詩〉、晉郭愔〈從弟別詩〉、何劭〈洛水祖王公歸國詩〉、王浚〈從幸洛水餞王國歸國詩〉、陸機〈祖道畢雍孫劉邊仲潘正叔詩〉等篇皆是。

〔註8〕關於「祖餞」一詞的解釋，乃見於《昭明文選》卷二十的李善注：「崔寔《四民月令》曰：『祖，道神也。黃帝之子好遠游，死道路，故祀以爲道神。以求道路之福。』」

　　此類以送行爲旨的贈別詩篇，據金南喜分析其內容結構〔註9〕，大致約可分爲六個部分：(1)離別的原因：在魏晉詩歌中，所能見到的離別動機，明寫的並不多，且大部分由詩題或詩序中得知。(2)離情——抒情的部分。(3)餞飲的描寫與稱頌之語。(4)送別的對象。(5)送別的時間。(6)送行的地點。這裡所舉魏晉贈別詩的結構，後來也成爲唐人贈序的大致內容。

　　魏晉人於贈別詩中，已將其送行篇章視爲「贈言」，上溯《詩經》惜別贈遠的傳統。如魏王粲〈贈蔡子篤〉云：

　　　　何以贈行？言賦新詩。

此詩句勢乃仿《詩經》〈秦風‧渭陽〉，又如曹植〈離友詩〉：

　　　　折秋華兮采靈芝，尋永歸兮贈所思。

王粲〈贈文叔良詩〉：

　　　　惟詩作贈，敢詠在舟。

晉潘尼〈送盧弋陽景宣詩〉云：

　　　　愧無紵衣獻，貽言取諸懷。

石崇〈答棗腆詩〉：

　　　　言念將別，睹物傷情。贈爾話言，要在遺名；惟此遺名，可以全生。

是皆以贈詩復《詩經》送別之誼。唐人承繼此觀念，亦以其贈序文溯源於先秦贈言的傳統。如韓愈〈送浮屠文暢師序〉云：

　　　　余既重柳請，又嘉浮屠能喜文辭，於是乎言。(《韓集》卷四)

柳宗元〈送李渭赴京師序〉曰：

　　　　予嫉其不爲是久矣，今而曰將行，請余以言。行哉行哉！言止是而已。(《柳河東集》卷二十三)

是唐序所稱之「贈言」，與魏晉贈別詩的「贈言」同名異實。因此，唐代贈序作者在文體溯源上，也就不像魏晉人以《詩經》贈詩爲其始祖，如李華〈送十三舅適越序〉云：

　　　　昔子路去魯，告顏生曰：「何以贈我？」夫贈人以言，古之道也。
　　　　(《李遐叔文集》卷一)

韓愈〈贈張童子序〉文末曰：

〔註9〕見金南喜《魏晉交誼詩類的研究》，臺大中文所博士論文，民國82年6月，頁96。

愈與童子俱陸公之門人也，慕回、路二子之相請贈與處也，故有以
贈童子。(《韓集》卷四)

可見唐代古文家於贈序復古同時，有意突破魏晉詩人相傳觀念，另外尋出了
《禮記》中顏淵、子路「以言相贈處」的故實，以爲唐人贈序淵源〔註 10〕。
而柳宗元〈送獨孤申叔侍親往河東序〉說：

古之序者，其以申導志義，不爲富厚，而今也反是。(《柳河東集》
卷二十二)

以「申導志義」爲古人「贈言」之旨，亦與《詩經》贈詩目的有別。

魏晉贈答詩也開始出現了詩序、或并書附記的情形，例如曹植〈贈白馬
王彪詩〉、江偉〈答賀蜡詩〉、應亨〈贈四王冠詩〉、傅咸〈贈何劭王濟詩〉、〈贈
郭泰機詩〉、〈答潘尼詩〉、〈答奕弘詩〉、陶潛〈答龐參軍詩〉、〈贈羊長史詩〉
等篇均有序文見於詩之前。又如盧諶〈贈劉琨詩〉二十章，並有書信先行於
詩，等同於詩序。這些序文多是說明詩人之所以贈詩、或答詩的緣由及經過。
如曹植〈贈白馬王彪詩序〉曰：

黃初四年五月，白馬王、任城王與余俱朝京師，會節氣。到洛陽，
任城王薨。至七月，與白馬王還國。後有司以二王歸藩，道路宜異
宿止，意毒恨之。蓋以大別在數日，是用自剖，與王辭焉，憤而成
篇。(《文選》曹植〈贈白馬王彪詩〉注引)

即於序文中紀錄某時某事，以說明其贈詩之處境。又如傅咸〈贈何劭王濟詩
序〉云：

郎陵公何敬祖，咸之從內兄。國子祭酒王武子，咸從姑之外孫也，
並以明德見重於世，咸親之重之，情猶同生，義則師友。何公既登
侍中，武子俄而亦作，二賢相得甚歡，咸亦慶之。然自恨闇劣，雖
願其繾綣，而從之末由。歷試無效，且有家艱，賦詩申懷以貽之云
爾。

乃陳述自己與何劭、王濟的親戚關係，表明因二人既登侍中，爲了慶賀作詩
贈行的始末。而陶潛〈答龐參軍詩序〉云：

三復來貺，欲罷不能，自爾鄰曲，冬春再交，款然良對，忽成舊

〔註10〕《禮記·檀弓下》云：「子路去魯，謂顏淵曰：『何以贈我？』曰：『吾聞之
也，去國，則哭于墓而后行；反其國，不哭，展墓而入。』謂子路曰：『何以
處我？』子路曰：『吾聞之也，過墓則式，過祀則下。』」

遊。俗談云：「數面成親舊」，況情過此者乎？人事好乖，便當語離，楊公所歎，豈惟常悲。吾抱疾多年，不復爲文，本既不豐，復老病繼之，輒依《周禮》往復之義，且爲別後相思之資。

謝靈運〈贈宣遠詩序〉曰：

從兄宣遠，義熙十一年正月作守安成，其年夏贈以此詩，到其年冬有答。（《全宋文》卷三十三）

都在序中交待彼此贈答的情誼始末。值得一提的是，此處所舉之贈答詩序，是皆單篇詩章之序文，與前面我們說明「離詩別立」的遊宴序性質不同，遊宴序乃是餞別詩集之「大序」。

此類贈別詩序開始出現了有關作者情志的敘述，可惜篇幅簡短，誠如謝楚發《中國古代文體叢書・散文》所論：

贈序的原型贈詩序魏晉就有了，傅咸有〈贈何邵王濟詩序〉，潘尼有〈贈二李郎詩序〉，但仍是附屬於詩的，沒有獨立成文。眞正不依附於詩，又直以「序」命名的，到唐初才出現。（頁174）

當時文家所用心之處，仍在其詩，序文僅作爲一種補充說明而已。〔註11〕

二、初、盛唐之贈序文

唐代隨著詩歌的興盛，詩人贈序之作亦大量出現，根據《全唐文》及陸心源《全唐文拾遺》、《全唐文續拾遺》所蒐錄的序文，凡二千一百一十一篇，其中贈序文計有四百七十一篇，佔二成以上，贈序儼然成爲唐代新興的文體。

下面我們舉初唐、盛唐幾位贈序名家的作品爲例，以考察此期贈序文在書寫中的發展變化，及這些篇章對於韓愈的影響。

〔註11〕據梅家玲的統計，《昭明文選》收錄的五十二篇賦，含序文的有二十六篇之多，而詩作四百餘首，含序者不過三首，可見當時詩篇之序尚不普遍。她認爲：「六朝以來，單篇作品使用序文之情形日益普遍，但多數附於賦篇之前，因某一特定詩篇而作序者爲數極少。推測其原因，一方面可能是因爲賦題簡短，僅見其題名，恐不易窺知其內容及成篇原委，而詩題則可用較多文字以說明詩作主旨及寫作原因，使讀者得以見題知意。而更可能是因爲：賦爲當代文學主流，詩爲新體，不若賦較爲人重視，故亦不專爲之作序。」（〈唐代贈序初探〉）此知不同文類之序作情形有別，文家序賦不序詩，正表示賦在魏晉是重要文體，有必要特加說明；詩篇沒有那麼重要，其說明多僅以詩題取代。

初唐的贈序文幾乎都爲駢體，代表作家有王勃、楊炯、駱賓王、陳子昂、張說、宋之問、蘇頲、賈曾、張九齡、孫逖等十人，作品五十八篇〔註12〕。此期贈序風格閎博瑰麗，充分展現唐代開國的恢宏氣象。

據《全唐文》所錄，王勃有贈序文十六篇，爲此期贈序作者篇數最多的，可見他有意制作此體。其〈感興奉送王少府序〉云：

> 八十有遇，共太公晚宦未遲；七歲神童，與顏回蚤死何益？僕一代丈夫，四海男子，衫襟緩帶，擬貯鳴琴；衣袖闊裁，用安書卷。貧窮無有種，富貴不選人；高樹易來風，幽松難見日。羽翼未備，獨居草澤之間；翅翮若齊，即在雲霄之上。鳥眾多而無辯鳳，馬群雜而不分龍；荊山看刖足之夫，湘水聞離騷之客。人貧材富，罔窺卿相之門；貌弱骨剛，豈入王侯之宅。王少府北辭伊闕，南登涴山，過我貧居，飲我清酒。一談經史，亞比孔先生；再讀詞章，何如曹子建？山岳藏其跡，川澤隱其形；一旦睹風雲，千年想光景。孔夫子何須頻刪其詩書，焉知來者不如今？鄭康成何須浪注其經史，豈覺今之不如古？王少府乃可畏後生，學問人也。各爲四韻，共寫別懷。（《王子安集》卷七）

此篇贈序文對偶之工整、用典之繁富，實無異於六朝駢文。其〈送劼赴太學序〉又云：

> 今之游太學者多矣，咸一切欲速，百端進取，故夫膚受末學者，因利乘便；經明行修者，華存實爽。至於振骨鯁之風標，報賢聖之言懷，遠大之舉，蓋有之矣，未之見也，可以深慕哉！且吾家以儒輔仁，述作存者八代矣，未有不久於其道，而求苟出者也。故能立經陳訓，刪書定禮，揚魁梧之風，樹清白之業，使吾徒子孫有所取也。〈大雅〉不云「無念爾祖」，《易》不云「幹父之蠱」，《書》不云「惟孝友于」，《詩》不云「不如友生」，四者備矣。加之執德弘，信道篤，心則口誦，廢食忘寢，渙然有所成，望然有所伏；然後可以託教義，編人倫，彰風聲，議出處，若意不感慨，行不卓絕，輕進苟動，見利忘義；雖上一階、履半級，何足恃哉？終見棄於高人，但自溺於下流矣。吾被服家業，霑濡庭訓，切磋琢磨，戰競惕

〔註12〕參見姜明翰《中唐贈序文研究》第二章「唐代贈序文的流變」，東吳大學中國文學研究所碩士論文，民國84年9月。

勵者，二十餘載矣！幸以薄伎獲躓戎役，嘗恥道未成而受祿，恨不
得如古君子四十而強仕也；而房旅多孤，飦粥不繼，逼父兄之命，
睹饑寒之切，解巾捧檄，扶老攜幼。今既至於斯矣，不蠶而衣，不
耕而食，吾何德以當哉？至於竭小人之心，申猶子之道，飲食衣
服，晨昏左右，庶幾乎令汝無反顧憂也。行矣自愛，游必有方，離
別咫尺，未足耿耿。嗟乎！不有居者，誰展色養之心？不有行者，
孰就揚名之業？籩豆有踐，菽水盡心；盍各賦詩，敘離道意云爾。
（同上）

此篇贈序就形式而言，是一篇工整的美文，格調豪壯；就其內容論之，則井
然有序，義正辭嚴。堪稱為初唐贈序文之代表作品。

　　此外，《全唐文》也收錄陳子昂六篇贈序，作品風格頗似王勃。茲舉其
〈餞陳少府從軍序〉為例：

夫歲月易得，古人疾沒代不稱；功業未成，君子以自強不息。豈非
懷其寶，思其用，然後以取海內之名，以定當年之策。……爾其蒼
龍解角，朱鳥司辰。溽景薰天，炎光折地。山川漸遠，行人動游子
之歌；尊酒未空，送客起貧交之贈。嗟乎！楊朱所以泣歧路，蘇武
所以悲絕國，古之來矣。盍各言志，以敘離歌。（《全唐文》卷二一
四）

亦重排偶修辭，此誠如清紀昀〈陳拾遺集十卷〉所論：

唐初文章，不脫陳隋舊習，子昂始奮發自為，追古作者。韓愈詩
云：「國朝盛文章，子昂始高蹈。」柳宗元亦謂張說工著述，張九齡
善比興，兼備者子昂而已。馬端臨《文獻通考》乃謂子昂惟詩語高
妙，其他文則不脫偶儷卑弱之體。韓、柳之論，不專稱其詩，皆所
未喻。今觀其集，惟諸表序猶沿排儷之習，若論事書疏之類，實疏
樸近古。韓、柳之論，未為非也。（《紀文達公遺集》卷一百四十九
集部別集類二）

是陳子昂贈序仍沿陳隋排儷之舊，不脫「偶儷卑弱」之體。

　　盛唐時期的贈序文，不論形式、內容皆與初唐作品判然有別。形式上，
文體有由駢入散的趨勢；內容上，可見議論與敘事的成分加重，不同於初唐
以抒情、狀物為主。此期序文的贈別對象逐漸擴大，題材廣泛，作品的數量
也大幅增加。盛唐贈序文的代表作家有盧象、李華、蕭穎士、王維、陶翰、

顏眞卿、劉長卿、李白、蕭昕、高適、賈至、任華、元結、獨孤及、皇甫冉等十五人，作品共計一百二十六篇。〔註13〕

此期具備代表性的贈序作家，首推李白，他的筆下開始出現了一些指陳時事、反映現實的篇章。如〈餞李副使藏用移軍廣陵序〉云：

> 夫功未足以蓋世，威不可以震主，必挾此者持之安歸；所以彭越醢於前，韓信誅於後，況權位不及於此者？盧生危疑而潛包禍心，小拒王命，是以謀臣將啗以節鉞，誘而烹之。亦由借鴻濤於奔鯨，繪生人於哮虎，呼吸江海，橫流百川，左縈右拂，十有餘郡，國計未及，誰當其鋒？

> 我副使李公勇冠三軍，眾無一旅，橫倚天之劍，揮駐日之戈，吟嘯四顧，熊羆雨集，蒙輪扛鼎之士，杖干將而星羅，上可以決天雲，下可以絕地維，翕振虎旅，赫張王師，退如山立，進若電逝，轉戰百勝，殭屍盈川，水膏於滄溟，陸血於原野，一掃瓦解，洗清全吳，可謂萬里長城，橫斷楚塞。不然五嶺之北，盡餌於修蛇，勢盤地蹙，不可圖也。

> 而功大用小，天高路遐，社稷雖定於劉章，封侯未施於李廣，使慷慨之士，長吁青雲。且移軍廣陵，恭揖後命，組練照雪，樓船乘風，蕭鼓沸而三山動，旌旗揚而九天轉。良牧出祖，烈將登筵，歌酣易水之風，氣振武安之瓦。海日夜色，雲帆中流，席闌賦詩，以壯三軍之事。白也筆已老矣，序何能爲！（《李太白文集》卷二十七）

本篇於文體形式上，雖仍存排偶之習，然其行文章法，已開韓愈贈序之先路。全文可略分爲三部分：首段虛起論理，其次就贈序之旨論事，文末則發以感慨。如此寫法，我們常可於韓愈贈序文中見之，著名的〈送孟東野序〉即爲一例。

於文章首段虛起論理的寫法，本論文認爲極可能是沿續傳統序跋文的書寫方式而來〔註14〕。有些篇章不適於論理的，則轉化爲對於贈送對象背景的

〔註13〕同註12。

〔註14〕論理是序跋文的重要特徵，如劉勰《文心雕龍·宗經第三》云：「論說辭序，則《易》統其首。」便認爲序文義近「論說」，乃遠承《易傳》論理之緒。姚鼐《古文辭類纂》說：「序跋類者：昔前聖作《易》，孔子爲作〈繫辭〉、〈說

敘說，以襯托出當前離別非偶然發之，實另有長遠意義存焉。如李白〈江夏送林公上人遊衡岳序〉首段云：

> 江南之仙山，黃鶴之爽氣，偶得英粹，後生俊人。林公世為豪家，此土之秀，落髮歸道，專精律儀；白月在天，朗然獨出，既灑落於彩翰，亦諷誦於人口。……（同上）

〈春於姑熟送趙四流炎方序〉首段云：

> 白以鄒魯多鴻儒，燕趙饒壯士，蓋風土之然乎？趙少翁才貌瑰雅，志氣豪烈，以黃綬作尉，泥蟠當塗，亦雞棲鶴籠，不足以窘束鸞鳳耳。……（同上）

是皆將一人一事，張大為風土、歷史之呈現，並以此為頌。此種寫法亦可於韓愈贈序見之，其〈送廖道士序〉即為一例。又李白〈江夏送倩公歸漢東序〉云：

> 謝安四十，臥白雲於東山；桓公累徵，為蒼生而一起。常與支公遊賞，貴而不移，大人居子，神冥契合。正可乃爾。僕與倩公，面不忝古人；言歸漢東，使我心痗。

> 夫漢東之國，聖人所出，神農之後季，良為大賢，爾來寂寂無一物可記。有唐中興，始生紫陽先生，先生六十而隱化，若繼跡而起者惟倩公焉。蓄壯志而未就，期老成於他日，且能傾產重諾，好賢攻文，即惠休上人與江鮑往復，各一時也。僕平生述作，罄其草而授之。

> 思親遂行，流涕惜別。今聖朝已捨季布，當徵賈生，開顏洗目，一見白日，冀相視而笑於新松山耶？作小詩絕句以寫別意，辭曰：

> 彼美漢東國，川藏明月輝；寧知喪亂後，更有一珠歸。（同上）

於第二段中敘說贈序對象將往之處，並援舉前賢史實與今事對比，以此頌揚慰勉行人。這種作法也為韓愈所慣用，如〈送董邵南序〉即是一例。

　　李白的贈序文中，也有以寓言論理的寫法，如〈秋夜於安府送孟贊府兄

卦〉、〈文言〉、〈序卦〉、〈雜卦〉之傳，以推論本原、廣大其義。」即接受劉勰看法。序跋這種論說文體的特質，劉勰認為：「論也者，彌綸群言，而研精一理者也。」（《文心雕龍·論說第十八》）又說：「史論序注，則師範於覈要。」（《定勢第三十》），是序跋本以「研精一理」、「覈要」為旨。另參見拙文〈文選「序」類研究〉。

還都序〉云：

> 夫士有飾危冠，佩長劍，揚眉吐諾，激昂青雲者，咸誇炫意氣，託
> 交王侯；若告之急難，乃十失八九。我義兄孟子則不然耶。道合而
> 襟期暗親，志乖而肝膽楚越，鴻騫鳳立，不循常流。……（同上）

這種寓言手法豐富了文章的形象，也使其說理明白通暢，敘述上表現出轉折
變化的趣味。韓愈贈序文亦屢見此種作法，如〈送溫處士赴河陽軍序〉即為
一例。

謝楚發《中國古代文體叢書・散文》曾提及：

> 直到盛唐才有與贈詩斷絕聯繫的贈序出現，李白集中就有不少，
> 但大部分仍與贈詩聯繫緊密，很多贈序中都同時提到贈詩。這種情
> 況到中晚唐仍然存在，韓愈有贈序文三十四篇，其中同時提到贈
> 詩的就有十六篇。到了宋朝，贈序才與贈詩斷絕了一切聯繫。（頁
> 174）

今據李白文集中所收的贈序文來看，僅管他在篇中或有提到贈詩之事，或隨
文附有贈詩，但是其贈序文實已具有相當完整的形式，而贈詩的內容甚或已
成為贈序文之附屬，聊備一格罷了，如前舉〈江夏送倩公歸漢東序〉即為此
例。可見贈序為體之成形，進而取代了六朝贈詩的地位，應始於盛唐。

除了李白外，盛唐另有一位贈序作家也是我們不能忽略的，就是獨孤
及。據宋晁公武說，獨孤及之作品：

> 為文以立憲誡世、襃賢過惡為用，長於論議，《唐實錄》稱韓愈師其
> 為文云。（《郡齋讀書志》）

可知《唐實錄》中曾記載韓愈師法獨孤及為文的說法。今就《全唐文》所
收，獨孤及的四十四篇贈序來看，其內容確以「立憲誡世、襃賢過惡」為
用，而「長於論議」更是他贈序文的風格〔註15〕。例如《四庫全書・提要》
所論：

> 考唐自貞觀以後，文士皆沿六朝之體。經開元、天寶，詩格大變，
> 而文格猶襲舊規。元結與及始奮起滌除，蕭穎士、李華左右之，其
> 後韓、柳繼起，唐之古文遂蔚然極盛，斲雕為樸，數子實居首功。《唐

〔註15〕晁公武此說乃襲取崔祐甫之意見，崔氏〈獨孤公神道碑〉云：「公之文章大抵
　　　以立憲誡世，襃賢過惡為用，故議論最長。其或列於碑頌，流於詠歌，峻如
　　　崧華，盛如江河，清如秋風過物，邈不可逮。」（《全唐文》卷四〇九）

實錄》稱韓愈學獨孤及之文，當必有據。

獨孤及的四十四篇贈序文，也對於韓愈書寫有所啓發。以下略舉其贈序文數篇爲例，說獨孤及作品對於韓愈的影響。如其〈送王判官赴福州序〉云：

> 松梓梗柟茂於深山，不能逃匠石之顧；賢士君子晦其言跡，不能使人不己知。其勢然也！之子言忠信、行篤敬，以文雅麗則，括而羽之，而世皆觀頤，我獨儉德。吾固知長風六翮，必有時而去。及御史大夫李公之命介也，辟書四下，果以嗣宗爲首。歲二月，載驟四駱，脂車而東。

> 閩中者，左溟海，右百越，嶺外峭峻，風俗剽悍，歲比飢饉，民方札瘥。非威非懷，莫可綏也。

> 議者其謂君：匡戎幕以義，佐師律以禮，報國士以直，導罷人以德；使安危懸於指掌，勝負決於談笑，則咨謀之道弘矣。豈椎髻殊俗、覆車畏途，足爲志士之怵惕哉？凡我出祖者，亦既偕賦。（《昆陵集》卷十四）

本篇文分三段：首段如前述之李白贈序，先虛舉一理敘說其事；次段則以述職處所起興，強調此行之責任；行文最後，發議論以勸勉其克盡職守。本篇次段「因地及事」的寫法，韓愈有類此之作，如〈送鄭尚書序〉；而末段發以議論，更是韓愈贈序中常見之作法，如〈贈崔復州序〉、〈送石處士序〉等篇皆是。

獨孤及〈送宇文協律赴西江序〉云：

> 復周正之年，天子以潤州刺史張公休爲豫章太宋。豫章之人既庶且富，部從事縣大夫缺而不備，先以檄徵協律於會稽。

> <u>時人皆賀豫章之得賢，協律之遭遇君子，則曰：「夫子刃之餘地，不賣切玉，刲小鮮而用其鍔，無乃不可乎？」夫子曰：「不然！蓋其不患秩卑，而患己素飧；不患國士之不我遇，患遇之而不答，苟有用我者，吾其爲執射乎？」</u>

> 於是舉帆西陵，是日于邁，然後知大夫之感義而不私其身。於越長路，江皋暮春，沉吟秦山，悽愴鏡水。豈不知今日斗酒，明旦不共？顧懷安敗名，無勇也；怨別傷遠，非丈夫也。苟將申其道而成其務，則萬里咫尺，少別何有？二三子其詠歌之，以代雜珮。（同上）

此篇贈序之第二段中，運用了「對話」的寫法，這種寫法有兩種好處：(1)在敘事上更見活潑生動；(2)作者可以於對話中寓以議論，用受序者自己所說的話加以規勉其行為。這種作法也為韓愈所襲取，如〈送李愿歸盤谷序〉、〈送許郢州序〉等篇皆是此例。

獨孤及〈送韋司直還福州序〉云：

> 遠別非難，行路難；行路非難，相逢難。始者與吾子會于撫，以吾一日長乎子，子嘗敦弟兄之好，而不吾先。自雲搖雨散，凡四悲秋，而一會面，亦既道舊，別又繼之，斯可以愴矣！

> 然君子患德之不逮，不患人不我知。吾子克慎厥身，以荷先大夫之覆露，賁然將命為邦司直，被服文行而鏃礪之，揚其家聲，吾唯子之望。豈行邁與聚散足貽志士之忻戚乎？是別也，祇以歌詠貺吾子而已。（同上）

篇幅簡短之贈序，在作法上首重行文的轉折、頓挫。例如本篇首段先虛舉一理破題，所謂「遠別非難，行路難；行路非難，相逢難」，已表現出文氣的頓挫。

但是到了第二段中，獨孤及卻又反轉前面所舉之理，而勉之以此行目的、職責，使文章呈顯出跌宕不凡的氣勢，與強毅的性情。梁肅〈毘陵集後序〉說他：「其文雖波騰雷動，起復萬變，而殊流會歸，同致於道。」良有以也。獨孤及這種作法也為韓文所效法，如〈送董邵南序〉即為此例。

又如獨孤及〈送屯田李員外充宣慰判官赴河北序〉云：

> 秦吳燕宋之別，昔人所愴。若君子以令德佐王之使臣，將命以適四方，當用文教柔遠，懷威示德，則其舉也可以悅，其愴也可以遣。況吾子家本全趙，倦遊一紀，駟馬以過故鄉，足展南枝北風之思。買臣歸越，相如還邛，古今相望，是可同轍。

> 明日渡滹沱，涉桑乾，布王澤，覽風俗之暇，為我問叢臺蒯丘厥狀何似？平原樂毅故事存否？歸而揚搉，用廣異聞，夫道別離者，緣情而已。（同上）

於首段中援舉史實，以古今事交相對比；第二段則情味深長的要求受序者歸趙後，代作者觀覽古今人事異同。此篇作法，也為韓愈〈送董邵南序〉所襲取；清人劉大櫆嘗評〈送董邵南序〉曰：「讀之，覺高情遠韻，可望不可及」，

然獨孤及本篇已具有如此特質。

又獨孤及〈送賀若員外巡按畢歸朝序〉云：

> 今年春，上以富人侯爲丞相，百揆時敘，九州賦錯，方欲齊職貢之法，崇底愼之典，使六府修，九敘成；謂尚書吏部郎賀若公貞明直躬，特達公器，才足以茂公藏事，政足以弘道救物，故俾繡衣持斧，巡撫江介，分王命也。

> <u>公電發神機，霜淬智刃。其始至也，問謠俗，省疾若，命司書，示年數之上下，削邦縣之版圖，實其眾寡以差井賦，然後勞來安集，宣皇恩而煦之，如飢者得食，寒者得纊，使苞茅之貢必敘，而杼軸之詩不作。</u>

> 冬十一月，命郡吏致事，言旋于京師，且將捧府檄於南陔，侍版輿以西上，禮也。夫其由刑家以刑國，資事親以事君，奉慈訓不廢陳力，將君命不違色養，忠孝之大者。況姦宄以弭，干戈將戢，朝廷方以律令章程責成三府，然則操六轡，驟四駱，周爰咨詢，以成天下之務，在是行乎！翰飛方騁，瞻望何及？唯獻熟東閣，弼成大猷，使蒸人粒，海水靜，農夫高枕，及亦預焉。凡執手於路者，請偕賦〈鴻鴈〉，取「之子于征，劬勞于野，爰及矜人，哀此鰥寡」，以爲善頌。（同上）

本篇可謂是獨孤及贈序文典型之作，文分四段：第一段敘說賀若員外擔任巡撫的緣由；第二段稱美其功績；第三段點明新職，強調此去之責任與目的；末段則誦美其行。這種「長於論議」的寫法在獨孤及《毘陵集》有不少篇，韓愈贈序文也頗多此類作品，然章法上卻略生變化。比較二者之不同，我們發現：就這種「述職類」贈序作法而言，獨孤及強調的是舊職之功蹟；韓愈所重視的，卻是對於新職的責成與勸勉。獨孤及的寫法仍近於文集序跋，著意於此人已完成之事蹟；而韓愈贈序則擺脫一切，全以此去之職守爲立言宗旨，張大其義，勸勉行人。可知韓愈於獨孤及之贈序文，不僅有所師法，並有所改進，超越。

　　從上面所述，本論文以爲贈序文之寫作，盛唐時已有了相當重要的進展；這些篇章在內容與形式上，曾經深刻影響中唐的贈序作家，如韓愈、柳宗元等人之創作。

第二節　韓愈贈序文內容述要

　　本節將就韓愈贈序文內容逐一檢視，依各篇贈別對象與目的之不同，試作整理。以下就三部分論之：首先按韓愈贈序寫定先後加以次序，其次說明韓愈贈序與贈詩之關係，最後於贈序文內容之不同略加分類。

（一）

　　《韓集》收錄的三十四篇贈序中，有十九篇於文內並無提及贈詩之事，可見其贈序文有一半以上的作品，是屬於「無詩之序」〔註16〕。下面我們根據各篇寫定年代加以序次，並標示這十九篇「無詩贈序」的作品。〔註17〕

　　韓愈贈序文之寫定：

貞元十年（794）	送齊暤下第序（無贈詩而專作序）
	贈張童子序（無贈詩而專作序）
貞元十三年（797）	送汴州監軍俱文珍序
	送權秀才序
貞元十七年（801）	送孟東野序（無贈詩而專作序）
	送竇從事序
	送李愿歸盤谷序
貞元十八年（802）	送陸歙州詩序
貞元十九年（803）	送浮屠文暢師序（無贈詩而專作序）
	送牛堪序（無贈詩而專作序）
	送陳密序（無贈詩而專作序）
	送王（含）秀才序（無贈詩而專作序）
	送何堅序（無贈詩而專作序）
	贈崔復州序（無贈詩而專作序）
	送董邵南序（無贈詩而專作序）

〔註16〕此處列舉的三十四篇贈序，並未包括韓愈〈愛直贈李君房別〉、〈師說〉等作品，雖然也有學者認為此等作品皆為贈序。如黃振民即認為贈序有「不以序名篇」者，如〈愛直贈李君房別〉，還有「其題目不僅不以序名篇，且亦不揭示被贈者姓名」者，如〈師說〉。（〈論以「序」名篇之古文〉）本論文為了研究的謹慎與方便，暫不討論此類「不以序名篇」的作品，並參見第四章第二節所述。

〔註17〕本節贈序之寫定年代，乃據南宋方崧卿《韓集舉正》之說，並參見《韓愈全集校注》（屈守元、常思春主編，成都：四川大學出版社，1996年7月）。

	送許郢州序（無贈詩而專作序）
貞元二十年（804）	送楊支使序（無贈詩而專作序）
永貞元年（805）	送區冊序（無贈詩而專作序）
	送廖道士序（無贈詩而專作序）
	送孟秀才序（無贈詩而專作序）
	送陳秀才彤序（無贈詩而專作序）
元和五年（810）	送幽州李端公序（無贈詩而專作序）
	送溫處士赴河陽軍序
	送石處士序
	送湖南李正字序
	送鄭十校理序
元和八年（813）	送水路運使韓侍御歸所治序
元和九年（814）	送張道士序
元和十二年（817）	送殷員外序
長慶三年（823）	送鄭尚書序
長慶四年（824）	送楊少尹序
疑年文	送浮屠令縱西遊序
	送高閑上人序（無贈詩而專作序）
	送王秀才（塤）序（無贈詩而專作序）

此處所列舉的三十四篇贈序文中，同時兼作贈詩者計有十五篇，僅寫贈序者計有十九篇。兼作贈詩之序不及作品總數一半，可知在韓愈觀念中，贈序實足以取代贈詩之意義。受此觀念影響，宋人文集中的贈別序，竟幾乎全屬「無詩之序」，贈序文乃不得不脫離「序跋類」之範疇。〔註18〕

（二）

根據前面所論，韓愈有十五篇贈序同時兼有作詩，這十五篇在敘述上或

〔註18〕由於受到韓愈影響，宋人無詩之贈序蔚然興盛，後世竟出現了「非高才不得贈人以序」的說法，如元方回〈送佛陀恩歸雲門寺詩序〉云：「曹子建上責躬詩、表、文甚富，即所謂自序也。至唐老杜自序〈八哀〉詩，自序〈覽元道州賊退示官吏〉詩，而元道州自序尤詳。於是自作詩而作序，莫盛於韓、柳。韓〈送孟東野序〉，不見詩；〈送李愿歸盤谷序〉，與詩遠；柳〈送薛存義序〉，無詩；送文暢至潛上人八詩僧序，詩皆他見。宋歐、蘇、黃、陳諸公，今未暇悉數。嗚呼！非有曹子建、杜子美、元次山、韓退之、柳子厚、歐、蘇、黃、陳之才而作序，自作詩以送人，不已僭乎。」（《桐江集》卷三）

以贈序爲主，或以贈詩爲主，或贈詩與贈序間關係緊密，宜合併觀之。下面我們依此三類舉例加以說明。

1.贈序文為主

此類以贈序文爲主的篇章中，贈詩與贈序間並無緊密關係，最主要是因爲這些序文多屬「眾詩之序」。眾人公推韓愈爲序，所以他必須代眾人立言，說明離別一事之始末，表達與會者共同的期許；贈詩因爲眾人皆有作，故而祇能表達韓愈個人之心聲。

韓愈此類贈序文，根據寫作的原因又可以分爲兩種：奉公命而作，或是私宴中受眾人推舉。

（1）奉公命而作

如〈送汴州監軍俱文珍序并詩〉：

> 今之天下之鎮，陳留爲大。屯兵十萬，連地四州，左淮右河，抱負齊楚，濁流浩浩，舟車所同。故自天寶以來，當藩垣屏翰之任，有弓矢鈇鉞之權，皆國之元臣，天子所左右。其監統中貴，必材雄德茂，榮耀寵光，能俯達人情，仰喻天意者，然後爲之。
>
> 故我監軍俱公，輯侍從之榮，受腹心之寄，奮其武毅，張我皇威，遇變出奇，先事獨運，偃息談笑，危疑以平。天子無東顧之憂，方伯有同和之美。十三年春，將如京師，<u>相國隴西公飲餞於青門之外，謂功德皆可歌之也，命其屬咸作詩以鋪繹之。</u>
>
> 詩曰：
> 奉使羌池靜，臨戎汴水安。沖天鵬翅闊，報國劍鋩寒。曉日驅征騎，春風詠采蘭。誰言臣子道，忠孝兩全難？

此篇於序中說明俱文珍返京師一事，其詩則歌功頌德。贈序與贈詩間沒有緊密相關性，即使不讀此詩，並不影響我們對於序文的理解。也因此，這些篇章與「無詩贈序」沒有什麼兩樣，作者在寫序時，並不將之視爲詩篇的「附屬文體」。又如〈送鄭十校理序并詩〉云：

> 秘書，御府也，天子猶以爲外且遠，不得朝夕視，始更聚書集賢殿，別置校讎官，曰「學士」，曰「校理」，常以寵丞相爲大學士。其他學士皆達官也，校理則用天下之名能文學者；苟在選，不計其秩次，惟所用之。由是集賢之書盛積，盡秘書所有不能處其半；書

日益多，官日益重。四年，鄭生涵始以長安尉選爲校理，人皆曰：「是
宰相子，能恭儉守教訓，好古義施於文辭者；如是而在選，公卿大
夫家之子弟其勸耳矣。」愈爲博士也，始事相公於祭酒，分教東都
生也，事相公於東太學；今爲郎於都官也，又事相公於居守：三爲
屬吏，經時五年，觀道德於前後，聽教誨於左右，可謂親薰而炙之
矣。其高大遠密者，不敢隱度論也；其勤己而務博施，以己之有，
欲人之能，不知古君子何如耳。今生始進仕，獲重語於天下，而慊
慊若不足，眞能守其家法矣。其在門者可進賀也。求告來寧，朝夕
侍側，東都士大夫不得見其面；於其行日，<u>分司吏與留守之從事，
竊載酒肴席定鼎門外，盛賓客以餞之。既醉，各爲詩五韻，且屬愈
爲序。</u>

詩

相公倦台鼎，分正新邑洛。才子富文華，校讎天祿閣。壽觴佳節過，
歸騎春衫薄。鳥咔正交加，楊花共紛泊。親交誰不羨，去去翔寥廓。

此序亦說明送行一事始末，並施以諷頌，贈詩內容則頗見浮泛；可知韓愈寫
作此等贈序時，要較贈詩爲用心。

　　據屈守元、常思春《韓愈全集校注》所考，韓愈贈序兼有詩作者，其題
名或稱「送……詩并序」、或稱「送……序并詩」，上舉兩篇皆名曰「序并詩」
者，可知此類「奉命而作」序文之價值更重於詩，詩作僅爲贈序篇章之附錄。

（2）私宴中受眾推舉而作

如〈送湖南李正字歸詩并序〉云：

貞元中，愈從太傅隴西公平汴州，李生之尊府以侍御史管汴之鹽鐵，
日爲酒殺羊享賓客，李生則尚與其弟學，讀書習文辭，以舉進士爲
業。愈於太傅府年最少，故得交李生父子間。公薨軍亂，軍司馬從
事皆死，侍御亦被饞爲民日南。其後五年，愈又貶陽山令，今愈以
都官郎守東都省，侍御自衡州刺史爲親王長史，亦留此掌其府事。
李生自湖南從事請告來覲。於時，太傅府之士惟愈與河南司錄周君
獨存，其外則李氏父子，相與爲四人。離十三年，幸而集處，得燕
而舉一觴相屬，此天也，非人力也！

侍御與周君於今爲先輩成德，李生溫然爲君子，有詩八百篇，傳詠

於時。惟愈也業不益進，行不加修，顧惟未死耳。往拜侍御，謁周君，抵李生，退未嘗不發媿也。

往時，侍御有無盡費於朋友，及今則又不忍其三族之寒飢，聚而館之，疏遠畢至，祿不足以養；李生雖欲不從事於外，其勢不可得已也。重李生之還者皆爲詩，愈最故，故又爲序云。

長沙入楚深，洞庭值秋晚。人隨鴻雁少，江共蒹葭遠。歷歷余所經，悠悠子當返。孤游懷耿介，旅宿夢婉娩。風土稍殊音，魚蝦日異飯。親交俱在此，誰與同息偃。

本篇於序中交待贈詩之緣由，慨歎際遇弄人；贈詩內容則寫其將往之處，與序文內容有別，此篇韓愈用力之處似亦在序〔註 19〕。又如〈送陸歙州詩并序〉：

貞元十八年二月十八日，祠部員外郎陸君出刺歙州，朝廷夙夜之賢，都邑遊居之良，齎咨涕洟，咸以爲不當去。

歙，大州也；刺史，尊官也。由郎官而往者，前後相望也。當今賦出於天下，江南居十九。宣使之所察，歙爲富州。宰臣之所薦聞，天子之所選用，其不輕而重也較然矣。如是而齎咨涕洟，以爲不當去者，陸君之道，行乎朝廷，則天下望其賜；刺一州，則專而不能咸。先一州而後天下，豈吾君與吾相之心哉？於是昌黎韓愈，道願留者之心，而泄其思。作詩曰：

我衣之華兮，我佩之光。陸君之去兮，誰與翺翔？斂此大惠兮，施于一州。今其去矣，胡不爲留？我作此詩，歌於遠道。無疾其驅，天子有詔。

本篇序文強調其職之重，贈詩則抒發別情。此篇遊戲性質頗重，也許是因爲出於私宴場合。上舉兩篇皆名曰「詩并序」，殆亦因爲私宴之作，故標其詩不標其序。此類篇章的詩作簡單，韓愈著意之處端在贈序。

2. 贈詩為主

韓愈十五篇兼有詩序的作品中，序文簡略、卻以贈詩爲主的，僅有〈送

〔註 19〕 宋人陳耆卿〈送應太丞赴闕序〉云：「觀唐人送李正字皆以詩，以序者獨韓退之，序意厚也。」（《篔窗集》卷三）陳氏認爲韓愈作此序並非因眾人推舉，祗是出於故人重逢之深情厚意，故特作此序。聊備一說。

張道士詩并序〉一篇：

> 張道士，嵩高之隱者，通古今學，有文武長材，寄跡老子法中，爲
> 道士以養其親。九年，聞朝廷將治東方貢賦之不如法者，三獻書，
> 不報，長揖而去。京師士大夫多爲詩以贈，而屬愈爲序。

詩曰：

> 大匠無棄材，尋尺各有施。況當營都邑，杞梓用不疑。張侯嵩高來，
> 面有熊豹姿。開口論利害，劍鋒白差差。恨無一尺捶，爲國笞羌夷。
> 詣闕三上書，臣非黃冠師，臣有膽與氣，不忍死茅茨。又不媚笑語，
> 不能伴兒嬉。乃著道士服，眾人莫臣知。臣有平賊策，狂童不難治。
> 其言簡且要，陛下幸聽之。天空日月高，下照理不遺。或是章奏繁，
> 裁擇未及斯。寧當不俟報，歸袖風披披。答我事不爾，吾親屬吾思。
> 昨宵夢倚門，手取連環持，今日有書至，又言歸何時。霜天熟柿栗。
> 收拾不可遲。嶺北梁可構，寒魚下清伊。既非公家用，且復還其私。
> 從容進退閒，無一不合宜。時有利不利，雖賢欲奚爲。但當勵前操，
> 富貴非公誰。

此篇韓愈想說的話，全於詩中見之，序文僅簡短地說明贈詩一事始末。〔註20〕

3.詩序並重，關係緊密

韓愈十五篇兼有詩序的作品中，也有許多篇是贈序內容與贈詩內容相同
的，同一題材以卻兩樣文體寫之，敘述上頗見掩映互補之美〔註21〕。如其〈送
鄭尚書赴南海詩并序〉：

> 嶺之南其州七十，其二十二隸嶺南節度府，其四十餘分四府；府各

〔註20〕如茅坤評本篇曰：「贈意在詩，序言其故耳。此文一體。」（《唐宋八大家文鈔·
韓文》評語卷七）
〔註21〕類似的作法，也見於韓愈碑誌文，方苞〈書韓退之平淮西碑後〉云：「碑記墓
誌之有銘，猶史有贊論，義法創自太史公，其指意辭事必取之本文之外。
班、史以下，有括終始事跡以爲贊論者，則於本文爲複矣，此意惟韓子識
之。故其銘辭未有義具於碑誌者，或體製所宜，事有覆舉，則必以補本文之
閒缺。」（《方望溪先生全集》卷五）又章學誠〈墓銘辨例〉云：「銘金勒石，
古人多用韻言，取便誦識，義亦近於詠嘆，本辭章之流也。韓、柳、歐陽惡
其燕穢，而以史傳敘事之法誌於前，簡括其辭以爲韻語綴於後，本屬變體；
兩漢碑刻，六朝銘誌，本不如是。」（《文史通義》外篇二）參二氏所論，可
徵韓愈碑誌、贈序文法之相近。葉國良〈論韓愈的冢墓碑誌文〉亦認爲「欲
充分掌握韓愈碑誌文的成就，尚須與其他文類如行狀、器物銘、贈序等的研
究作綜合、比較的功夫」。（《古典文學》第十期，頁257～292）

置帥，然獨嶺南節度爲大府。大府始至。四府必使其佐啓問起居，謝守地，不得即賀以爲禮。歲時必遣賀問，致水土物。大府帥或道過其府，府帥必戎服，左握刀，右屬弓矢，帕首褲靴迎郊。及既至，大府帥先入據館，帥守屏，若將趨入拜庭之爲者，大府與之爲讓，至一再，及敢改服以賓主見。適位執爵，皆興拜，不許乃止，虔若小侯之事大國。有大事，諮而後行。

隸府之州，離府遠者至三千里，懸隔山海，使必數月而後能至。蠻夷悍輕，易怨以變，其南州皆岸大海，多洲島，颶風一日踔數千里，漫瀾不見蹤跡。控御失所，依險阻，結黨仇，機毒矢以待將吏。撞搪呼號，以相和應，蜂屯蟻雜，不可爬梳。好則人，怒則獸，故常薄其征入，簡節而疏目，時有所遺漏，不究切之。長養以兒子，至紛不可治，乃草薙而禽獮之，盡根株痛斷乃止。其海外雜國若耽浮羅、流求、毛人、夷、亶之州，林邑、扶南、眞臘、于陀利之屬，東南際天地以萬屬，或時候風潮朝貢，蠻胡賈人舶交海中。若嶺南帥得其人，則一邊盡治，不相寇盜賊殺，無風魚之災、水旱癘毒之患，外國之貨日至，珠、香、象、犀、玳瑁奇物溢於中國，不可勝用。故選帥常重於他鎮，非有文武威風、知大體、可畏信者，則不幸往往有事。

長慶三年四月，以工部尚書鄭公爲刑部尚書兼御史大夫往踐其任。鄭公嘗以節鎮襄陽，又帥滄景德棣，歷河南尹，華州刺史，皆有功德可稱道。入朝爲金吾將軍、散騎常侍，工部侍郎、尚書。家屬百人，無數畝之宅，僦屋以居，可謂貴而能貧，爲仁者不富之效也。及是命，朝廷莫不悅。將行，公卿大夫苟能詩者，咸相率爲詩，以美朝政，以慰公南行之思。韻必以來字者，所以祝公成政而來歸疾也。

番禺軍府盛，欲說暫停盃。蓋海旌幢出，連天觀閣開。衙時龍戶集，上日馬人來。風靜鶏鷗去，官廉蚌蛤迴。貨通師子國，樂奏武王臺。事事皆殊異，無嫌屈大才。

本篇贈序文分三段，末段仍贈序舊例，文待送別之事始末；然序文前二段韓愈所刻意摹寫者，乃與贈詩內容相同。此類作品若能以詩序合觀，不僅有助

文意之理解，也更富於閱讀樂趣。又如〈送李愿歸盤谷序〉：

太行之陽有盤谷，盤谷之間，泉甘而土肥，草木藂茂，居民鮮少。或曰：「謂其環兩山之間，故曰盤。」或曰：「是谷也，宅幽而勢阻，隱者之所盤旋。」友人李愿居之。

愿之言曰：「人之稱大丈夫者，我知之矣。利澤施于人，名聲昭于時，坐於廟朝，進退百官，而佐天子出令。其在外，則樹旗旄，羅弓矢，武夫前呵，從者塞途，供給之人，各執其物，夾道而疾馳，喜有賞，怒有刑。才畯滿前，道古今而譽盛德，入耳而不煩。曲眉豐頰，清聲而便體，秀外而惠中，飄輕裾，翳長袖，粉白黛綠者，列屋而閑居，妒寵而負恃，爭妍而取憐，大丈夫之遇知於天子，用力於當世者之所爲也。

吾非惡此而逃之，是有命焉，不可幸而致也。窮居而野處，升高而望遠，坐茂樹以終日，濯清泉以自潔。採於山，美可茹，釣於水，鮮可食，起居無時，惟適之安。與其有譽於前，孰若無毀於其後？與其有樂於身，孰若無憂於其心？車服不維，刀鋸不加，理亂不知，黜陟不聞。大丈夫不遇於時者之所爲也，我則行之。

伺候於公卿之門，奔走於形勢之途，足將進而趑趄，口將言而囁嚅，處穢汙而不羞，觸刑辟而誅戮，徼倖於萬一，老死而後止者，其於爲人賢不肖何如也？」

昌黎韓愈聞其言而壯之，與之酒而爲之歌曰：

盤之中，維子之宮。盤之土，可以稼；盤之泉，可濯可沿。盤之阻，誰爭子所？窈而深，廓其有容，繚而曲，如往而復。嗟！盤之樂兮，樂且無殃。虎豹遠跡兮，蛟龍遁藏；鬼神守護兮，呵禁不祥。飲則食兮壽而康，無不足兮奚所望？膏吾車兮秣吾馬，從子于盤兮，終吾生以徜徉。

本篇則寫序、作詩行文一致，二者皆就盤谷之名加以發揮。序文首段云：「謂其環兩山之間，故曰盤。」下面乃提出三種類型的人格表現，隱者廁身於「遇知於天子」、「伺候公卿之門」二種人物之間，與首段狀寫谷勢之「盤」相若彷彿。而詩中云：「窈而深，廓其有容，繚而曲，如往而復」，亦就「盤」字

立論，影射隱者之人格。蘇軾以本篇爲唐文之最，除了韓愈佈局精妙外，詩文富於掩映要亦一因。〔註22〕

　　韓愈此類詩序同寫一事的作品，常於序文中寓藏諷意，以補充詩篇簡短之不足。如〈送石處士赴河陽幕詩并序〉云：

河陽軍節度御史大夫烏公爲節度之三月，求士於從事之賢者，有薦石先生者。公曰：「先生何如？」曰：「先生居嵩邙瀍穀之間，冬一裘、夏一葛，食朝夕，飯一盂、蔬一盤。人與之錢則辭，請與出游，未嘗以事辭。勸之仕，不應。坐一室，左右圖書。與之語道理，辨古今事當否，論人高下事後當成敗；若河決下流而東注，若駟馬駕輕車就熟路而王良造父爲之先後也，若燭照數計而龜卜也。」大夫曰：「先生有以自老，無求於人，其肯爲某來邪？」從事曰：「大夫文武忠孝，求士爲國，不私於家。方今寇聚於桓，師環其疆，農不耕收，財粟殫亡，吾所處地，歸輸之塗，治法征謀，宜有所出。先生仁且勇，若以義請而彊委重焉，其何說之辭！」於是譔書詞，具馬幣，卜日以授使者，求先生之廬而請焉。

先生不告於妻子，不謀於朋友，冠帶出見客，拜受書禮於門內，宵則沐浴戒行事，載書冊，問道所由。告行於常所往來，晨則畢至，張上東門外。酒三行，且起，有執爵而言者曰：「大夫眞能以義取人，先生眞能以道自任，決去就，爲先生別。」又酌而祝曰：「凡去就出處何常，惟義之歸。遂以爲先生壽。」又酌而祝曰：「使大夫恒無變其初，無務富其家而飢其師，無甘受佞人而外敬正士，無昧於諂言，惟先生是聽，以能有成功，保天子之寵命。」又祝曰：「使先生無圖利於大夫，而私便其身。」先生起拜祝辭曰：「敢不敬蚤夜以求從祝規。」於是東都之人士，咸知大夫與先生，果能相與以有成也。遂各爲歌詩六韻，退愈爲之序云。

長把種樹書，人云避世士。忽騎將軍馬，自號報恩子。風雲入壯懷，泉石別幽耳。鉅鹿師欲老，常山險猶恃，豈惟彼相憂，固是吾徒恥。

〔註22〕蘇軾〈跋退之送李愿序〉云：「歐陽文忠嘗謂：『晉無文章，惟陶淵明〈歸去來〉一篇而已。』余亦謂：唐無文章，惟韓退之〈送李愿歸盤谷〉一篇而已。平生願效此作一篇，每執筆輒罷，因自笑曰：『不若且放，教退之獨步。』」（《東坡題跋》卷一）

去去事方急，酒行可以起。

對於本篇意旨，古人多以韓愈有所譏諷，如宋人葛立方云：

烏重嗣之節度河陽也，求賢者以爲之屬，乃得石洪處士爲參謀。韓退之送之序，又爲詩曰：「長把種樹書，人云避世士。忽騎將軍馬，自號報恩子。」蓋吏非吏，隱非隱，故於洪有譏焉。後有〈寄盧仝〉詩云：「水北山人得名聲，去年去作幕下士。」其意與前詩同，昔人有「門一杜其可開」之語，宜乎韓子以洪與溫造同科，而獨尊盧仝也。（《韻語陽秋》卷十一）

說明本篇寓有譏諷之意〔註23〕，但是也有學者不以爲然，屈守元、常思春即認爲：

後世說此詩者，大抵推衍葛氏之議，至於比之〈北山移文〉。而詩以討桓州立意，詞氣慷慨激昂，主旨在「豈惟彼相憂，固是吾徒恥」一聯，亟推石洪之賢，寄以討恒厚望，非有譏嘲意也。（《韓愈全集校注》，頁506）

與葛說相反，屈、常二氏以爲本篇「詞氣慷慨激昂」，「亟推石洪之賢」，是「寄以討桓厚望，非有譏嘲意也」。此舉二說皆就詩意推衍，卻得出相反的結論，可知贈詩因篇幅簡短，作者是否寓藏譏諷，有時眞難以判別。

對於本篇意旨，如果我們進一步考量韓愈贈序的寫法，應該可以彌補贈詩之不足；此序中韓愈的祝辭，如：「使大夫恒無變其初，無務富其家而飢其師，無甘受佞人而外敬正士，無昧於諂言，惟先生是聽，以能有成功，保天子之寵命。」、「使先生無圖利於大夫，而私便其身。」皆再三規誡石洪勿圖利藩鎮之私，可知本篇意旨當不在「寄以討恒厚望」，仍應從葛立方之說爲是。

（三）

由於贈序是應用文類，我們可以依其書寫目的之不同，將這三十四篇大略分爲頌美、規誡、敘事、慰情、勉勵等五類。下面依序舉例說明：

〔註23〕此處所舉葛立方引文，頗值玩味。葛氏云：「韓退之送之序，又爲詩曰……」可知韓愈此類兼贈詩序的作品，宋人是分開來討論的；他們甚至認爲贈序之意義，重於贈詩，如陳耆卿〈送應太丞赴闕序〉曰：「觀唐人送李正字皆以詩，以序者獨韓退之，序意厚也。」（《篔窗集》卷三）於此時，贈序已完全取代贈詩之地位，而與詩集序跋相去甚遠。

1. 頌美行人

此類作品以頌美行人功德爲主，如〈送汴州監軍俱文珍序〉云：

> 十三年春，(監軍俱公) 將如京師，相國隴西公飲餞於青門之外，謂
> 功德皆可歌之也，命其屬咸作詩以鋪繹之。

〈送陸歙州詩序〉云：

> 陸君之道行乎朝廷，則天下望其賜。

〈送殷員外序〉云：

> 今子使萬里外國，獨無幾微出於言面，豈不真知輕重大丈夫哉！丞
> 相以子應詔，真誠知人。士不通經，果不足用。

〈送浮屠令縱西遊序〉云：

> 乘閒致密，促席接膝，譏評文章，商較人士，浩浩乎不窮，悁悁乎
> 深而有歸，於是乎吾忘令縱之爲釋氏之子也。

〈送楊少尹序〉云：

> 古之所謂「鄉先生沒而可祭於社」者，其在斯人歟！其在斯人歟！

〈送鄭十校理序〉云：

> 今生始進仕，獲重語於天下，而慊慊若不足，真能守其家法矣！

上舉數篇皆頌美受序者之功勳德行。除了單純頌美行人功德外，此類贈序亦
有頌美行人之長官者，知贈人以序應該還具備了推薦的作用，如〈送溫處士
赴河陽軍序〉云：

> 伯樂一過冀北之野而馬群遂空，……若是而稱曰：「大夫烏公一鎮河
> 陽，而東都處士之廬無人焉」，豈不可也！

> 生既至，拜公於軍門，其爲吾以前所稱爲天下賀，以後所稱爲吾致
> 私怨於盡取也。

乃以溫造上司爲伯樂，又如〈送楊支使序〉云：

> 知其主可以信其客者，湖南也。

> 儀之智足以造謀，材足以立事，忠足以勤上，惠足以存下，而又侈
> 之以詩書六藝之學，先聖賢之德音，以成其文，以輔其質，宜乎從
> 事於是府而流聲實於天朝也！

亦頌美支使上司楊憑之德。韓愈此類歌頌功德的贈序，因爲近於奉諛，曾遭
時人所疑，他在〈送楊支使序〉加以澄清說：

> 夫樂道人之善以勤其歸者，乃吾之心也，謂我爲邑長於斯而媚夫人

云者，不知言者也。

可知頌美行人，其實亦遇有規勉之義。

2. 規誡行人

此類作品之內容，屬於臨別前之諄諄告誡〔註24〕。如〈送陳密序〉云：

密承訓於先生，今將歸覲其親，不得朝夕見，願先生賜之言，密將
以爲戒。

〈送石處士序〉云：

敢不敬蚤夜以求從祝規！

〈贈張童子序〉云：

自朝之聞人，以及五都之伯長群吏，皆厚其儀略，或作歌詩以嘉童
子，童子亦榮矣。雖然，愈將進童子於道，使人謂童子求益者，非
欲速成者。

〈送孟秀才序〉云：

京師之進士以千數，其人靡所不有，吾常折肱焉，其要在詳擇而固
交之。善雖不吾與，吾將彊而附；不善雖不吾惡，吾將彊而拒。苟
如是，其於高爵猶階而升堂，又況其細者邪？

〈送董邵南序〉云：

董生勉乎哉！吾因子有所感矣。爲我弔望諸君之墓，而觀於其市復
有昔時屠狗者乎？爲我謝曰：「明天子在上，可以出而仕矣！」

〈送廖道士序〉云：

意必有魁奇忠信材德之民生其間，而吾又未見也，其無乃迷惑溺沒
於老佛之學而不出邪？

〈送高閑上人序〉云：

今閑之於草書，有旭之心哉？不得其心而逐其跡，未見其能旭也。

上舉數篇皆以規誡行人爲旨。除了單純的規誡行人外，此類贈序也有意含諷
諭，旨在規誡行人之上司者，如〈送幽州李端公序〉云：

今天子大聖，司徒公勤於禮，庶幾帥先河南北之將來覲奉職，如開
元時乎？

〔註24〕此類規誡行人的贈序皆可謂「載道之文」，如儲欣評〈送幽州李端公序〉曰：
「立言無裨世道，文雖奇，不足尚也。讀此及〈送董邵南序〉，公之言，所以
奇而益醇，久而益尊。」（《昌黎先生全集錄》卷三序）

即寓意規誡幽州司徒劉濟。又如〈贈崔復州序〉云：

> 縣令不以言，連帥不以信，民就窮而斂愈急，吾見刺史之難爲也。崔君爲復州，其連帥則于公；崔君之仁足以蘇復人，于公之賢足以庸崔君。

如〈送許郢州序〉云：

> 誠使刺史不私於其民，觀察使不急於其賦，刺史曰：「吾州之民，天下之民也，惠不可以獨厚。」觀察使亦曰：「某州之民，天下之民也，欲不可以獨急。」如是而政不均、令不行者，未之有也。

二篇贈序，皆旨在規誡節度使于公。這一類規誡行人上司之贈序，在寫法上要顯得比較含蓄與間接〔註25〕。除此之外，〈送浮屠文暢師序〉也是一篇間接規諷的作品，其序云：

> 浮屠師文暢喜文章，其周遊天下，凡有行，必請於縉紳先生以求詠歌其所志。貞元十九年春，將行東南，柳君宗元爲之請，解其裝，得所得敍詩累百餘篇，非至篤好，其何能致多如是邪？惜其無以聖人之道告之者，而徒舉浮屠之說贈焉。……夫不知者，非其人之罪也。知而不爲者，惑也；悅乎故不能即乎新者，弱也；知而不以告人者，不仁也；告而不以實者，不信也。余既重柳請，又嘉浮屠能喜文辭，於是乎言。

顯見此篇實爲柳宗元而寫。〔註26〕

「規誡」與「頌美」是贈別序文的兩大主旨，前舉〈送許郢州序〉有云：

> 愈於使君非燕游一朝之好也，故其贈行，不以頌而以規。

〔註25〕茅坤云：「按《唐書》于公多刻。退之文多托之以諷。」（《唐宋八大家文鈔·韓文》評語卷六）而張伯行評〈送許郢州序〉曰：「欲于公聽其言，卻先從于公平日虛己受言說起。中段欲言觀察使不可急於賦，卻先從刺使不可私於其民，此又是陪法也。結處言不以頌而以規，意中明是規于公，文中卻言規使君，所謂言者無罪，聞之者足戒，深得立言之體。」（《重訂唐宋八大家文鈔》）儲欣也說：「畢竟贈于公是主，規郢州是賓。」（《昌黎先生全集錄》卷三序）

〔註26〕據柳宗元〈送僧浩初序〉云：「儒者韓退之與余善，嘗病余嗜浮圖言，訾余與浮圖遊。近隴西李礎自東都來，退之又寓書罪余，且曰：『見〈送元生序〉，不斥浮圖。』……」（《柳宗元集》卷二十五）此說值得我們注意處，要有兩點：(1)韓愈不滿柳宗元與僧人交游，特別寓書罪之；(2)贈序這種文體具有公開性，也因此韓愈文中多有藉題發揮、未必針對送別之人立言的寫法。

此知韓愈認爲贈序有頌義、有規義。而姚鼐《古文辭類纂》說贈序文主旨在：

> 所以致敬愛，陳忠告之誼也。

「致敬愛」即是頌美，「陳忠告」等同規誡，可見姚說乃承襲了韓愈之觀念，所以如此定義。

韓愈雖提出贈行有「以頌」、「以規」兩種寫法，但是他的贈序文並不盡然能簡單區分爲這兩類。有些篇章既不是頌美，也非規誡，我們可就其內容再加以區別如下。

3. 旨在敘事

此類作品衹是單純的敘事，如〈送張道士序〉云：

> 張道士，嵩高之隱者，通古今學，有文武長材，寄跡老子法中，爲道士以養其親。九年，聞朝廷將治東方貢賦之不如法者，三獻書，不報，長揖而去，京師士大夫多爲詩以贈，而屬愈爲序。

簡短說明眾人贈詩的背景。〈送區冊序〉云：

> 歲之初吉，歸拜其親，酒壺既傾，序以識別。

序文交待與區冊相遇始末，以此誌別。又如〈送湖南李正字序〉云：

> ……於時，太傅府之士惟愈與河南司錄周君獨存，此外則李氏父子，相與爲四人。離十三年，幸而集處，得燕而舉一觴相屬，此天也，非人力也。

亦以敘事爲主。〈送竇從事序〉也是此類相當典型的例子：

> 踰甌閩而南，皆百越之地。於天文其次星紀，其星牽牛，連山隔其陰，鉅海敵其陽。是維島居卉服之民，風氣之殊，著自古昔。唐之有天下，號令之所加，無異於遠近；民俗既遷，風氣亦隨，雪霜時降，癘疫不興；瀕海之饒，固加於初，是以人之之南海者，若東西州焉。
>
> 皇帝臨天下二十有二年，詔工部侍郎趙植爲廣州刺史，盡牧南海之民。署從事扶風竇平，平以文辭進，於其行也，其族人殿中侍御史牟，合東都交遊之能文者二十有八人，賦詩以贈之。於是昌黎韓愈嘉趙南海之能得人，壯從事之答於知我，不憚行之遠也；又樂貽周之愛其族叔父，能合文辭以寵榮之，作〈送竇從事少府平序〉。

文分兩段，首段敘所往之府，末段記贈詩送別，全篇不見韓愈對竇平有何頌美、規誡之辭，是亦以敘事爲旨。類似之作，又如〈送鄭尚書序〉：

> 嶺之南其州七十，其二十二隸嶺南節度府，其四十餘分四府；府各置帥，然獨嶺南節度爲大府。大府始至。四府必使其佐啓問起居，謝守地，不得即賀以爲禮。歲時必遣賀問，致水土物。大府帥或道過其府，府帥必戎服，左握刀，右屬弓矢，帕首褲靴迎郊。及既至，大府帥先入據館，帥守屏，若將趨入拜庭之爲者，大府與之爲讓，至一再，乃敢改服以賓主見。適位執爵，皆興拜，不許乃止，虔若小侯之事大國。有大事，諮而後行。
>
> 隸府之州，離府遠者至三千里，懸隔山海，使必數月而後能至。蠻夷悍輕，易怨以變，其南州皆岸大海，多洲島，颶風一日踔數千里，漫瀾不見蹤跡。控御失所，依險阻，結黨仇，機毒矢以待將吏。撞搪呼號，以相和應，蜂屯蟻雜，不可爬梳，好則人，怒則獸，故常薄其征入，簡節而疏目，時有所遺漏，不究切之。長養以兒子，至紛不可治，乃草薙而禽獮之，盡根株痛斷乃止。其海外雜國若耽浮羅、流求、毛人、夷、亶之州，林邑、扶南、眞臘、于陀利之屬，東南際天地以萬屬，或時候風潮朝貢，蠻胡賈人舶交海中。若嶺南帥得其人，則一邊盡治，不相寇盜賊殺，無風魚之災、水旱癘毒之患，外國之貨日至，珠、香、象、犀、玳瑁奇物溢於中國，不可勝用。故選帥常重於他鎮，非有文武威風、知大體、可畏信者，則不幸往往有事。
>
> 長慶三年四月，以工部尚書鄭公爲刑部尚書兼御史大夫往踐其任。鄭公嘗以節鎮襄陽，又帥滄景德棣，歷河南尹，華州刺史，皆有功德可稱道。入朝爲金吾將軍、散騎常侍，工部侍郎、尚書。家屬百人，無數畝之宅，僦屋以居，可謂貴而能貧，爲仁者不富之效也。及是命，朝廷莫不悅。將行，公卿大夫苟能詩者，咸相率爲詩，<u>以美朝政，以慰公南行之思。</u>韻必以來字者，所以祝公成政而來歸疾也。

此篇亦以敘事爲主。末段云公卿大夫贈行有兩大要旨：「以美朝政」及「以慰公南行之思」此序文中記官爵之重、職守之要，正是「以美朝政」的表現

〔註 27〕。至於〈送水陸運使韓侍御歸所治序〉一篇，更是通篇敘事，頗類史筆。〔註 28〕

4. 旨在慰情

此類贈序以慰情爲旨，如〈送孟東野序〉云：

> 東野之役於江南也，有若不釋然者，故吾道其命於天者以解之。

〈送何堅序〉云：

> 於其不得願而歸，其可以無言邪！

〈送王秀才序〉云：

> 今子之來見我也，無所挾，吾猶將張之；況文與行不失其世守，渾
> 然端且厚。惜乎吾力不能振之，而其言不見信於世也。於其行，姑
> 與之飲酒！

〈送李愿歸盤谷序〉云：

> 昌黎韓愈聞其言而壯之，與之酒而爲之歌曰……

數篇是皆慰情之作，此類篇章送別的對象皆爲不得意而去者。

5. 旨在勉勵

此類贈序內容皆爲臨行前之勉勵，如〈送齊暤下第序〉云：

> 吾用是知齊生後日誠良有司也、能復古者也、公無私者也、知命不
> 惑者也！

〈送牛堪序〉云：

> 由是而觀之，若堪之用心，其至於大官也，不爲幸矣！

〔註 27〕 本篇立意在於張大其職，欲使鄭權勤勉從公、克盡己責，不在頌美其人。宋洪邁云：「唐穆宗時，以工部尚書鄭權爲嶺南節度使，卿大夫相率爲詩送之。韓文公作序，言權『功德可稱道』，『家屬百人，無數畝之宅，僦屋以居，可謂貴而能貧，爲仁者不富之效也。』《舊唐史·權傳》云：『權在京師，以家人數多，奉入不足，求爲鎮有中人之助。南海多珍貨，權頗集聚以遺之，大爲朝士所嗤。』又〈薛廷老傳〉云：『鄭權因鄭注得廣州節度，權至鎮，盡以公家珍寶赴京師以酬恩地，廷老以右拾遺上疏，請按權罪，中人由是切齒。』然則，其爲人乃貪邪之士爾。韓公以爲仁者何邪？」（《容齋續筆》卷四）類此受命而作之序，難免要說上幾句應酬體面的話，以此苛責韓愈，是不知其立言之旨。清袁枚亦云：「韓昌黎〈贈鄭尚書序〉，鄭權也；顏眞卿〈爭坐位帖〉，與郭英乂也。本傳皆非正人，而兩賢頗加推奉，行文體製，不得不然。」（《隨園詩話》卷八）

〔註 28〕 如曾國藩評〈送水陸運使韓侍御歸所治序〉曰：「此即條議時事之文，鋪敘處絕警聳。」（《求闕齋讀書錄》卷八〈韓昌黎集〉）

〈送王秀才（塤）序〉云：

> 今塤之所由，既幾於知道，如又得其船與楫，知沿而不止，嗚呼，
> 其可量也哉！

〈送陳秀才彤序〉云：

> 凡吾從事於斯也久，未見舉進士有如陳生而不如志者，於其行，姑
> 以是贈之。

〈送權秀才序〉云：

> 如是而將進於明有司，重之以吾縣之知，其果有成哉！

數篇內容皆以勉勵行人爲旨。

第三節　韓愈贈序文作法探析

　　前面本論文已介紹過中唐之前贈序文的寫作情形，又說明了韓愈三十四篇贈序文大致的內容，這一節則嘗試將韓愈贈序文的作法加以整理歸納。

　　韓文向以雄奇著稱，宋人呂本中曾說：

> 韓退之文，渾大廣遠難窺測；柳子厚文，分明見規模次第。學者當
> 先學柳文，後熟讀韓文，則工夫自見。(《童蒙詩訓》)

可知韓文的「規模次第」本不易見，難以取法。然而古人也有一說，認爲「古文」至中唐韓、柳創爲「法」，如清賈開宗云：

> 古文自六經而後，《左》、《國》、《莊》、《列》以及《史》、《漢》及賈
> 誼、揚雄諸文，皆胸有所見，據事直書，如白雲在天，兀然而起，
> 兀然而止，無定法也。至唐之韓愈、柳宗元，始創爲法；以及宋之
> 歐陽修、蘇洵父子、王安石、曾鞏，首尾虛實，不可移易。猶三百
> 年漢、魏之詩，長短疏散，隨意所之。至唐，變爲律，而宮商嚴
> 整，規矩確然，不敢亂也。(〈侯朝宗古文逸稿序〉，《壯悔堂遺稿》
> 卷首)

是又以韓文爲有「法」，似與前說相悖。

　　其實這兩種看法皆有所見，韓愈行文的確變動不羈、波瀾橫生，難以說他有固定之章法，必然怎麼寫；但是閱讀韓文時日既久，又不免會發現他有一些慣用的筆法，塑造了他作品特有的風格。

　　以下將韓愈贈序文的常見作法，依序分爲十二項討論，討論時除了列舉

贈序原文方便解釋外，也列舉古人評論與時賢之研究以爲佐助。〔註29〕

一、文　眼

　　韓愈贈序文慣用作法之一，便是以關鍵字貫串起全篇義理，將爲文意旨凝縮爲一字，是謂「文眼」。如〈送孟東野序〉云：

> 大凡物不得其平則鳴，……人之於言也，亦然。有不得已者而后者，其歌也有思，其哭也有懷，凡出乎口而爲聲者，其皆有弗平者乎！

> 孟郊東野始以其詩鳴，……抑不知天將和其聲而使鳴國家之盛邪？抑將窮餓其身、思愁其心腸，而使自鳴其不幸邪？三子者之命則懸乎天矣！

即以「鳴」字爲文眼。明茅坤評本篇曰：

> 一「鳴」字成文，乃獨倡機軸，命世筆力也，前此唯《漢書》敘蕭何追韓信，用數十「亡」字。（《唐宋八大家文鈔・韓文》評語卷七）

又如錢基博云：

> 〈送孟東野序〉，以「命於天」者爲柱意，而多方取譬，細大不捐，疊以「鳴」字點眼，學《周官・考工記梓人》章法。……以此知文有文心，有文眼。「命於天者」，文心也；疊用「鳴」字，點眼也（《韓愈志・韓集籀讀錄第六》）

林紓云：

> 古惟昌黎最精此技。……上文有一處點眼，下文即處處迴抱，文極緊嚴，又極利落，無偪促態度，讀之能啓人無數心思。（《畏廬論文》）

可知援舉一字作爲文章「點眼」，實爲韓愈擅用之技巧。〈送孟東野序〉的三十八個「鳴」字，使篇中充斥了天地人物之音聲歌哭，韓愈以此考論歷史、

〔註29〕元儒程端禮〈讀書分年日程〉云：「讀韓文，……每篇先看主意，以識一篇之綱領，次看其敘述抑揚輕重，運意轉換，演證開闔，關鍵首腹，結束詳略，深淺次序。既於大段中看篇法，又於大段中分小段看章法，又於章法中看句法，句法中看字法，則作者之心，不能逃矣。」（胡楚生《韓文選析》，頁39引）本節將韓愈贈序作法分十二項論之，亦宗程說。如「文眼」、「先議後敘」、「對比照應」三項實屬行文篇法，「層遞」、「轉摺變化」二項屬於章法，「複句」、「頓挫」、「排比」、「繞筆」、「句式參差」五項屬於句法，「微辭譏諷」論修辭筆法，「富於形象」論其修辭策略。

文辭的終極意義（「鳴國家之盛」或「自鳴其不幸」），造就文章在旨趣上的富麗深刻。同樣的寫法又如〈送齊皥下第序〉云：

> 古之所謂公無私者，其取捨進退無擇於親疏遠邇，惟其宜可焉。……
> 吾用是知齊生後日誠良有司也，能復古者也，公無私者也，知命不惑者也。

以「公」字爲文眼，論公正。如〈送陳密序〉云：

> 太學生陳密請於余曰：「密承訓於先生，今將歸覲其親，不得朝夕見，願先生賜之言，密將以爲戒。密來太學，舉明經，累年不獲選，是弗利於是科也。今將易其業而三禮是習。……」
>
> 余媿乎其言，遺之言曰：「子之業信習矣，其容信合於禮矣，抑吾所見者外也，夫外不足以信內。子誦其文則思其義，習其儀則行其道，……科寧有利不利邪？」

以「利」字爲文眼，論學問之眞諦。本篇頗似《孟子・梁惠王篇》「何必曰利，亦有仁義而已矣！」的警語，又如〈送高閑上人序〉云：

> 苟可以寓其巧智，使機應於心，不挫於氣，則神完而守固，雖外物至，不膠於心。……
>
> 往時張旭善草書，不治他伎，喜怒窘窮，憂悲愉佚，怨恨思慕，酣醉無聊不平，有動於心，必於草書焉發之。……
>
> 今閑之於草書，有旭之心哉？不得其心而逐其跡，未見其能旭也。……
>
> 今閑師浮屠氏，一死生，解外膠，是其爲心，必泊然無所起，其於世，必淡然無所嗜。

以「心」字爲文眼，論藝術爲人心之呈現〔註 30〕。又如〈送李愿歸盤谷序〉云：

> 太行之陽有盤谷，盤谷之間，泉甘而土肥，草木藜茂，居民鮮少。或曰：「謂其環兩山之間，故曰盤」，或曰：「是谷也，宅幽而勢阻，隱者之所盤旋」，友人李愿居之。

〔註 30〕本論文於口試時，王基倫先生提出韓愈〈與孟東野書〉一例，該篇曰：「足下之用心勤矣，足下之處身勞且苦矣；混混與世相濁，獨其心追古人而從之。足下之道，其使吾悲也！」是亦以「心」字爲文眼。

以「盤」字爲文眼，論隱居之樂〔註31〕。可見韓愈贈序之擅用此法。

宋人王應麟嘗云：

> 韓文公曰：「凡爲文辭，宜略識字。」杜子美曰：「讀書難字過。」
> 字豈易識哉！李衡曰：「讀書須是識字。固有讀書而不識字者，如孔
> 光、張禹、許敬宗。柳宗元非不讀書，但不識字。孔光不識進退
> 字，張禹不識剛正字，許敬宗不識忠孝字，柳完元不識節義字。」
> 此可爲學者之戒。（〈讀書須識字〉，《困學紀聞》卷八）

王氏所論，並非文字符號難識，而是其概念意義的難守。韓愈贈序擅用文
眼，不但藉著通篇論說深刻了關鍵字眼的意含，而全篇旨趣也因此文眼產生
呼應與凝鍊的閱讀效果。

二、先議後敘

韓愈贈序又常於文章首段，援舉一理以概括所述之事，是謂「先議後
敘」。如其〈送溫處士赴河陽軍序〉云：

> 伯樂一過冀北之野，而馬群遂空。（論理）

> 大夫烏公以鈇鉞鎮河陽之三月，以石生爲才，以禮爲羅，羅而致之
> 幕下。未數月也，以溫生爲才，於是以石生爲媒，以禮爲羅，又羅
> 而致之幕下。東都雖信多才士，朝取一人焉，拔其尤；暮取一人焉，
> 拔其尤，……若是而稱曰：大夫烏公一鎮河陽，而東都處士之廬無
> 人焉，豈不可也！（敘事）

於篇首論理，簡單地概括了烏公羅致溫、石二生之事。清儲欣評此篇曰：

> 發端一句最著意，最擔斤兩。此處得手，已後更不費力。（《唐宋八
> 大家類選》卷十）

可知於篇首說理亦爲韓愈常用技巧，同樣的作法又如〈送權秀才序〉：

> 伯樂之廄多良馬，卞和之匵多美玉，卓犖瑰怪之士，宜乎遊於大人
> 君子之門也。（論理）

〔註31〕〈衛風・考槃〉詩云：「考槃在澗，碩人之寬；獨寐寤言，永矢弗諼。考槃在
　　　　阿，碩人之薖；獨寐寤歌，永矢弗過。考槃在陸，碩人之軸；獨寐寤宿，永
　　　　矢弗告。」清人沈德潛〈槃隱草堂記〉曰：「蓋『槃』義同『盤』，猶盤桓之
　　　　意。《孔叢子》引孔子曰：『吾於〈考槃〉見遯世之士，無悶於世，洵乎樂處
　　　　澗谷而盤桓其間也。』朱子註《詩》主之。而昌黎韓子〈送李愿歸盤谷〉亦
　　　　云：『宅幽而勢阻，隱者之所盤旋。』猶〈考槃〉之義云爾。」（《歸愚文鈔餘
　　　　集》卷四）可知韓愈在谷名之「盤」字上大作文章，實爲一種用典的寫法。

> 愈常觀於皇都，每年貢士至千餘人，或與之遊、或得其文，若權生者，百無一二焉。如是而將進於明有司，重之以吳縣之知，其果有成哉！（敘事）

如〈送高閑上人序〉云：

> 苟可以寓其巧智，使機應於心，不挫於氣，則神完而守固，雖外物至，不膠於心。（論理）

> 今閑師浮屠，一死生，解外膠，是其為心，必泊然無所起，其於世，必淡然無所嗜。泊與淡相遭，頹墮委靡，潰敗不可收拾，則其於書，得無象之然乎？（敘事）

如〈送浮屠文暢師序〉云：

> 人固有儒名而墨行者，問其名則是，校其行則非，可以與之游乎？如有墨名而儒行者，問之名則非，校其行則是，可以與之游乎？揚子雲稱：「在門牆則揮之，在夷狄則進之」，吾取以為法焉。（論理）

> 浮屠師文暢喜文章，其周遊天下，凡有行，必請於縉紳先生以求詠歌其所志。貞元十九年春，將行東南，柳君宗元為之請，解其裝，得所得敘詩累百餘篇，非至篤好，其何能致多如是邪？惜其無以聖人之道告之者，而徒舉浮屠之說贈焉。……夫不知者，非其人之罪也。知而不為者，惑也；悅乎故不能即乎新者，弱也；知而不以告人者，不仁也；告而不以實者，不信也。余既重柳請，又嘉浮屠能喜文辭，於是乎言。（敘事）

皆於篇首論理，以引起下文之敘事。事實上，這些篇首所舉之理，應該都是作者在敘事過程中得到的結論，祇是韓愈特別將此結論列諸於前，反而使他的文章顯得重視議論，原本欲敘之事卻成為一例，清人陳衍云：

> 杜陵古詩，往往將後面意撮在前面預說，使人不易看出線索。退之作文之善於蔽掩，即此法也。（《石遺室詩話》卷二十四）

韓愈贈序亦是「將後面意撮在前面預說」，錯愕之餘，令人對其所敘之事產生同感。清人包世臣嘗論：

> 世臣幼從鹿門八家選本，讀退之書說、贈序數十首，愛其橫空起議，層出不窮。（〈書韓文後上篇〉，《藝舟雙楫》論文二）

是知「先議後敘」實為韓愈贈序文之特色。除了劈頭說理外，韓愈又有於篇首狀景物，以引起下文敘事的寫法，亦具有「橫空起議」的效果。如〈送廖

道士序〉云：

> 五岳於中州，衡山最遠，……衡山之神既靈，而郴之爲州，又當中
> 州清淑之氣，蜿蟺扶輿，磅礴而鬱積；其水土之所生，神氣之所感，
> 白金水銀丹砂石英鍾乳，橘柚之包，竹箭之美，千尋之名材，不能
> 獨當也。意必有魁奇忠信材德之民生其間，而吾又未見也。其無乃
> 迷惑溺沒於老佛之學，而不出邪？（論理）

> 廖師郴民而學於衡山，氣專而容寂，多藝而善遊，豈吾所謂魁奇而
> 迷溺者邪？廖師善知人，若不在其身，必在其所與遊；訪之而不吾
> 告，何也？於其別，申以問之。（敘事）

乃於篇首之景物描寫中，抒發高論，如此卻使其論說、景物交相融攝。清曾
國藩評此篇曰：

> 磊落而迷離，收處絕詭變。（《求闕齋讀書錄》卷八〈韓昌黎集〉）

曾氏所謂的「磊落而迷離」，充分說明了本文篇首論說、與景物間交相融攝的
閱讀經驗。同樣的寫法，又如〈送竇從事序〉首段云：

> 踰甌閩而南，皆百越之地。於天文其次星紀，其星牽牛，連山隔其
> 陰，鉅海敵其陽。是維島居卉服之民，風氣之殊，著自古昔，唐之
> 有天下，號令之所加，無異於遠近；民俗既遷，風氣亦隨，雪霜時
> 降，癘疫不興；瀕海之饒，固加加初。

前人對於本篇的評語，如清劉大櫆曰：

> 起得雄直，惟退之有此。（引自馬其昶《韓昌黎文集校注》）

清張裕釗曰：

> 起勢如河之注海。如雲出而風驅之，而造意雄堅，無一字懈散，讀
> 之但覺騰邁而上耳。（引自馬其昶《韓昌黎文集校注》）

正是因爲韓愈贈序「起得雄直」、「起勢如河之注海」，所以會有「讀之但覺騰
邁而上」的感受。此誠如宋人康與之言：

> 少董曰：余評隱士之畫，如韓退之作〈海神祠記〉，蓋劈頭便言「海
> 之爲物，于人間爲至大」。使他人如此，則後必無可繼者。而退之
> 之文累千言，所言浩瀚無溢。蓋力竭而不窮，文竭而不困。至于奪
> 天巧而破鬼膽，筆勢猶未得已。世之作文者，孰能若是！（《昨夢
> 錄》）

是知「橫空起議」實爲韓文中重要特質，不僅存於贈序而已。韓愈如此寫法，

卻能「力竭而不窮，文竭而不困」，足徵他才氣之高。

三、對比照應

韓愈贈序又常於篇中以兩線敘述，使其文章形成衝突、呼應的效果，是謂「對比照應」之作法。如〈送許郢州序〉云：

> 先達之士，得人而託之，則道德彰而名問流；後進之士，得人而託之，則事業顯而爵位通。下有矜乎能，上有矜乎位，雖恆相求而喜不相遇。……
>
> 凡天下之事成於自同而敗於自異，爲刺史者恆私於其民，不以實應乎府；爲觀察使者恆急於其賦，不以情信乎州縣。是刺史不安其官，觀察使不得其政。財已竭而斂不休，人已窮而賦愈急，其不去爲盜也亦幸矣！誠使刺史不私於其民，觀察使不急於其賦。刺史曰：「吾州之民，天下之民也，惠不可以獨厚。」觀察使亦曰：「某州之民，天下之民也，斂不可以獨急。」如是而政不均、令不行者，未之有也。

本篇是以長官、部屬之職守對比，造成分裂衝突的效果，進而強調其職責所在，以此規勉。張伯行評此文曰：

> 欲于公聽其言，卻先從于公平日虛己受言說起。中段欲言觀察使不可急於賦，卻先從刺史不可私於其民，此又是陪法也。結處言不以頌而以規，意中明是規于公，文中卻言規使君，所謂言者無罪，聞之者足戒，深得立言之體。（《重訂唐宋八大家文鈔》）

是知如此作法，亦可避免將話說盡，寓有規諷之意。這種對比規論的寫法，是韓愈擅用之技巧，宋人黃震說他「善爲詞於上下之間」〔註32〕，清儲欣也說此法：「直爲兩下規切之詞，而言之者無罪，聞之者足以戒。」〔註33〕經由兩造的對比呼應，自然於行文間更添趣味。

同樣的作法，又如〈送楊支使序〉云：

> 愈在京師時，嘗聞當今藩翰之賓客，惟宣州爲多賢。與之游者二人，隴西李博、清河崔群。群與博之爲人吾知之，道不行於主人，與之處者非其類，雖有享之以季氏之富，不一日留也。以群、博論之，

〔註32〕黃震評〈贈崔復州序〉，見《黃氏日鈔》卷五十九。

〔註33〕儲欣評〈送石處士序〉，見《昌黎先生全集錄》卷四「序」。

　　凡在宣州之幕下者，雖不盡與之游，皆可信而得其為人矣！愈未嘗
　　至宣州，而樂頌其主人之賢者，以其取人信之也。

　　今中丞之在朝，愈日侍言於門下，其來而鎮茲土也，有問湖南之賓
　　客者，愈曰：「知其客可以信其主者，宣州也；知其主可以信其客
　　者，湖南也。」去年冬，奉詔為邑於陽山，然後得謁湖南之賓客於
　　幕下，於是知前之信之也不失矣！及儀之之來也，聞其言而見其
　　行，則向之所謂群與博者，吾何先後焉？

本文是以宣州之賓客與湖南之賓客對比。此篇贈序原本是為送楊支使而作，
何必一開頭就舉宣州賓客李博、崔群等人之賢，說了一大段似不相干的話？
韓愈這樣的寫法，其實寓有規諷之意在焉。他說：「知其客可以信其主者，宣
州也；知其主可以信其客者，湖南也。」乃對比出群、博二人「道不行於主
人，與之處者非其類，雖有享之以季氏之富，不一日留也」的品格，欲楊支
使有所效法也。而言者卻似無意，可見此對比寫法之妙！

　　韓愈著名的〈送孟東野序〉是亦如此作法，首段云：

　　大凡物不得其平則鳴。草木之無聲，風撓之鳴；水之無聲，風蕩之
　　鳴。其躍也，或激之；其趨也，或梗之；其沸也，或炙之；金石之
　　無聲，或擊之鳴。

　　人之於言也亦然，有不得已者而后言，其歌也有思，其哭也有懷，
　　凡出乎口而為聲者，其皆有弗平者乎？

是以「物之鳴」與「人之言」對比，說明「不平」、「不得已」。其次云：

　　樂也者，鬱於中而泄於外者也，擇其善鳴者而假之鳴。金、石、絲、
　　竹、匏、土、革、木八者，物之善鳴者也。

　　維天之於時也亦然，擇其善鳴者而假之鳴。是故以鳥鳴春、以雷鳴
　　夏、以蟲鳴秋、以風鳴冬。四時之相推敓，其必有不得其平者乎？

　　其於人也亦然，人聲之精者為言，文辭之於言，又其精也，尤擇其
　　善鳴者而假之鳴。

此段則說明在上位者當「擇其善鳴」，與首段所述在下位人物的「不平」、「不
得己」對比。而文末云：

　　其存而在下者，孟郊東野始以其詩鳴，……抑不知天將和其聲而使
　　鳴國家之盛邪？抑將窮餓其身、思愁其心腸，而使自鳴其不幸邪？

> 三子者之命則懸乎天矣！其在上也奚以喜？其在下也奚以悲？

> 東野之役於江南也，有若不釋然者，故吾道其命於天者以解之。

則以上位之天與下位之孟郊對比寫之。如此作法不僅使得天命彷彿人格化了，而且經由對比，也使得人之於天似乎具有了同等的地位。清林紓評此篇云：

> 段落分得清楚，則人與物所據之界限，自然不紊。若不變其調，亦積疊如纍棋，未有不至於顛墜者。人但見以「鳴」字，驅駕全篇，不知中間只人、物分疏而已。入手是說物，由物遞轉及人，由人而寓感於物，因思天不能鳴，亦假氣、假物以鳴，猶之人耳，故由天復歸到人之本位。（《韓柳文研究法・韓文研究法》）

也強調對比寫法之具有條理。

韓愈贈序也有運用典故的作法，不過他在用典時，通常也經由「對比照應」的手法來藉以敘事。如〈送高閑上人序〉云：

> 往時張旭善草書，不治他伎，喜怒窘窮、憂悲愉佚、怨恨思慕、酣醉無聊不平，有動於心，必於草書焉發之。觀於物，見山水崖谷、鳥獸蟲魚、草木之華實，日月列星、風雨水火、雷霆霹靂、歌舞戰鬥、天地事物之變，可喜可愕，一寓於書。故旭之書，變動猶鬼神，不可端倪。

> 今閑師浮屠氏，一死生，解外膠。是其為心必泊然無所起，其於世必淡然無所嗜。泊與淡相遭，頹墮委靡，潰敗不可收拾。則其於書，得無象之然乎？

是以張旭、高閑上人作對比，一古一今，襯托出高閑上人之「頹墮委靡」。文中對於張旭草書的描繪愈生動、愈傳神，相較之下，就愈發顯出閑書的「潰敗不可收拾」。同樣的作法又見於〈送楊少尹序〉，其首段云：

> 昔疏廣、受二子，以年老，一朝辭位而去。于時公卿設供張，祖道都門外，車數百兩，道路觀者多歎息泣下，共言其賢。漢史既傳其事，而後世工畫者又圖其跡，至今照人耳目，赫赫若前日事。

> 國子司業楊君巨源方以能詩訓後進，一旦以年滿七十，亦白丞相，去歸其鄉。世常說古今人不相及，今楊與二疏，其意豈異也？

是以疏廣、疏受之事蹟，與楊巨源歸鄉作古今對比，以見其同。次段又曰：

不知楊侯去時，城門外送者幾人？車幾兩？馬幾疋？道邊觀者，亦
有歎息知其爲賢以否？而太史氏又能張大其事，爲傳繼二疏蹤跡
否？不落莫否？見今世無工畫者，而畫與不畫固不論也。

然吾聞楊侯之去，丞相有愛而惜之者，白以爲其都少尹，不絕其祿，
又爲歌詩以勸之；京師之長於詩者，亦屬而和之。又不知當時二疏
之去，有是事否？古今人同不同，未可知也。

則又對比、今事之異，以與首段對比。末段云：

中世士大夫，以官爲家，罷則無所於歸。

楊侯始冠，舉於其鄉，歌鹿鳴而來也。今之歸，指其樹曰：「某樹，
吾先人之所種也；某水某丘，吾童子時所釣遊也。」鄉人莫不加敬，
誡子孫以楊侯不去其鄉爲法。古之所謂「鄉先生沒而可祭於社」者，
其在斯人歟！其在斯人歟！

則泯滅古今之同異，歸結於古人「鄉先生沒而可祭於社」一語上，以概括全
篇意旨。明唐順之評此篇曰：

前後照應，而錯綜變化不可言。此等文字，蘇、曾、王集內無之。

（《唐宋八大家文鈔·韓文》卷六）

正是韓愈以古、今事對比照應，才形成此文「錯綜變化不可言」之妙〔註34〕。

〔註34〕胡楚生評賞此文也說：「韓愈的〈送楊少尹序〉，一共分爲四段。而以其中第
二、三兩段的『對比』技巧最爲特殊，也最爲重要。……在上述（第二段）
的這一層『對比』之中，韓愈是以二疏爲主，以楊巨源爲客，而以楊巨源去
與二疏作出比較。實際上所傳達的效果，卻是強烈地在暗示：楊巨源的清風
高節，足以比肩二疏。因此，就在這一層的『對比』中，韓愈已經很技巧地
將楊巨源的地位評價，從低於二疏，提升到同於二疏的地步了。〈送楊少尹
序〉第三段……轉以楊巨源爲主，以二疏爲客；而以二疏去與楊巨源作出比
較。實際上所傳達的效果，卻是強烈地在暗示：二疏的一些事蹟，不足與楊
巨源相提並論。因此，在這一層的對比中，韓愈已經很技巧地將楊巨源的地
位評價，從同於二疏，提升到超越二疏的地步。總之，韓愈在這篇序文的第
二、第三兩段之中，以兩層『對比』的手法，加以描述。第二段以『不知楊
侯去時』，作爲發疑之辭。第三段以『又不知當時二疏之去』，作爲發疑之辭。
第二段『虛寫』，第三段『實敘』。藉著二疏作爲梯階，很巧妙地將楊巨源從
一個不甚重要的地位，層層比較遞升，而推挹到具有比二疏更爲重要的地位
上去。也從而將一篇難以著筆的文章，轉化爲一篇生動活潑翻騰利落的文
章，從而達成了表彰楊巨源的目的。」（《韓柳文新探》，頁59～64）足徵此文
「對比照應」作法之妙。

運用典故對比的寫法，又例如〈送董邵南序〉一文，明茅坤評曰：

> 文僅百餘字，而感慨古今，若與燕趙豪俊之士，相與叱咤嗚咽其
> 間。一涕一笑，其味不窮。（《唐宋八大家文鈔‧韓文》評語卷七）

以古、今事對比，不但可規誡當下之非，猶可尚友於古人，這也是韓愈贈序
的重要作法之一。

四、層　遞

行文時針對至少三種以上的事物，依大小輕重、本末先後等一定比例，
依序層層遞進的修辭方法，是謂「層遞」〔註35〕。「層遞」法也是韓愈贈序文
常見的技巧。如〈贈崔復州序〉云：

> 幽遠之小民，其足跡未嘗至城邑，苟有不得其所，能自直於鄉里之
> 吏者鮮矣，況能自辨於縣吏乎？能自辨於縣吏者鮮矣，況能自辨於
> 刺史之庭乎？

由鄉里之吏寫到縣吏、再寫到刺史，於「層遞」中托出小民「自直」之難。
又如〈送齊暤下第序〉云：

> 烏虖！今之君天下者，不亦勞乎？為有司者，不亦難乎？為人嚮道
> 者，不亦勤乎？是故端居而念焉，非君人者之過也；則曰有司焉，
> 則非有司之過也；則曰今舉天下人焉，則非今舉天下人之過也。蓋
> 其漸有因，其本有根；生於私其親，成於私其身。以己之不直，而
> 謂人皆然；其植之也固久，其除之也實難。

韓愈從「君人者」追究到「有司」，又從「有司」追究到「天下人」，以探求
過咎之「漸」、罪責之「本」；是亦「層遞」筆法。類似的作法，又如〈送幽
州李端公序〉云：

> （今相國李公）曰：「某前年被詔告禮幽州，
> 入其地，迓勞之使里至，每進益恭。
> 及郊，司徒公……
> 及府，又以其服即事，某又曰……
> 上堂，即客階，坐必東向。」

韓愈從相國「入其地」開始，寫到劉濟「及郊」、「反府」、「上堂」的各種儀
節，由遠而近，鉅細靡遺，以強調劉氏之好禮。而〈送廖道士序〉云：

〔註35〕參見沈謙《修辭學》第十九章。

> 五岳於中州，衡山最遠；南方之山巍然高而大者以百數，獨衡爲宗；最遠而獨爲宗，其神必靈。衡之南八九百里，地益高，山益峻，水清而益駛，其最高而橫絕南北者，嶺。郴之爲州在嶺之上，測其高下，得三之二焉，中州清淑之氣於是焉窮。氣之所窮，盛而不過，必蜿蟬扶輿，磅礴而鬱積。

更是韓愈以「層遞」筆法見長的佳作。本文從衡山「最遠而獨爲宗」寫起，進而寫其嶺爲「最高而橫絕南北者」，進而寫郴州清淑之氣「於是焉窮」，層層堆疊起景物「蜿蟬扶輿，磅礴而鬱積」的不凡氣勢。

五、轉摺變化

宋蘇洵嘗評韓文曰：

> 韓子之文如長江大河，渾浩流轉，魚黿蛟龍，萬怪惶惑，而抑遏蔽掩，不使自露，而人望見其淵然之光，蒼然之色，亦自畏避不敢迫視。(〈上歐陽內翰第一書〉，《嘉祐集》卷十一)

清劉熙載亦云：

> 「一波未平，一波已作，出入變化，不可紀極，而法度不可亂」，此姜白石《詩說》也。是境常於韓文遇之。(《藝概》卷一〈文概〉)

可知「抑遏蔽掩」、「一波未平，一波已作」，是韓愈文章的重要特色；韓文所以能如此，因爲他擅用「轉摺變化」的作法，也就是在一般人當會順著文脈寫下之處，他竟一筆漾開，別出蹊徑。此種作法當然也見於其贈序文，如〈送廖道士序〉云：

> 五岳於中州，衡山最遠；南方之山巍然高而大者以百數，獨衡爲宗；最遠而獨爲宗，其神必靈。衡之南八九百里，地益高，山益峻，水清而益駛，其最高而橫絕南北者，嶺。郴之爲州在嶺之上，測其高下，得三之二焉，中州清淑之氣於是焉窮。氣之所窮，盛而不過，必蜿蟬扶輿，磅礴而鬱積。其水土之所生，神氣之所感，白金水銀丹砂石英鍾乳，橘柚之包，竹箭之美，千尋之名材，不能獨當也。意必有魁奇忠信材德之民生其間，而吾又未見也。其無乃迷惑溺沒於老佛之學，而不出邪？
>
> 廖師郴民而學於衡山，氣專而容寂，多藝而善遊，豈吾所謂魁奇而迷溺者邪？廖師善知人，若不在其身，必在其所與遊；訪之而不吾

告，何也？於其別，申以問之。

清人林紓認為此篇是韓愈贈序中「神品之文」，並評曰：

> 至於〈送廖道士序〉，則把一座衡嶽舉在半天，幾幾壓落廖師頂上，忽又收回。自「五嶽於中州」句，直至「千尋之名材，不能獨當也」句止，使廖師聽之色飛眉舞，謂此處定說到山人身上矣。「意必有魁奇忠信材德之民生其間」，廖師必又點首嘆息，愧不敢當。忽然闖出「而吾又未見也」句，把廖師一天歡喜撤在宵漢。以下似無文章，乃用迷惑老、佛之教，又似所說者皆指廖師（《畏廬論文》）

又曰：

> 此文製局甚險，似泰西機器，懸數千萬斤之巨椎於樑間，以鐵繩作轆轤，可以疾上疾下。置表於質上，驟下其椎，椎及表面玻璃而止，分毫無損也。文自「五岳於中州」起，至「千尋之名材，不能獨當也」止，二百餘言，作一氣下。想廖道士讀到「不能獨當」句，必謂己足以當之，此千萬斤之鐵椎，已近玻璃表面矣。「意必有，吾未見」六字，即輕輕將椎勒住，於表面無損分毫。（《韓柳文研究法·韓文研究法》）

林氏的比喻極傳神；本篇首段以千鈞之勢敘說衡郴之秀，卻突然轉摺別出，令人錯愕不已，如此寫法其實正表現出韓愈對廖道士的惜才與錯愕。曾國藩評本篇曰：

> 磊落而迷離，收處絕詭變。（《求闕齋讀書錄》卷八〈韓昌黎集〉）

莊適、臧勵龢也認為：

> 〈送廖道士序〉通篇只是一氣，無從畫斷；前幅從五岳出衡山，從衡山出嶺，從嶺出州，再落出道士；已經落到道士，忽又一筆漾開，文心狡獪已極。（引自胡楚生《韓文選析》，頁 227）

此所謂「收處絕詭變」、「一筆漾開，文心狡獪已極」，是皆韓文「轉摺變化」筆法之功。同樣的作法，又如〈送董邵南序〉：

> 燕趙古稱多感慨悲歌之士。董生舉進士，連不得志於有司，懷抱利器，鬱鬱適茲土，吾知其必有合也。董生勉乎哉！夫以子之不遇時，苟慕義彊仁者皆愛惜焉，矧燕趙之士出乎其性者哉？
>
> 然吾嘗聞風俗與化移易，吾惡知其今不異於古所云邪？聊以吾子之行卜之也。

董生勉乎哉！吾因子有所感矣。爲我弔望諸君之墓，而觀於其市，復有昔時屠狗者乎？爲我謝曰：「明天子在上，可以出而仕矣！」

本文是韓愈贈序的名篇，其作意，據宋朱熹云：

此篇言燕趙之士，仁義出於其性，乃故反其詞以深譏其不臣而習亂之意，故其卒章，又爲道上盛德，以警動而招徠之，其旨微矣。（朱熹《韓集攷異》卷二十）

清陳景雲云：

董生不得志於有司，事在貞元中，詳見公詩。時仕路壅滯，兩河諸侯競引豪傑爲謀主，由是藩鎮益強，朝廷盰食，此開成初宰相李石告文宗云爾。董生北游，正幕府急才，王室多事之日，文中立言，尚欲招燕趙之士，則鬱鬱適茲土者，其亦可以息駕矣。送之所以留之，其辭絞而惋矣！（引自胡楚生《韓文選析》，頁190）

正因不欲董生去河北，欲以贈序留之，故其旨微而辭絞。本篇在作法上，亦可見韓愈轉摺筆法之功，如鄭郁卿云：

本文是韓文中句法最少，但意義卻最深婉曲折，布局最具變化的一篇。……若從布局看，全篇則有五層轉折：(1)燕趙多感慨悲歌之士，則董生去之無妨，但也許那只是一個虛幻而已。(2)實際上不必北去，縱不得志於有司，也自有慕義彊仁之人愛惜。(3)北方情形未必符合古語，藩鎮不忠朝廷，董生不必明珠暗投。(4)萬一果在北方得志，須記樂毅名言。(5)若能招來藩鎮，最好。這樣多層的意思，卻只用一百五十一個字表達出來，若不是半隱半顯，曲盡其致，加上每一種句法，克盡其作用，絕對是沒有辦法的。難怪此文被譽爲唐人序文第一了！（〈韓昌黎文之文法與布局研究〉，臺北工專學報，第七期，頁689～705）

可知此篇「曲盡其致」的精彩〔註36〕。宋李塗曰：

〔註36〕據鄭郁卿研究：「中國文法學中的複句，長短不一。以韓文來說，單獨成複句以構成一個完整意思的，極少。大多是好幾個不同關係的複句構成一個大複句。有時是句與句之間，有時是段與段，彼此聯綿持續，運行不止。這是有道理的：因爲古文簡潔，常意在言外，它的美妙，全繫於段落之間的轉折或跌宕。……大量的用轉折複句，正是韓文的最大特色。」（〈韓昌黎文之文法與布局研究〉，《臺北工專學報》第七期，頁689～705）可知韓文之波瀾跌宕，皆由「轉折」筆法而來。

> 文章有短而轉摺多氣長者，韓退之〈送董邵南序〉、王介甫〈讀孟嘗
> 君傳〉是也。有長而簡直氣短者，盧襄〈西征記〉是也。（《文章精
> 義》）

清劉大櫆曰：

> 退之以雄奇勝，獨此篇及〈送王秀才含序〉，深微屈曲。讀之覺高情
> 遠韻，可望不可及。（引自馬其昶《韓昌黎文集校注》）

又曾國藩評此篇：

> 沈鬱往復，去膚存液。（引自馬其昶《韓昌黎文集校注》）

前人所謂的「深微屈曲」、「沈鬱往復」，皆說明了韓文「轉摺變化」之特色。
而劉熙載說：

> 文莫貴於精能變化。昌黎〈送董邵南遊河北序〉，可謂變化之至；柳
> 州〈送薛存義序〉，可謂精能之至。（《藝概》卷一〈文概〉）

是劉氏更以此篇贈序為「變化之至」，展現出古文曲折閎富之美。〔註37〕

六、複　句

韓愈又常於贈序中寫作複句，以引發文章豐沛的氣勢。

宋人王十朋曰：

> 文以氣為主，非天下之剛者莫能之。古今能文之士非不多，而能傑
> 然自名於世者亡幾。非文不足也，無剛氣以主之也。……韓子以忠
> 犯逆麟勇叱三軍之氣，而發為日光玉潔表裏六經之文。（〈蔡端明文
> 集序〉，《梅溪王先生文集》後集卷二十七）

今試問韓文何以有「剛氣」？正是由於他擅寫複句造成的效果。王更生說：

> 韓愈散文中的長句，……善於用關聯語連結複句，如〈送高閑上人

〔註37〕對於韓愈贈序文「轉折」作法之研究，劉正忠〈韓愈贈序散文的藝術〉云：「昌
黎轉折手段千變萬化，姑舉其犖犖大者為例：(1)先故作反語，再將反語翻過
來。如〈送董邵南序〉先則曰『往之必有合』，此明是反語。再則轉曰『聊以
董生之行卜之』，並不全盤推倒，留後發揮。末則曰：「明天子在上，可以出
而仕矣」，遂將先前反語扳正。(2)先作平正語，再以反語增強其力。如〈送
高閑上人序〉全文堂皇正告之，而文末乃曰：『然吾聞浮屠人善幻多技能，閑
如通其術，則吾不能知也』，〈送廖道士序〉作法與此相似。(3)先作『頌』
語，而後悄然轉入『規』語。如〈送幽州李端公序〉、〈送許郢州序〉等是。
(4)先責善規過，再為對方轉圜。如〈送浮屠文暢師序〉即處處責之，又處處
為之預留活路，再三代為開脫。」（《大陸雜誌》第九十卷第六期）其分類頗
值參考。

序〉中的「茍可以寓其巧智，使機運於心，不挫於氣，則神完而守
固，雖外物至，不膠於心。」對於韓愈這些長句，在閱讀時，要用
高亢急讀的聲調，才能領會其所表現的雄偉奔放的氣勢。（《韓愈散
文研讀》，頁 72）

因爲閱讀這些複句時必須用「高亢急讀的聲調」，才能領會其氣勢之雄偉奔
放；由此可見複句的作法，爲韓愈用以表現「忠犯逆鱗勇叱三軍」之剛氣。
〔註38〕

胡楚生也論及韓愈複句之寫法：

韓愈在它的古文創作之中，經常以持續不斷的文義，長短交錯的文
句，快速的節奏，一氣貫下，以氣勢駕馭文字，以氣勢主導文章。
因此，在一段文章之中，往往句讀雖可點斷，而文義則綿互不絕，
氣勢也一貫傾瀉而下，因而形成了一股文章內在氣勢的洪流，最易
使人體悟到一種氣勢磅礴的感覺。這種感覺，當人們在張口啓齒，
放聲疾讀之時，感受也最爲真切，例如〈送楊少尹序〉中説：「不知
楊侯去時，城門外送者幾人？車幾兩？馬幾足？道邊觀者，亦有歎
息知其爲賢以否？而太史氏又能張大其事，爲傳繼二疏蹤跡否？不
落莫否？」「不知」二字，文義一直貫串到「不落莫否」。（《韓柳文
新探》，頁 57）

他說明韓愈「以氣勢主導文章」，發而爲文，於是形成「往往句讀雖可點斷，
而文義則綿互不絕」的複句。此類複句是韓文一大特色，除了引文中所舉之
例外，又如〈送孟東野序〉：

從吾遊者，李翱、張籍其尤也，三子者之鳴信善矣；<u>抑不知天將和
其聲而使鳴國家之盛邪？抑將窮餓其身、思愁其心腸，而使自鳴其
不幸邪？</u>三子者之命則懸乎天矣！

如〈送浮屠文暢師序〉：

如吾徒者，<u>直當告之以二帝三王之道，日月星辰之行，天地之所以
著，鬼神之所以幽，人物之所以蕃，江河之所以流而語之。</u>不當又
爲浮屠之説而瀆告之也。

〔註38〕李翱曾提及韓愈的寫作習慣是：「當其下筆時，如他人疾書寫之，誦其文，不
是過也。其詞乃能如此。」（《李文公集》卷七）可見韓文之奔放，實由於他
以氣勢主導文意。

如〈送楊支使序〉云：

> 儀之智足以造謀，材足以立事，忠足以勤上，惠足以存下，而又侈
> 之以詩書六藝之學，先聖賢之德音，以成其文，以輔其質，宜乎從
> 事於是府而流聲實於天朝也！

是皆贈序中之複句，文意閎麗。韓愈此類複句有時也以近於排比的句式發之，以突顯其行文節奏，如〈送浮屠文暢師序〉云：

> 夫不知者，非其人之罪也；知而不爲者，惑也；悅乎故不能即乎新
> 者，弱也；知而不以告人者，不仁者；告而不以實者，不信也。余
> 既重柳請，又嘉浮屠能喜文辭，於是乎言。

元人盛如梓評此篇曰：

> 〈送文暢序〉，結句連下五個「也」字，如破竹一段，工夫極大。
> （《庶齋老學叢談》卷上）

明唐順之亦云：

> 開闔圓轉，眞如走盤之珠。此天地間有數文字。通篇一直說下，而
> 前後照應在其中。（《唐宋八大家文鈔‧韓文》卷七）

王更生也說：

> 韓文還善於大量運用語助詞，使文章靈活多姿，情致豐富。……〈送
> 浮屠文暢師序〉「夫不知者，非其人之罪也；知而不爲者，惑也；悅
> 乎故不能即乎新者，弱也；知而不以告人者，不仁也；告而不以實
> 者，不信也。」在句中連用「……者，……也」，加強論斷，使語氣
> 斬釘截鐵，勢如破竹。（《韓愈散文研讀》，頁 76）

他們所謂的「通篇一直說下」、「勢如破竹」，除了運用語助詞之功外，也由於韓愈複句「以氣勢主導文章」的作法。

七、頓　挫

　　韓愈贈序文之氣勢雄峻、變化萬端，也來自於他筆下「頓挫」的作法。所謂「頓挫」，清人方東樹云：

> 頓挫之說，如所云有往必收，無垂不縮，將軍欲以巧服人，盤馬彎
> 弓惜不發。此惟杜、韓最絕，太史公之文如此，六經周秦皆如此。
> （《昭昧詹言》）

也就是將行文間千鈞之勢蓄積於筆端，不盡發之。「頓挫」筆法是亦韓愈慣用

之技巧，例如〈送高閑上人序〉云：

> 堯舜禹湯治天下，養叔治射，庖丁治牛，師曠治音聲，扁鵲治病，
> 僚之於丸，秋之於弈，伯倫之於酒，樂之終身不厭，奚暇外慕？夫
> 外慕徙業者，皆不造其堂，不嚌其胾者也。

他先列舉了歷史上治天下、治射、治牛、治音聲、治病、於丸、於弈、於酒
等各門技巧爲例，以說明其人「游於藝」之樂；然而當此繁複豐沛的語氣未
竟，卻冒出一句議論以疏緩文勢。王更生說：

> 韓愈的散文，往往縱橫飛動而顯得蘊藉，這主要得力於頓挫句，例
> 如〈送高閑上人序〉的頭一段，提出「神完而守固」，則「外物至，
> 不膠於心」的論題，接著列舉歷史人物，說明他們對於自己所從事
> 的某種業務，終身樂而不厭，哪裏來得及羨慕外物？文章寫到這裏，
> 已如怒馬奔馳，一往無前，韓愈卻及時加以控制，接著寫道：「夫外
> 慕徙業者，皆不造其堂，不嚌其胾者也」。這樣，在文氣極盛之處，
> 頓加收斂，蓄積氣勢，就有助於下文作更好地開展。（《韓愈散文研
> 讀》，頁 73）

說明韓文之縱橫飛動、富於蘊藉，實來自其「頓挫」寫法。同樣的作法，又
如〈送楊少尹序〉云：

> 予忝在公卿後，遇病不能出，不知楊侯去時，城門外送者幾人？車
> 幾兩？馬幾疋？道邊觀者，亦有歎息知其爲賢以否？而太史氏又能
> 張大其事，爲傳繼二疏蹤跡否？不落莫否？見今世無工畫者，而畫
> 與不畫固不論也。

韓愈在一連串熱切急竦的問句下，突地冒出議論：「見今世無工畫者，而畫與
不畫固不論也。」勒住了已然奔騰的文勢，頓生波瀾。韓愈「頓挫」筆法又
如〈送齊暤下第序〉：

> 及道之衰，上下交疑，於是乎舉讎、舉子之事，載之傳中而稱美之，
> 而謂之忠。見一善焉，若親與邇不敢舉也；見一不善焉，若疏與遠
> 不敢去也。眾之所同好焉，矯而黜之乃公也；眾之所同惡焉，激而
> 舉之乃忠也。於是乎有違心之行，有怫志之言，有內媿之名。若然
> 者，俗所謂良有司也。膚受之訴不行於君，巧言之誣不起於人矣。
> 烏摩！今之君天下者，不亦勞乎？爲有司者，不亦難乎？爲人嚮道
> 者，不亦勤乎？是故端居而念焉，非君人者之過也；則曰有司焉，

則非有司之過也；則曰今舉天下人焉，則非今舉天下人之過也。蓋其漸有因，其本有根；生於私其親，成於私其身。以己之不直，而謂人皆然；其植之也固久，其除之也實難。

清林紓評此篇曰：

> 大家之文，每於頂接之先，先刪除卻無數閒話，突然而起，似與上文毫不相涉，細按之，必如此接法。……今試舉韓文一篇言之，如〈送齊暤下第序〉：「眾之所同好焉，矯而黜之，乃公也；……膚受之愬不行於君，巧言之誣不起於人矣。」此將暤之所以不得舉之故頓斷，歸罪有司，別無餘語。讀者將謂此下必敘齊暤遇合之寨，大發牢騷，迴頭更將有司痛詈一遭，補足餘意。而昌黎頂此句之下，乃作三疊筆曰：「鳴呼！今之君天下者，不亦勞乎？爲有司者，不亦難乎？爲人嚮道者，不亦勤乎？」似一味爲有司解脫。既爲有司解脫，何必更爲齊暤不平？不知昌黎之意，蓋惡當時俗尚錮蔽，以矯爲直，純是私心，有司沿俗成例，不足深責。前半之痛詆有司，罪案原定在有司身上，而實非昌黎文中之正意。故頂筆作紆徐寬緩之語，令人疑駭，正是昌黎善用頂筆之妙。及敘到「以己之不直，而謂人皆然」，「矯私」二字是積弊，當怪習尚，不能專怪有司，於是正意始明。此即不佞所謂鬆緩其脈，不即警醒，卻於句中無意處閒閒點出者是也。然非力量厚者決難至此。……唯力量厚者，神定見遠，和盤打算，雖遠遠推開，而遙脈一絲，仍自迴旋牽引，恣我伸縮吐納。總言之，用頂筆必須令人不測，此秘亦惟熟讀韓文，方能領會。（《畏廬論文》）

林紓此所謂「頂筆」，也就是我們這裡說的「頓挫」筆法，衹是林氏更著重在頓挫句與下文的承接關係。韓愈因爲擅用「頂筆」，所以其文能於波瀾起伏中「迴旋牽引」、「遙脈一絲」，如清人吳德旋所言：

> 《史記》及韓文，其兩三句一頓，似斷不斷之處極多。要有灝氣潛行，雖陡峻亦寓綿邈，且自然恰好，所以爲風神絕世也。

> 古來善用疏，莫如《史記》。後之善學者，莫如昌黎。看韓文濃鬱處皆能疏，柳州則有不能疏者。（《初月樓古文緒論》）

韓愈贈序文可以「雖陡峻亦寓綿邈」、「濃鬱處皆能疏」，皆因其「頓挫」筆法所致。

八、排　比

「排比」句也是韓愈贈序文的特色之一。如〈送齊皥下第序〉云：

> 是故端居而念焉，非君人者之過也；
>
> 則曰有司焉，則非有司之過也；
>
> 則曰今舉天下人焉，則非今舉天下人之過也。
>
> 蓋其漸有因，其本有根；
>
> 生於私其親，成於私其身。
>
> 以己之不直，而謂人皆然；
>
> 其植之也固久，其除之也實難。
>
> 非百年必世不可得而化也，非知命不惑不可得而改也！
>
> 已矣乎，其終能復古乎？若高陽齊生者，其起予者乎？

即可見韓愈之擅用排比。排比句法造成的閱讀效果，首先就是增強了文章的節奏感，近於詩歌。如鄭郁卿說：

> 韓文中平行關係的複句非常多，證明韓愈雖提倡古文，但他本身是一個大詩人，又去駢不遠，所以排句和偶句的平行關係複句不時出現。當然，平行關係的複句，也常常用做加強語勢或強調某一內容。（〈韓昌黎文之文法與布局研究〉，《臺北工專學報》，第七期，頁689～705）

同樣的寫法，又如〈送李愿歸盤谷序〉：

> 窮居而野處，升高而望遠，
>
> 坐茂樹以終日，濯清泉以自潔。
>
> 採於山，美可茹，釣於水，鮮可食，起居無時，惟適之安。
>
> 與其有譽於前，孰若無毀於其後？與其有樂於身，孰若無憂於其心？
>
> 車服不維，刀鋸不加，理亂不知，黜陟不聞。……
>
> 伺候於公卿之門，奔走於形勢之途，
>
> 足將進而趑趄，口將言而囁嚅，
>
> 處穢汙而不羞，觸刑辟而誅戮，……

元方回評曰：

> 韓昌黎〈送李愿歸盤谷序〉下一段，所謂「窮居而閒處，升高而望遠，坐茂樹以終日，濯清泉以自潔。采於山美可茹，釣於水鮮可食。

　　黜陟不聞，理亂不知，起居無時，惟適之安」。此能極言閑適之味矣。
　　詩家之所必有，而不容無者也。（《桐江集》卷二十六）

方氏說此段能「極言閑適之味」，爲「詩家所必有」，主要原因就是韓愈以排
比句法寫景，近於詩歌韻味。王更生則說韓文的對偶排比：

　　韓愈的散文，雖然是從齊梁駢體文的束縛下解放出來的新文體，但
　　它還適當地保存著一些對偶句和排比句。這對於文體的純淨，不僅
　　沒有妨礙，而且還能增加藝術力量。例如〈送李愿歸盤谷序〉中的
　　「伺候於公卿之門，奔走於形勢之途，足將進而趑趄，口將言而囁
　　嚅」，……又如〈送孟東野序〉中的「以鳥鳴春，以雷鳴夏，以蟲鳴
　　秋，以風鳴冬」，也可以作爲例證。他的排比句，形式較整齊而勁氣
　　內斂，不失「奇崛」本色。（《韓愈散文研讀》，頁 72）

乃認爲韓文的排比寫法，有助於其「藝術力量」的表現，不失奇崛本色。
　　而柯師慶明說

　　韓、柳的古文就不是簡單的以散文來代替駢文而已；而是以能夠反
　　映「盛氣」的自然流動的韻律節奏，來取代四六文的刻板韻律；亦
　　即以語調的抒情性美感來取代形式的規律性美感。……事實上韓、
　　柳古文，仍然充分的利用辭賦的排比、對偶的形式美感，只是將通
　　篇四六轉化爲多種字數句式的對偶與排比，並且中間穿插「散文筆
　　法起落轉接」，因而充分顯現一種「氣盛」的靈轉流動。（〈從韓柳文
　　論唐代古文運動的美學意義〉，頁 254）

是知排比句型之節奏感，表現了韓文氣勢的律動、與靈轉。

九、繞　筆

　　「繞筆」也是韓愈贈序文的特殊寫法，清林紓云：

　　爲文不知用旋繞之筆，則文勢不曲。繞筆似複，實則非複。複者，
　　重言以聲明之謂。繞筆則於本意中抉深一層，乍觀但覆述已過之
　　言，乃不知實有抽換之筆，明明前半意旨，然已別開生面矣。大凡
　　長篇文字，行氣浩瀚，然每處必須結小團陣作一小頓，文氣方凝聚
　　不散。若篇幅不長，地步偪仄，焉能數句便作一頓？若一氣瀉盡，
　　亦患讀過即了。此非有移步換形之妙，即不能耐人尋味。猶之構園
　　亭者，數畝之地，而廊榭樹石，能位置錯迕，繚曲往復，若不知所

窮，方稱善於營搆。古惟昌黎最精此技。(《畏廬論文》)

可知「繞筆」似複非複，有凝聚文氣，移步換形之效。如〈送董邵南序〉云：

> 燕趙古稱多感慨悲歌之士。董生舉進士，連不得志於有司，懷抱利器，鬱鬱適茲土，吾知其必有合也。

> <u>董生勉乎哉</u>！夫以子之不遇時，苟慕義彊仁者皆愛惜焉，矧燕趙之士出乎其性者哉？然吾嘗聞風俗與化移易，吾惡知其今不異於古所云邪？聊以吾子之行卜之也。

> <u>董生勉乎哉</u>！吾因子有所感矣。爲我弔望諸君之墓，而觀於其市，復有昔時屠狗者乎？爲我謝曰：「明天子在上，可以出而仕矣！」

重複「董生勉乎哉」一語，實已「於本意中抉深一層」，且再度凝聚了文氣，營造出類似詩歌的詠歎情味。同樣的寫法，也見於〈送孟東野序〉：

> 樂也者，鬱於中而泄於外者也，<u>擇其善鳴者而假之鳴</u>。金、石、絲、竹、匏、土、革、木八者，物之善鳴者也。

> 維天之於時也亦然，<u>擇其善鳴者而假之鳴</u>。是故以鳥鳴春，以雷鳴夏，以蟲鳴秋，以風鳴冬，四時之相推敓，其必有不得其平者乎！

> 其於人也亦然，人聲之精者爲言，文辭之於言，又其精也，<u>尤擇其善鳴者而假之鳴</u>。……

> 其下魏晉氏，鳴者不及於古，然亦未嘗絕也。就其善者，其聲清以浮，其節數以急，其辭淫以哀，其志弛以肆；其爲言也，亂雜而無章，將天醜其德莫之顧邪？<u>何爲乎不鳴其善鳴者也</u>！

重覆提及「擇其善鳴者而假之鳴」一語，使文意旋繞往復，低迴沈鬱。

十、句式參差

「句式參差」也是韓愈贈序的特色，最常見的寫法就是以字數差異甚大的句子放在一起，以狀景色之奇峻。如〈送廖道士序〉云：

> 五岳於中州，衡山最遠；南方之山巍然高而大者以百數，獨衡爲宗；最遠而獨爲宗，其神必靈。<u>衡之南八九百里，地益高，山益峻，水清而益駛，其最高而橫絕南北者，嶺</u>。郴之爲州在嶺之上，測其高下，得三之二焉，中州清淑之氣於是焉窮。氣之所窮，盛而不過，必蜿蟺扶輿，磅礴而鬱積。

此段「衡之南八九百里，地益高，山益峻，水清而益駛，其最高而橫絕南北者」是複句，但韓愈在此長句之下，卻以一「嶺」字作結，因而造成文氣的「磅礡鬱積」。又如〈送區冊序〉云：

> 陽山，天下之窮處也，陸有丘陵之險、虎豹之虞，江流悍急，橫波之石廉利侔劍戟，舟上下失勢，破碎淪溺者，往往有之。

何寄澎評曰：

> 前後短句大致相當之，中間橫插一句九字長句（「橫波之石廉利侔劍戟」），水之惡正藉此參差而狀。（〈韓愈古文作法探析〉，《唐宋古文新探》，頁66）

是亦「句式參差」之例。

除了字數參差之外，韓愈贈序也有以句意參差的作法。例如〈送孟東野序〉云：

> 唐之有天下，陳子昂、蘇源明、元結、李白、杜甫、李觀，皆以其所能鳴。其存而在下者，<u>孟郊東野始以其詩鳴，其高出魏晉，不懈而及於古</u>，其他浸淫乎漢氏矣。

此段說明孟郊之詩已高出魏晉篇章，能及於古人所作。「其他浸淫乎漢氏」，卻是補述陳子昂、蘇源明、元結、李白、杜甫、李觀等人之作，浸淫於漢人所為。作看之下不易明白，是謂韓愈「以句意參差」的寫法。同樣的作法，又如〈送石處士序〉云：

> 先生居嵩邙瀍穀之間，冬一裘、夏一葛，食朝夕，飯一盂、蔬一盤。人與之錢則辭，請與出游，未嘗以事辭，勸之仕，不應。坐一室，左右圖書。與之語道理，辨古今事當否，論人高下事後當成敗；若河決下流而東注，若駟馬駕輕車就熟路而王良造父為之先後也，若燭照數計而龜卜也。

何寄澎評此段曰：

> 若〈送石處士序〉則最奇，……其中「冬一裘、夏一葛」「飯一盂、蔬一盤」是對稱；「與之語道理(A)，辨古今事當否(B)，論人高下事後當成敗(C)；若河決下流而東注(A')，若駟馬駕輕車就熟路而王良造父為之先後也(B')，若燭照數計而龜卜也(C')」是交錯。一段文字融對稱、交錯、參差於一，又穿以譬喻而終貫之以參差，真句法奇變之極致。（〈韓愈古文作法探析〉，《唐宋古文新探》，頁66）

此段不僅在字數上有所參差，例如「若河決下流而東注，若駟馬駕輕車就熟路而王良造父爲之先後也，若燭照數計而龜卜也」；在句意上也有所參差，亦即何氏所言之「交錯」。如此寫法，使得文中的連續比喻顯得益加活潑生動，充滿奇趣。〔註39〕

十一、微辭譏諷

　　將不願直陳的話，用側面來表達，從隱微婉曲的文辭中，透露諷刺不滿的意味，是謂「微辭」〔註40〕。「微辭」也是韓愈贈序常見的筆法。如〈送高閑上人序〉云：

> 今閑師浮屠氏，一死生，解外膠，是其爲心必泊然無所起，其於世必淡然無所嗜。泊與淡相遭，頹墮委靡，潰敗不可收拾，則其於書得無象之然乎？然吾聞浮屠人善幻序技能，閑如通其術，則吾不能知矣！

此篇表面似乎在論書法，實際上卻是在闢佛，「得無象之然」、「善幻」微辭譏諷，暗指浮屠迷離恍惚，有旁門左道之嫌。又如〈送鄭尚書序〉：

> 若嶺南帥得其人，則一邊盡治，不相寇盜賊殺，無風魚之災、水旱癘毒之患，外國之貨日至，珠、香、象、犀、玳瑁奇物溢於中國，不可勝用。故選帥常重於他鎮，非有文武威風、知大體、可畏信者，則不幸往往有事。

此段贈序寫到「若嶺南帥得其人，……不可勝用」，文意已足；然而韓愈卻繼之以「非有文武威風、知大體、可畏信者，則不幸往往有事」一段，微辭譏諷鄭權不足當其任，又如〈送溫處士赴河陽軍序〉：

> 愈縻於茲不能自引去，資二生以待老，今皆爲有力者奪之，其何能無介然於懷邪？生既至，拜公於軍門，其爲吾以前所稱爲天下賀，以後所稱爲吾致私怨於盡取也。

〔註39〕王更生說：「韓文常常連續使用比喻，即所謂的博喻。……在〈送石處士序〉，用『若河決下流而東注，若駟馬駕輕車就熟路，而王良、造父爲之先後也。若燭照數計而龜卜也』，來描繪石洪的通曉古今，能言善辯。這些比喻的連用不是簡單地堆砌，而是從各個角度鋪排作比，來描寫一個人物，一種思想或情態，使其內容更加充實，形象更加豐滿，效果更加強烈。」（《韓愈散文研讀》，頁70）在此段中，我們看到韓愈不但使用「博喻」，同時也由句式之「參差」力求變化，刻意雕琢。

〔註40〕參見沈謙《修辭方法析論》第五篇第二節「隱之修辭方法」。

韓愈此段說「爲天下賀」，以溫生之才爲朝廷效勞故也；「致私怨於盡取」句，則微辭譏諷溫生爲藩鎮一家之私所收買。同樣的筆法，又如〈送石處士序〉：

> 河陽軍節度御史大夫烏公爲節度之三月，求士於從事之賢者，有薦石先生者。……大夫曰：「先生有以自老，無求於人，其肯爲某來邪？」從事曰：「大夫文武忠孝，求士爲國，不私於家。……」。
>
> 先生不告於妻子，不謀於朋友，冠帶出見客，拜受書禮於門內，宵則沐浴戒行事，載書冊，問道所由。告行於常所往來，晨則畢至，張上東門外。酒三行，且起，有執爵而言者……酌而祝曰：「使大夫恒無變其初，無務富其家而飢其師，無甘受佞人而外敬正士，無昧於諂言，惟先生是聽，以能有成功，保天子之寵命。」又祝曰：「使先生無圖利於大夫，而私便其身。」

韓愈於對話間寓藏譏諷，如烏公問：「其肯爲某來邪？」表現其爲自家私利考量之語氣，所以從事繼之言：「大夫文武忠孝，求士爲國，不私於家。……」客人之祝辭亦云：「使大夫恒無變其初，無務富其家而飢其師，無甘受佞人而外敬正士，無昧於諂言，惟先生是聽，以能有成功，保天子之寵命。」、「使先生無圖利於大夫，而私便其身。」皆有所規諷。而文中稱石洪「不謀於朋友」、「告行於常所往來」，是又微辭譏諷石洪未與韓愈商量，有失爲友之道。

韓愈贈序雖有微辭譏諷之筆法，然多半能勉人以道義。宋人李塗說：

> 退之雖時有譏諷，然大體醇正。子厚發之以憤激。永叔發之以感慨。子瞻兼憤激感慨而發之以諧謔。讀柳、歐、蘇文，方知韓文不可及。
>
> （《文章精義》）

於此可見韓文格調之高、與立意之深。

十二、富於形象

「富於形象」也是韓愈贈序文的重要特色，無論其敘事、論理，往往都透過栩栩生動的筆端，表達所思所感。例如〈送孟東野序〉云：

> 大凡物不得其平則鳴。草木之無聲，風撓之鳴。<u>水之無聲，風蕩之鳴。其躍也，或激之；其趨也，或梗之；其沸也，或炙之；</u>金石之無聲，或擊之鳴。人之於言也亦然，有不得已者而后言。其歌也有思，其哭也有懷。凡出乎口而爲聲者，其皆有弗平者乎？人之於言

也亦然，有不得已者而后言，其歌也有思，其哭也有懷，凡出乎口
而爲聲者，其皆有弗平者乎？

樂也者，鬱於中而泄於外者也，擇其善鳴者而假之鳴：金、石、絲、
竹、匏、土、革、木八者，物之善鳴者也。維天之於時也亦然，擇
其善鳴者而假之鳴。是故以鳥鳴春，以雷鳴夏，以蟲鳴秋，以風鳴
冬，四時之相推敚，其必有不得其平者乎？

本篇富於形象，充滿音響。錢豐寰評曰：

從許多物許多人，奇奇怪怪，繁繁雜雜說來，無非要顯出孟郊以詩
善鳴。（引自胡楚生《韓文選析》）

又金聖歎云：

拉雜散漫，不作起，不作落，不作主，不作賓，只用一鳴字，跳躍
到底，如龍之變化屈伸於天，更不能以逐鱗逐爪觀之。（引自胡楚生
《韓文選析》）

皆說明韓愈此篇形象之繁雜躍動。尤可注意者，篇首云：「草木之無聲，風撓
之鳴。水之無聲，風蕩之鳴。……金石之無聲，或擊之鳴」。依文脈趨，「風
蕩之鳴」句下，緊接著本該說到「金石之無聲」，但韓愈卻在其間插入「其躍
也，或激之；其趨也，或梗之；其沸也，或炙之」一段短句。如此安排的結
果，他不但打斷讀者原先預期的排比句型，而且取代以繁複具體的形象，突
出了前面論說的普遍經驗。〔註41〕

同樣佈滿繁複形象之作品，又如〈送廖道士序〉：

五岳於中州，衡山最遠；南方之山巍然高而大者以百數，獨衡爲
宗；最遠而獨爲宗，其神必靈。衡之南八九百里，地益高，山益
峻，水清而益駛，其最高而橫絕南北者，嶺。郴之爲州在嶺之上，
測其高下，得三之二焉，中州清淑之氣於是焉窮。氣之所窮，盛而
不過，必蜿蟺扶輿，磅礴而鬱積。其水土之所生，神氣之所感，白
金水銀丹砂石英鍾乳，橘柚之包，竹箭之美，千尋之名材，不能獨
當也。

〔註41〕王更生說：「散文中的短句，如果多加錘煉，就顯得勁拔，具有強烈的表現
力。……〈送孟東野序〉中的『其躍也，或激之；其趨也，或梗之；其沸也，
或炙之』等句，都簡短而勁拔，含意很深刻。」（《韓愈散文研讀》，頁71）他
從句型上考察，也認爲此段短句簡短勁拔，具有強烈的表現力。

意必有魁奇忠信材德之民生其間，而吾又未見也。其無乃迷惑溺沒
於老佛之學，而不出邪？

寫衡郴氣勢之雄峻、物種之茂美，比附「魁奇忠信材德之民」以論理。清儲
欣評此篇曰：

總無一筆說煞，真乃水銀潑地。（《昌黎先生全集錄》卷三序）

劉大櫆亦云：

此文如黑雲漫空，疾風迅雷，甚雨驟至，電光閃閃，頃刻盡掃陰霾，
皎然日出，文境奇絕。（引自馬其昶《韓昌黎文集校注》）

不知是否受韓愈影響，前人對此文之評語竟亦充滿了形象比喻。又如〈送王
秀才序〉云：

吾常以為孔子之道大而能博，……太原王塤示予所為文，好舉《孟
子》之所道者，與之言，信悅《孟子》，而屢贊其文辭。夫沿河而下，
苟不止，雖有遲疾，必至於海；如不得其道也，雖疾不止，終莫幸
而至焉。故學者必慎其所道，道於楊、墨、老、莊、佛之學，而欲
之聖人之道，猶航斷港絕潢以望至於海也。故求觀聖人之道，必自
《孟子》始。今塤之所由，既幾於知道，如又得其船與楫，知沿而
不止，嗚呼！其可量也哉？

韓愈以大海的意象，比喻孔子之道「大而能博」，並說「道於楊、墨、老、莊、
佛之學」就像「航斷港絕潢以望至於海」，勢必徒勞無功。幫助讀者於具體形
象中領會其論說。又如〈送溫處士赴河陽軍序〉云：

伯樂一過冀北之野，而馬群遂空。……

大夫烏公以鈇鉞鎮河陽之三月，以石生之才，以禮為羅，羅而致之
幕下。未數月也，以溫生為才，於是以石生為媒，以禮為羅，又羅
而致之幕下。東都雖信多才士，朝取一人焉，拔其尤；暮取一人焉，
拔其尤，……若是而稱曰：大夫烏公一鎮河陽，而東都處士之盧無
人焉，豈不可也！

則以人盡皆知的典故為形象，寫烏公識才。韓愈有時為了形容之逼真，更於
贈序中加入對話情節。如〈送楊少尹序〉云：

楊侯始冠，舉於其鄉，歌鹿鳴而來也。今之歸，指其樹曰：「某樹，
吾先人之所種也；某水某丘，吾童子時所釣遊也。」鄉人莫不加敬，
誡子孫以楊侯不去其鄉為法。

本篇舉二疏的典故，寫楊巨源歸鄉。胡楚生說：

> 韓愈從疏廣、疏受二人入手，描寫二疏年老辭位退休離京的情
> 形，……這一幅餞別送行的場面，不但班固在《漢書》的〈疏廣傳〉
> 中曾加記載，後世著名的畫家像晉代的顧愷之、梁朝的張僧繇等，
> 且都曾繪有「群公祖二疏圖」，將二疏離京送行之事，描繪出來，流
> 傳後世，供人觀覽。（《韓柳文新探》，頁 60）

可知韓愈所寫典故，已呈現「圖像」之具體，而韓愈用虛擬之對話穿插其間，
更大大增強了此篇文意的感染性。明茅坤評曰：

> 以二疏美少尹，而專於虛景簸弄，故出沒變化不可捉摸。（《唐宋八
> 大家文鈔·韓文》評語卷六）

茅氏說韓愈「專於虛景簸弄」，是有見於韓文之富於形象。

類似的作法，又如〈送李愿歸盤谷序〉：

> 人之稱大丈夫者，我知之矣。利澤施于人，名聲昭于時，坐於廟
> 朝，進退百官，而佐天子出令。其在外，則樹旗旄，羅弓矢，武夫
> 前呵，從者塞途，供給之人各執其物，夾道而疾馳。喜有賞，怒有
> 刑，才畯滿前，道古今而譽盛德，入耳而不煩。曲眉豐頰，清聲而
> 便體，秀外而惠中，飄輕裾，翳長袖，粉白黛綠者，列屋而閒居，
> 妒寵而負恃，爭妍而取憐。大丈夫之遇知於天子，用力於當世者之
> 所為也。
>
> 伺候於公卿之門，奔走於形勢之途，足將進而趑趄，口將言而囁嚅，
> 處穢汙而不羞，觸刑辟而誅戮，徼倖於萬一，老死而後止者，其於
> 為人賢不肖何如也？

本篇也是韓愈刻意描寫之作，文中以友人李愿告白為主，又捕捉各類人物間
不同的動作、情態，使其論理生動如畫。元人程端禮評此篇曰：

> 丹青筆也，形容如畫圖。（《昌黎文式》卷二前集下卷）

明何孟春亦云：

> 退之〈詠華山女〉詩：「白咽紅頰長眉青。」〈送僧澄觀〉詩：「伏犀
> 插腦高頰權。」〈石鼎聯句詩序〉「白鬚、黑面、長頸而高結喉。」
> 〈送李愿歸盤谷序〉「曲眉豐頰，清聲而便體，秀外而惠中；飄輕
> 裾、曳長袖，粉白黛綠」等語，皆寫真文字也。（《餘冬詩語》卷下）

清儲欣曰：

公作此文，纔二十四歲，公嘗云：「辭不備，不可謂成文。」看此文，
於李愿口中描寫三種人，各極情狀，如化工之付物，信乎其辭之備
也。(《唐宋八大家類選》卷十)

皆稱美韓愈此篇之造語形容。可知「富於形象」實爲韓愈在贈序文寫作上的
重要特色。〔註42〕

〔註42〕　〈送李愿歸盤谷序〉貌似狀景處，實則摹寫心境，說見前節，類似之例又如
　　　　〈送區冊序〉。蘇軾稱美此篇爲唐文第一，殆亦因此。然而韓文之刻意形容，
　　　　有時也遭致文家負面的評論，如宋周密云：「昔人有言韓退之〈送李愿歸盤谷
　　　　序〉，所述官爵、侍御、賓客之盛，皆不過數語，至于聲色之奉則累數十言，
　　　　或以譏之。」(《浩然齋雅談》卷上) 金王若虛云：「崔伯善嘗言，退之〈送李
　　　　愿序〉『粉白黛綠』一節當刪去，以爲非大丈夫得志之急務。其論似高，然此
　　　　自富貴者之常，存之何害？但病在太多，且過於浮豔耳。餘事皆略言，而此
　　　　獨說出如許情狀，何邪？蓋不唯爲雅正之累，而於文勢亦滯矣。」(《滹南遺
　　　　老集》卷三十五) 是皆批評韓愈形容之辭「過於浮豔」。韓文此種被譏爲「勸
　　　　百諷一」的作法，據柯師慶明研究：「從美學的立場看，這種修辭策略一方面
　　　　反映了韓、柳對於『美是形象的直覺』的體認，因此大半爲文的用心，正在
　　　　物態人情的形相上的刻劃與描摹。他們的文章，即使是論說而仍然是『美
　　　　文』，正因他們的致力於感覺經驗層面的苦心經營，並且以感覺經驗的強烈印
　　　　象之『美』而『辯』其所欲論說的主題。同時由於文章中感覺層次的卑下與
　　　　主題層次的高遠，在美感範疇上的距離與背反，就產生了俄國形式主義者希
　　　　洛夫斯基（Victor Shklovsky）所謂的『陌生化』（defamiliarization）的美學效
　　　　應；使我們以高遠雅正的眼光來觀看卑下俚俗的事物經驗，因而『陌生化』
　　　　了卑下俚俗的事物經驗，使它們擺脫了純然卑俗的實際意義，而只成爲特具
　　　　新異之感覺內容的美感形象；而高遠雅正的主題乃是引生自卑下俚俗的事物
　　　　經驗，因此也『陌生化』了高遠雅正的思維，不但使它們成爲一種新鮮的思
　　　　辨，而且因爲它事實上超越了習見適用的範圍，不但具有了更大的涵蓋性，
　　　　甚至顯現出一種化腐朽爲神奇的威力。是以這種美感範疇的背反，不但形成
　　　　的正是一種更爲寬廣的美感距離，以及更爲開闊的美感品味的心靈空間；無
　　　　形中正亦提昇了我們觀照人生一切經驗事物的心靈的自由與高度，同時也
　　　　提供了更廣大與豐富的經驗內容，使我們充分體驗到心靈知覺之擴大與充實
　　　　的滿足。」(〈從韓柳文論唐代古文運動的美學意義〉，《第一屆國際唐代學
　　　　術會議論文集》，頁 243～261) 柯師此說，足以解釋韓愈重形象表現的創作觀
　　　　念。

第四章　韓愈贈序文的研究與影響

　　此章本論文欲就韓愈贈序文的影響層面試加討論，以下分為兩節，第一節介紹歷代對於韓愈贈序文的研究情形，第二節說明姚鼐《古文辭類纂》贈序類作品之大概，由此考見韓愈贈序文的相關影響。

第一節　歷代對韓愈贈序文的研究與評價

　　本節我們介紹歷代對於韓愈贈序的研究情形，並略舉當時文家評論為例，以說明韓愈贈序文之日受重視。

　　中、晚唐人對於韓愈文章的重視，主要是在他文體上的創製，當時師法者頗眾，如趙璘云：

> 韓文公與孟東野友善。韓公文至高，孟長於五言，時號「孟詩韓筆」。
>
> 元和中，後進師匠韓公，文體大變。（《因話錄》卷三）

或整理其作品文體之類別與風格，如李漢云：

> 門人隴西李漢辱知最厚且親，遂收拾遺文，無所失墜。得賦四，古詩二百五，聯句十一，律詩一百七十三，雜著六十四，書啓序八十六，哀辭祭文三十八，碑誌七十六，筆硯鱷魚文三，表狀四十七，總七百，并目錄合為四十一卷，目為《昌黎先生集》，傳於代。又有《注論語》十卷，傳學者。《順宗實錄》五卷，列於史書，不在集中。
>
> （〈唐吏部侍郎昌黎先生韓愈文集序〉，《唐文粹》卷九十二）

如牛希濟云：

> 兩漢以前，史氏之學猶在；齊梁以降，國風雅頌之道委地。今國朝

> 文士之作，有詩、賦、策、論、箴、判、贊、頌、碑、銘、書、序、
> 文、檄、表、記，此十有六者，文章之區別也。制作不同，師模各
> 異，然忘於教化之道，以妖豔爲勝，夫子之文章，不可得而見矣。
> 古人之道，殆以中絕，賴韓史部獨正之於千載之中，使聖人之旨復
> 新。今古之體，分而爲四：崇仁義而敦教化者，經體之制也；假彼
> 問對立意自出者，子體之制也；屬詞比事存於褒貶者，史體之制也；
> 又有釋訓字義幽遠文意，觀之者久而方達，乃訓詁雅頌之遺風，即
> 皇甫持正、樊宗師爲之，謂之難文。（〈文章論〉，《文苑英華》卷七
> 四二）

贈序自然是韓愈創製「古文」之新體，但唐人特別就其贈序有所論述發明者，
並不多見。

由於宋代古文家以韓愈爲師，此期韓愈之贈序文開始受到重視。如蘇軾
〈跋退之送李愿序〉云：

> 歐陽文忠公嘗謂：「晉無文章，惟陶淵明〈歸去來〉一篇而已。」余
> 亦謂：唐無文章，惟韓退之〈送李愿歸盤谷〉一篇而已。平生願效
> 此作一篇，每執筆輒罷，因自笑曰：「不若且放，教退之獨步。」（《東
> 坡題跋》卷一）

以韓愈贈序爲唐文第一。如羅大經云：

> 楊東山嘗謂余曰：「文章各有體，歐陽公所以爲一代文章冠冕者，固
> 以其溫純雅正，藹然爲仁人之言，粹然爲治世之音，然亦以其事事
> 合體故也。如作詩便幾及李、杜；作碑銘記序便不減韓退之；作《五
> 代史記》便與司馬子長並駕；作四六便一洗崑體，圓活有理致；作
> 《詩本義》便能發明毛、鄭之所未到；作奏議便庶幾陸宣公；雖游
> 戲作小詞，亦無愧唐人《花間集》。蓋得文章之全者也。」（《鶴林玉
> 露》卷二）

以韓愈之寫法，爲贈序文體之典範。

宋人也開始分析韓愈贈序的作法。如洪邁〈韓蘇文章譬喻〉云：

> 韓、蘇兩公爲文章，用譬喻處，重複聯貫，至有七八轉者。韓公〈送
> 石洪序〉云：「論人高下，事後當成敗，若河決下流東注，若駟馬駕
> 輕車就熟路，而王良、造父爲之先後也，若燭照數計而龜卜也。」
> （《容齋三筆》卷六）

如黃震云：

> 〈贈崔復州序〉謂「官至刺史，亦榮矣」、「民窮斂愈急」，而連帥不
> 以信，此爲刺史之難也。「崔君爲復州，而連帥則于公。崔君之仁足
> 以蘇復人，于公之賢足以庸崔君。將有其榮，而無其難者乎？」愚
> 謂此書善爲詞於上下之間。回視〈送許郢州序〉，無其立語之弊矣。
> （《黃氏日鈔》卷五十九）

如俞文豹曰：

> 東坡曰：「唐無文章，惟〈送李愿歸盤谷序〉一篇而已」。文豹謂「曲
> 眉而豐頰，清聲而便體，秀外而惠中，飄輕裾，翳長袖，粉白黛綠
> 者，列屋而閒居，妒寵而負恃，爭妍而取憐」，此數句可去。（《吹劍
> 錄全編・吹劍錄》）

皆具體指出了韓愈贈序之作法，或加以批評。

宋人也考察韓愈贈序字句之因襲。如洪邁云：

> 韓退之爲文章，不肯蹈襲前人一言一句。故其語曰：「惟陳言之務
> 去，戛戛乎其難哉！」獨「粉白黛綠」四字，似有所因。《列子》：
> 「周穆王築中天之台，簡鄭、衛之處子娥媌靡曼者，粉白黛黑以滿
> 之。」《戰國策》：「張儀謂楚王曰：鄭、周之女，粉白黛黑，立於衢
> 間，見者以爲神。」屈原〈大招〉：「粉白黛黑，施芳澤只。」司馬
> 相如：「靚莊刻飾。」郭璞曰：「粉白黛黑也。」《淮南子》：「毛嬙、
> 西施，施芳澤，正蛾眉，設笄珥，衣阿錫，粉白黛黑，笑目流眄。」
> 韓公以「黑」爲「綠」，其旨則同。（《容齋四筆》卷三）

或是後人所取法韓序之處。如洪邁〈韓歐文語〉云：

> 〈盤谷序〉云：「坐茂林以終日，濯清泉以自潔。采於山，美可茹；
> 釣於水，鮮可食。」〈醉翁亭記〉云：「野花發而幽香，佳木秀而繁
> 陰。臨溪而漁，溪深而魚肥；釀泉爲酒，泉香而酒冽。山殽野蔌，
> 雜然而前陳。」歐公文勢，大抵化韓語也。然「釣於水，鮮可食」
> 與「臨溪而漁，溪深而魚肥」；「采於山」與「山殽前陳」之句，煩
> 簡工夫，則有不侔矣。（《容齋三筆》卷一）

如此則韓愈贈序造字鍊句之功，愈見清晰。

宋人也就韓愈贈序探論「載道」之義。如俞文豹云：

> 自佛入中國，凡爲其徒作碑記者，皆務爲梵語。獨公〈送文暢序〉

不肯自叛其教，所謂法度森嚴也。(《吹劍錄全編·吹劍錄》)

如黃震評〈送文暢師序〉曰：

> 論民之初生，固若禽獸夷狄然；今安居暇食，優游生死，與禽獸異
> 者，聖人之教、之賜也，而文暢不知。可謂辨之明，而諭之切矣。
> 扶持正教，開明人心，與〈原道〉之書相表裏。(《黃氏日鈔》卷五
> 十九)

皆著重其贈序中暢發之義理。

宋人也考證韓愈贈序文中所敘之人事。如洪邁云：

> 唐穆宗時，以工部尚書鄭權爲嶺南節度使，卿大夫相率爲詩送之。
> 韓文公作序，言權「功德可稱道」，「家屬百人，無數畝之宅，僦屋
> 以居，可謂貴而能貧，爲仁者不富之效也。」《舊唐史·權傳》云：
> 「權在京師，以家人數多，奉入不足，求爲鎮有中人之助。南海多
> 珍貨，權頗集聚以遺之，大爲朝士所嗤。」又〈薛廷老傳〉云：「鄭
> 權因鄭注得廣州節度，權至鎮，盡以公家珍寶赴京師以酬恩地，廷
> 老以右拾遺上疏，請按權罪，中人由是切齒。」然則，其爲人乃貪
> 邪之士爾。韓公以爲仁者何邪？(《容齋續筆》卷四)

黃震曰：

> 〈送許郢州序〉云：「爲刺史者，恆私於其民，不以實應乎府；爲觀
> 察使者，常急於其賦，不以情信乎州。繇是刺史不安其言，觀察使
> 不得其政。財已竭而斂不休，人已窮而賦愈急」。愚按：刺史，漢監
> 司之名。在唐則爲州，猶今太守郡者也。觀察使，唐監司之名。本
> 朝始去其權，僅存虛號。在唐則專有一道之兵財，權重於今之監司
> 者也。觀察使既專有兵財，其征取於支郡之刺史，猶今州郡促縣道
> 財賦之類也。征取之欲無厭，生民之出有限。公謂府常急於財可，
> 謂州常私於民不可。府既急於財，而州又不私於民，則竭下奉上，
> 患將安極？此事豈可使州與府同耶？(《黃氏日鈔》卷五十九)

凡此可見，宋人研究韓愈贈序文之層面，已相當廣泛。

金、元文家承宋人基礎，也對韓愈贈序文加以重視。如方回〈送佛陀恩
歸雲門寺詩序〉云：

> 三百五篇大序、小序，孔子之序文也。小序，不過詩題之下一句而
> 已，如「后妃之本也」，「后妃之志也」。後之說詩者，又從而附益之，

多有差誤。……《漢書》韋孟詩，《文選》取之，其前有諷諫之說，乃史官之序文也。厥後曹子建上責躬詩、表、文甚富，即所謂自序也。至唐老杜自序〈八哀〉詩，自序〈覽元道州賊退示官吏〉詩，而元道州自序尤詳。於是自作詩而作序，莫盛於韓、柳。韓〈送孟東野序〉，不見詩；〈送李愿歸盤谷序〉，與詩遠；柳〈送薛存義序〉，無詩；送文暢濬上人八詩僧序，詩皆他見。宋歐、蘇、黃、陳諸公，今未暇悉數。鳴呼！非有曹子建、杜子美、元次山、韓退之、柳子厚、歐、蘇、黃、陳之才而作序，自作詩以送人，不已僭乎。（《桐江集》卷三）

乃考察從漢人序跋到唐宋贈序一段歷程。

　　金、元文家也對韓愈贈序作法，有所留意。如王構云：

文有以繁爲貴者，若《檀弓》石祁子沐浴佩玉，《莊子》之大塊噫氣用「者」字，韓子〈送孟東野〉用「鳴」字，〈上宰相書〉至今稱周公之德，其下又有「不衰」二字，凡此類則以繁爲貴也。……但繁而不厭其多，簡而不遺其意，乃爲善也。（《修辭鑑衡》卷二）

如程端禮評〈送王秀才序〉云：

此序三百餘字，凡七八轉，意深遠而文優游，愈淡愈有味。（《昌黎文式》卷四後集下卷）

如盛如梓評〈送文暢序〉云：

結句連下五個「也」字，如破竹一段，工夫極大。（《庶齋老學叢談》卷上）

如王若虛云：

崔伯善嘗言，退之〈送李愿序〉「粉白黛綠」一節當刪去，以爲非大丈夫得志之急務。其論似高，然此自富貴者之常，存之何害？但病在太多，且過於浮豔耳。餘事皆略言，而此獨說出如許情狀，何邪？蓋不唯爲雅正之累，而於文勢亦滯矣。「其於爲人賢不肖何如也」，多卻「於」字。（《滹南遺老集》卷三十五）

皆對於韓愈贈序文作法加以說明、批評。

　　此外，他們也對韓愈贈序有所考證，如方回〈讀盤谷序跋〉云：

唐三百年無文章，惟韓文公〈送李愿歸盤谷序〉一篇。此東坡之言也。然愿乃李晟之子，愬之兄，起家爲太子賓客、上柱國。元和初

為銀夏節度使，徙節武寧鳳翔。邇聲色，徙武昌，以侈費激李臣則
之變，家死於兵。後起於河中，又以荒侈敗，未嘗能踐文公之言也。
寶慶府有李洪〈芸庵類稿〉，言願博徒之雄。考歐陽公〈集古錄序〉，
以貞元中刊石，昌黎時三十五歲，自四門博士得御史，為李實讒，
貶山陽令，有激而云。願於隱士，不足以當此序也。（《桐江集》卷
二）

認為韓愈此序乃「有激而云」，立論有失平正。

明人對於韓愈的贈序文極為重視，吳訥說：

東萊云：「凡序文籍，當序作者之意；如贈送、燕集等作，又當隨事
以序其實也。」大抵序事之文，以次第其語、善敘事理為上。近世
應用，惟贈送為盛。當須取法昌黎韓子諸作，庶為有得古人贈言之
義，而無枉己徇人之失也。（《文章辨體序說》）

認為韓愈諸作「得古人贈言之義」，舉之為贈序類典範。又如茅坤〈韓文公文
鈔引〉云：

昌黎韓退之崛起德、憲之間，泝孟軻、荀卿、賈誼、晁錯、董仲舒、
司馬遷、劉向、揚雄及班彪父子之旨，而揣摩之。……昌黎之奇，
於碑誌尤為巉削。予竊疑其於太史遷之旨，或屬一間，以其盛氣搯
抉幅尺，峻而韻折少也。書記序辯解及他雜著，公所獨倡門戶，譬
則達摩西來，獨開禪宗矣。（《唐宋八大家文鈔‧韓文》卷首）

更說韓愈的贈序作法是「獨倡門戶」，其地位猶如達摩之於禪宗。

明人也對韓愈贈序文的作法加以辨析，如何孟春云：

退之〈詠華山女〉詩：「白咽紅頰長眉青。」〈送僧澄觀〉詩：「伏犀
插腦高頰權。」〈石鼎聯句詩序〉「白鬚、黑面、長頸而高結喉。」
〈送李愿歸盤谷序〉「曲眉豐頰，清聲而便體，秀外而惠中；飄輕裾、
曳長袖，粉白黛綠」等語，皆寫真文字也。（《餘冬詩話》卷下）

茅坤評〈送楊少尹序〉曰：

以二疏美少尹，而專於虛景籤弄，故出沒變化不可捉摸。（《唐宋八
大家文鈔‧韓文》評語卷六）

唐順之評〈送浮屠文暢師序〉曰：

開闔圓轉，真如走盤之珠。此天地間有數文字。通篇一直說下，而
前後照應在其中。（《唐宋八大家文鈔‧韓文》卷七）

皆於韓愈贈序作法有所考見、評賞。

　　明人也檢索韓序句法之承襲，如陳霆云：

　　　　韓子〈送石處士〉有云：「與之語道理，辨古今事當否，論人高下，事後當成敗；若河決下流而東注，若駟馬駕輕車就熟路，而王良造父爲之先後也，若燭照數計而龜卜也。」其句法亦出於《呂紀》。然變化轉換，韓更妙矣。（《兩山墨譚》卷二）

或說明韓序爲人師法之處，如茅坤評〈送廖道士序〉曰：

　　　　文體如貫珠，只此一篇開永叔門户。（《唐宋八大家文鈔‧韓文》評語卷七）

如何孟春曰：

　　　　韓退之〈送廖道士序〉、柳子厚〈送廖有方序〉，皆出一時。文不相襲，而議論符合。歐陽永叔〈送廖倚序〉，又合於韓、柳之所言者，歐豈有所襲邪？所送皆南人，其人皆廖姓，殊可異。韓序：「郴之爲州，當中州清淑之氣，蜿蜒扶輿磅礴而鬱積。其水土之所生，神氣之所感，白金、水銀、丹砂、石英、鍾乳、橘柚之包，竹箭之美，千尋之名材，不能獨當奇也。意必有魁奇忠信材德之民生其間，而吾又未見也。其無乃迷惑溺没於佛老之學，而不出邪？廖師郴民而學於衡，氣專而容寂，多藝而善游，豈吾所謂魁奇而迷溺者邪？」柳序：「交州，多南金、珠璣、玳瑁、象犀，其產皆奇怪，至於草木亦殊異。吾嘗怪陽德之炳耀，獨發於紛葩環麗，而罕鍾乎人。今廖生剛健重厚，孝悌信讓，以質其中而文乎外。爲唐詩，有大雅之道，夫固鍾於陽德者耶？」歐序：「元氣之融結爲山川，山川之秀麗稱衡、湘，其蒸爲雲霓，其生爲杞梓。人居其間，得之爲俊傑。秀才生衡山之陽，而秀麗之精英者得之爲多，故其文則雲霓，其材則杞梓。」三文意見，地理家說理不外此。物不能兩大，美不容並勝。清淑之氣，炳耀之德，秀麗之精英，不在人，則在物，物不能當也，不有人乎？人罕鍾也，不有物乎？今交廣之地，人與物，擅中州而名天下。衡、湘、郴、桂所產物，既非昔之所有，獨於今又當復嗇之耶！（《餘冬序錄》極如卷四十）

於篇章比較中，愈發突顯出韓愈贈序之特殊筆法。

　　但明人顯然對韓愈贈序文在考據、義理兩方面不感興趣。

　　清人在韓文的研究上極盛，也對於贈序文體相當重視。如劉開〈與阮芸台宮保論文書〉云：

> 志於爲文者，其功必自八家始。何以言之？文莫盛於西漢，而漢人所謂文者，但有奏對封事，皆告君之體耳，書序雖亦有之，不克多見。至昌黎始工爲贈送碑誌之文，柳州始創爲山水雜記之體，盧陵始專精於序事，眉山始窮力於策論，序經以臨川爲優，記學以南豐稱首。故文之義法，至《史》、《漢》而已備；文之體備，至八家而乃全。（《孟塗文集》卷四）

認爲「文之體製，至八家而全」，而贈序尤足以當韓文之代表。此外，如蔡世遠云：

> 唐初陳伯玉唯有興文之功，然未見其岸異。張燕公未脫排偶，能加以典重耳。柳冕、李翰，筆頗疏快，而氣力尚薄。獨孤及、梁肅等，自以爲作手，終有愧於古也。如敘人文集，必摘其某篇佳者，而列之序中，各下評語，此最是中唐習氣。韓、柳興，始大復古。韓公神矣，亦緣學識冠絕一代也，惟李習之近似。（《古文雅正》評論卷四）

林紓云：

> 愚嘗謂驗人文字之有意境與機軸，當先讀其贈送序。序不是論，卻句句是論。不惟造句宜斂，即製局亦宜變。贈送序是昌黎絕技，歐、王二家，王得其骨，歐得其神。歸震川亦可謂能變化矣，然安能如昌黎之飛行絕跡邪？（《韓柳文研究法・韓文研究法》）

則不但對韓序「復古」創製之功推崇備致，也注意到贈序的「行文體製」。

　　清人對韓愈贈序的作法，也有詳細的研究。如儲欣評〈送楊少尹序〉云：

> 只楊與二疏不異二句便了，憑空撰出「不知楊侯去時」一段，又轉出不知二疏云云，奇幻極矣。要寫楊與二疏之同，反從未知其同不同，以極寫其同。此種文心，最有補於後學。了語翻作不了語，最奇。（《唐宋八大家類選》卷十）

評〈送溫處士赴河陽軍序〉云：

> 發端一句最著意，最擔斤兩。此處得手，已後更不費力。（《唐宋八大家類選》卷十）

如劉熙載云：

> 客筆主筆，主筆客意。如《史記・魏世家贊》、昌黎〈送董邵南遊河
> 北序〉，皆是此訣。(《藝概》卷一〈文概〉)

如林紓云：

> 《韓集》贈送之序，美不勝收。……其最難著筆者，則莫如〈送浮
> 屠文暢師序〉及〈送廖道士序〉。僧、道二氏，昌黎平日攻之不遺餘
> 力，而臨別忽加以贈言，此又何理？若當面抹殺，復何必施以文章？
> 若降心相從，又不免自貶身分。試觀〈文暢序〉中，至面斥浮屠爲
> 禽獸夷狄，而文暢愛之不以爲忤者，以關軸轉捩妙也。意謂民之初
> 生，固若禽獸夷狄焉，唯得聖人之仁義禮樂刑政，而堯、舜、禹、
> 湯又歷歷相傳，所以免爲禽獸。意且不遽説破。忽接入「今浮屠者，
> 孰爲而孰傳之邪？」浮屠既不得聖人所傳，自然是箇禽獸矣，豈非
> 當面罵然？而接處即由禽獸生義，用「今吾與文暢」五箇字提出，
> 禽獸群中同等爲人，此處是從禽獸中救出文暢矣，然又不肯引文暢
> 爲同等，仍斥文暢爲不知聖人之仁義禮樂刑政，則文暢又岌岌鄰於
> 禽獸，詞絕而意正。不知昌黎胸中蘊何智珠，有此絕大之神通。至
> 於〈送廖道士序〉，則把一座衡嶽舉在半天，幾幾壓落廖師頂上，忽
> 又收回。自「五嶽於中州」句，直至「千尋之名材，不能獨當也」
> 句止，使廖師聽之色飛眉舞，謂此處定説到山人身上矣。「意必有魁
> 奇忠信材德之民生其間」，廖師必又點首嘆息，愧不敢當。忽然闖出
> 「而吾又未見也」句，把廖師一天歡喜撇在霄漢。以下似無文章，
> 乃用迷惑老、佛之教，又似所説者皆指廖師。至「未見」云云，直
> 隱於佛、老而未見耳，不是全無其人，廖師似已死中得活。忽又有
> 「若不在其身，必在其所與遊」，則並隱於佛、老中者，亦都不屬廖
> 師身上。廖師考語但得「氣專容寂，多藝善遊」八字，與道字都無
> 關涉。一篇毫無意味之文，卻説得淋漓盡致，廖師亦歡悦捧誦而去，
> 大類乳媼之哄懷抱小兒，佳處令人忽啼忽笑。神品之文，當推此種。
> (《畏廬論文》)

如施補華云：

> 〈南山〉詩五十餘「或」字，與〈送孟東野序〉二十餘「鳴」字一
> 例，大開後人惡習。學詩學文者宜戒。(《峴傭説詩》)

如陳衍云：

> 其實昌黎文，有工夫者多，有神味者少；有神味者，惟〈送董邵南
> 序〉、〈藍田縣丞廳壁記〉。若〈送李愿歸盤谷序〉，則至塵下者，前
> 已論之。〈送楊少尹序〉，亦作態太甚，其滑調多爲八股文家所摹，
> 切不可舉。（《石遺室論文》卷五）

是皆就韓愈贈序作法立說、批評，其較諸宋、明人之論述，則又更進一步。
例如儲欣評〈送董邵南序〉曰：

> 此序惟朱晦菴得其意義所歸，謂是深譏燕趙之不臣。而其卒道上威
> 德以警動而招徠之，其旨微矣。蓋仁義出于其性者，昔日之燕趙，
> 而風俗與化移易，今之燕趙，尚能如昔之燕趙乎？序中明明道破，
> 而劉辰翁、茅鹿門乃有燕趙豪俊之云，何異說夢。（《昌黎先生全集
> 錄》卷三序）

即對宋、明人於韓序之解釋，加以評判去取。

清人也對韓序寫作的原委，有所考察。如沈德潛〈槃隱草堂記〉云：

> 蓋「槃」義同「盤」，猶盤桓之意。《孔叢子》引孔子曰：「吾於〈考
> 槃〉見遯世之士，無悶於世，洵乎樂處澗谷而盤桓其間也。」朱子
> 註《詩》主之。而昌黎韓子〈送李愿歸盤谷〉亦云：「宅幽而勢阻，
> 隱者之所盤旋。」猶〈考槃〉之義云爾。（〈歸愚文鈔餘集〉卷四）

如王應奎云：

> 《容齋四筆》云：「韓退之爲文章，不肯蹈襲前人一言一句，故其語
> 曰：『惟陳言之務去，戛戛乎其難哉！』獨『粉白黛綠』四字，似有
> 所因。蓋謂《列子》、《國策》、《楚辭》、《淮南子》有『粉白黛黑』
> 句也。」噫，斯言亦過矣。吾觀〈平淮西碑〉一篇，乃韓文之最佳
> 者也。而李義山則云：「點竄《堯典》、《舜典》字，塗改〈清廟〉、〈生
> 民〉詩。」黃魯直亦云：「韓文無一字無出處。」而景盧顧爲是言，
> 竊所未解。況退之所用成語，其顯然可見者，亦非止一處。……且
> 退之所謂「陳言」者，震川以不切者當之，最爲得解。若謂前人一
> 言一句，非不可用，不亦謬歟？（《柳南續筆》卷一）

如陳衍云：

> 少陵〈別唐十五誡因寄禮部貫侍郎至〉詩，言唐負經濟才，九載相
> 逢，仍舊未遇，豈甘槁餓老死，設其此舉一虛，勢必干謁鎮帥，謀

以他途進身。「胡星」六句，所以著驕將悍帥之夥。末「念子善師事，
歲寒守舊柯」二句，祝其遇合；如其不然，不可改操，後來昌黎〈送
董邵南序〉，用意全本此詩。（《石遺室詩話》卷二十四）

皆於韓愈贈序之修辭立意上，探本溯源。而如汪琬〈題歐陽公集〉云：

古人爲文，未有一無所本者，如韓退之〈諱辯〉，本《顏氏家訓》；
……然文忠公所作〈送廖倚序〉、即退之〈送廖道士序〉也；〈藥師
院佛殿記〉即〈圬者傳〉也。此其原委皆顯顯然可見，儻古人亦不
盡諱之與！（《堯峰文鈔》）

則又說明韓序爲人取法之原委。

清人在韓愈贈序的考證上，也有成績。如王士禎云：

予向以韓吏部〈送李愿序〉愿即西平王長子，而駁李濂《嵩渚集》
疑愿《唐書》無傳之誤。適見閻若璩〈博湖掌錄〉一則，辨此李愿
別是一人。其略云：「按《昌黎年譜》，貞元十七年公在京師，是年
有〈送李愿歸盤谷序〉，觀稱愿之言，蓋終其身官不掛朝籍者，安得
有如《唐書・李愿傳》所載云云乎？其別爲一人。一也。退之有〈盧
郎中寄示送盤谷子詩二章和歌〉，首云：『昔尋李愿向盤谷』，當又在
貞元八年退之未第之前，故得入太行訪隱淪，是時西平尚在，愿安
得輒隱於此。二也。〈和歌〉又云：『開緘忽睹送歸作，字向紙上皆
軒昂。又知李侯竟不顧，方冬獨入嵩嵬藏。』則知序作於是年冬，
蓋愿嘗隱盤谷，茲來遊長安不得志，故序曰『送歸』，豈如傳所稱勳
閥乎！三也。貞元中，濟源令刻此序盤谷石上，後書云：『昌黎韓愈，
知名士也，高愿之賢，故序而送之。』此當時目擊其事者僅稱之曰
賢，無一語鋪張其人地。四也。〈李愿傳〉晟立功，時諸子未官，宰
相以聞，即日召授太子賓客上柱國。考〈晟傳〉，廣德初擊黨項有功，
即所謂立功時也，下距貞元辛巳，愿已歷官三十九年矣，安得如序
所云？五也。退之貞元辛巳冬尚在京師參調，明年始授四門博士，
唐人最重爵，安敢與歷官三十九年者雁行曰友人某。六也。〈愿傳〉
邇聲色而政衰，又云結納權近，官貲隨賂遺輒盡。其人如是，安能
吐高論，俾退之聞而壯之？七也。西平，洮州臨潭人，貞元七年辛
未，以臨洮未復，請附貫萬年，詔可。是愿當爲長安人，安得於濟
源之盤谷曰歸乎？八也。」右詞甚辨，予《北征日記》云云，亦已

疏矣，故備著之。（《帶經堂詩話》卷十八辯析）

如吳德旋〈書王惕甫文集〉云：

> 唐穆宗時，以工部尚書鄭權爲嶺南節度使，卿大夫相率爲詩送之，
> 韓退之作序，言權功德可稱道，家屬百人，無數畝之宅，僦屋以
> 居，可謂貴而能貧，爲仁者不富之效。《舊唐書・權傳》云：「權在
> 京師，以家人數多，奉入不足，求爲鎮，有中人之助。南海多珍
> 貨，權頗積聚以遺之，大爲朝士所嗤。」宋洪景盧謂權乃貪邪之
> 人，而退之以爲仁者，何耶？予以爲退之與權同朝，必能窺其隱，
> 而故爲此言以諷之耳。退之稱樊紹述文爲「文從字順」，今紹述之文
> 傳於世者，極艱澀不可讀。或疑紹述「文從字順」之作，皆已亡
> 逸，是大不然。當時文士固有學奇於韓愈，學澀於樊宗師之說，則
> 知退之之故爲反言以譏之者決也。（《初月樓文鈔》卷一）

是皆由考辨人事，探求韓愈贈序本意。

清人也強調韓序之載道層面，如儲欣評〈送幽州李端公序〉云：

> 立言無禆世道，文雖奇，不足尚也。讀此及〈送董邵南序〉，公之言，
> 所以奇而益醇，久而益尊。（《昌黎先生全集錄》卷三序）

評〈送王塤序〉云：

> 字字確。曾、思、孟得聖道正傳，自公發之，前此未有云爾也。宋
> 人沿襲公說，便謂如日在中，反謂公之於道有未盡知者，得非飲水
> 而忘其源乎？（《唐宋八大家類選》卷十）

如趙翼云：

> 昌黎以道自任，因孟子距楊、墨，故終身亦闢佛、老。其於世之求
> 仙者，固謂「吾寧屈曲在世間，安能從汝巢神仙」矣，〈諫佛骨〉一
> 表，尤見生平定力。然平日所往來，又多二氏之人。如送張道士有
> 詩，送惠師、靈師、澄觀、文暢、大顛，皆有詩文。或疑其交遊無
> 檢，與平日持論互異；不知昌黎正欲借此以暢其議論。……賈島本
> 爲僧，名無本，因昌黎言，且棄僧服而舉進士。（《甌北詩鈔》卷三）

皆於韓愈贈序中，暢發「文以載道」之義理。

經由本節所摘錄，我們可知韓愈贈序因受近代文家重視，於辭章、考據、
義理三方面皆有所發明；同時韓愈贈序的風格法式，也深刻地影響了唐、宋
以降「古文」之製作。

第二節　姚鼐《古文辭類纂》之贈序分類

此節本論文將介紹姚鼐《古文辭類纂》贈序類的大概內容，以說明韓愈贈序文為姚書所標舉之故。

姚鼐《古文辭類纂》將古文辭分為：論辨、序跋、奏議、書說、贈序、詔令、傳狀、碑誌、雜記、箴銘、頌贊、辭賦、哀祭共十三類。姚氏解說「贈序類」云：

> 贈序類者，老子曰：「君子贈人以言」，顏淵、子路之相違，則以言相贈處；梁王觴於范臺，魯君擇言而進。所以致敬愛，陳忠告之誼也。唐初贈人，始以序名，作者亦眾；至於昌黎，乃得古人之意，其文冠絕前後作者。蘇明允之考名「序」，故蘇氏諱「序」，或曰「引」，或曰「說」，今悉依其體，編之于此。

姚氏推論贈序起源，謂當始於老子之「贈人以言」〔註1〕，回、路之「以言相贈處」〔註2〕，以及梁王觴諸侯於范臺時，魯君之「擇言而進」〔註3〕。此處所舉三事，無論老子所言，回、路之臨別贈言，或是魯君之擇言以進，姚鼐認為無不具有「致敬愛、陳忠告之誼」，故特將後世所作古文旨趣與此相近者，匯聚為一而稱之曰「贈序類」。

本論文於第三章第一節曾經提及，唐人贈序與先秦贈言之間並無直接的

〔註1〕《史記・孔子世家》云：「魯南宮敬叔言魯君曰：『請與孔子適周。』魯君與之一乘車、兩馬、一豎子，俱適周，問禮，蓋見老子云。辭去，而老子送之曰：『吾聞富貴者送人以財，仁人者送人以言。吾不能富貴，竊仁人之號，送子以言。』曰：『聰明深察而近於死者，好議人者也；博辯廣大危其身者，發人之惡者也。為人子者，毋以有己；為人臣者，毋以有己。』」

〔註2〕《禮記・檀弓下》云：「子路去魯，謂顏淵曰：『何以贈我？』曰：『吾聞之也，去國，則哭于墓而后行；反其國，不哭，展墓而入。』謂子路曰：『何以處我？』子路曰：『吾聞之也，過墓則式，過祀則下。』」

〔註3〕《戰國策・魏策》云：「梁王魏嬰觴諸侯於范臺。酒酣，請魯君舉觴。魯君興，避席，擇言曰：『昔者帝禹令儀狄作酒而美，進之禹。禹飲而甘之，遂疏儀狄，絕旨酒，曰：「後世必有以酒亡其國者！」齊桓公夜半不嗛，易牙乃煎熬燔炙，和調五味而進之。桓公食之而飽，至旦不覺，曰：「後世必有以味亡其國者！」晉文公得南之威，三日不聽朝，遂推南之威而遠之，曰：「後世必有以色亡其國者！」楚王登強臺而望崩山，左江而右湖，以臨彷徨，其樂忘死，遂盟強臺而弗登，曰：「後世必有以高臺陂池亡其國者！」今主君之尊，儀狄之酒也；主君之味，易牙之調也；左白臺而右閭須，南威之美也；前夾林而後蘭臺，強臺之樂也。有一于此，足以亡其國。今君主兼此四者，可無戒與？』梁王稱善相屬。」

相關性，以先秦贈言之事表彰贈序美意，是唐代古文家用贈序「復古」的一種說辭，姚鼐推論贈序起源乃承於古文家之傳統意見。

姚鼐《古文辭類纂》收錄贈序文共有三卷：卷三十一收唐韓愈贈序二十三篇；卷三十二收宋人贈序十五篇，其中歐陽修、曾鞏各四篇，蘇洵、蘇軾各三篇，王安石一篇；卷三十三收明、清人贈序十五篇，其中歸有光八篇，方苞四篇，劉大櫆三篇。顯見姚氏以韓愈贈序為此類「古文」之典範。〔註4〕

考姚鼐《古文辭類纂》所選贈序文內容，大略可分為「送行贈序」及「不送行贈序」兩種。推姚氏之意，前者似為老子、回、路「贈言」所從出，而後者似由魯君之「擇言以進」所萌生。然姚書所選之篇章，仍以送行贈序居多。

《古文辭類纂》所選錄「不送行」贈序中，除了歐陽修〈鄭荀改名序〉、蘇洵〈仲兄文甫字說〉、〈名二子說〉、蘇軾〈日喻贈吳彥律〉、歸有光〈周弦齋壽序〉、〈王母顧孺人六十壽序〉、〈戴素庵七十壽序〉、〈顧夫人八十壽序〉、〈守耕說〉、〈二石說〉、〈張雄字說〉〈二子字說〉十二篇外。其餘皆屬送行之贈序。

在這十二篇「不送行」贈序中，只有蘇軾〈日喻贈吳彥律〉一篇屬於不送行之贈言，此文內容未述及吳生有遠行之舉，是以一篇論說當作贈言，勉其向學。除蘇軾此文外，其餘十一篇依內容不同又可分為兩類：

其一包括歐陽修〈鄭荀改名序〉、蘇洵〈仲兄文甫字說〉、〈名二子說〉、歸有光〈守耕說〉、〈二石說〉、〈張雄字說〉、〈二子字說〉等七篇。這七篇皆敘說所以為人改名、取名之緣故，文中含有勸勉警誡之義。其主旨雖不失為「致敬愛，陳忠告之誼」，但在命題及內容上已明顯與一般贈序文有別。

其二包括歸有光〈周弦齋壽序〉、〈王母顧孺人六十壽序〉、〈戴素庵七十壽序〉、〈顧夫人八十壽序〉四篇，皆屬於祝壽作品；其寫作動機雖有「致敬愛」之忱，然壽序內容徒具頌揚贊美辭語，遠離「陳忠告之誼」，乃更與唐、宋贈序之原意相左。〔註5〕

這兩類「不送行」贈序的內容，以下分別論之。

〔註4〕姚鼐《古文辭類纂》所分十三類中，祇有贈序與雜記二類古文以唐、宋人作品為式，認為其「得古人之意」，乃由於此二類是古文運動中新創體製，秦漢未見類似之作。曾國藩《經史百家雜鈔》將韓愈贈序併入序跋類下，必欲溯之於秦漢，是抹殺此類唐宋新體創製之功。

〔註5〕參見黃振民〈論古文中之贈序文〉、〈論以「序」名篇之古文〉二篇。

（一）贈序文不送行，卻以改名、取名為內容，興盛於宋代

這裡舉歐陽修〈鄭荀改名序〉爲例，試加說明：

> 三代之衰，學廢而道不明，然後諸子出。自老子厭周之亂，用其小
> 見，以爲聖人之術止於此，始非仁義而詆聖智，諸子因之益得肆其
> 異說。至於戰國，蕩而不返，然後山淵齊秦堅白同異之論興，聖人
> 之學幾乎其息。最後荀卿子獨用《詩》《書》之言，貶異扶正，著書
> 以非諸子，尤以勸學爲急。荀卿楚人，嘗以學干諸侯不用，退老蘭
> 陵，楚人尊之。及戰國平，三代《詩》《書》未盡出，漢諸大儒賈生、
> 司馬遷之徒莫不盡用荀卿子，蓋其爲說最近於聖人而然也。
>
> 榮陽鄭昊少爲詩賦，舉進士，已中第，遂棄之曰：「此不足學也！」
> 始從先生長者學問，慨然有好古不及之意。鄭君年尚少而性淳明，
> 輔以彊力之志，得其是者而師焉，無不至也！將更其名，數以請，
> 予使之自擇，遂改曰「荀」，於是又見其志之果也。夫荀卿者，未嘗
> 親見聖人，徒讀其書而得之，然自子思、孟子以下，意皆輕之，使
> 之與游、夏並進於孔子之門，吾不知其先後也。世之學者苟如荀卿，
> 可謂學矣，而又進焉，則孰能禦哉？余既嘉君善自擇而慕焉，因爲
> 之字曰「叔希」，且以勗其成焉。（《古文辭類纂》卷三十二）

本篇與韓愈〈送王秀才序〉頗有幾分神似，皆於序文中暢發古人義理，祇是
二文贈言之原因不同。此序首段推重荀子學說，末段則記鄭生改名求序一事，
並加以勸勉，不失姚鼐所舉古人「致敬愛，陳忠告」之美意。

以命名之事爲文章內容，韓、柳也有類似的寫法，如韓愈〈送李愿歸盤
谷序〉在谷名上大作文章，如柳宗元〈愚溪詩序〉以替溪命名一事爲主要內
容，但是韓柳此類文章並不多，且並非爲人立名取字而作。歐、蘇此類「改
名」、「字說」之序，由於以勸勉爲主，並且取法於韓愈贈序的風神格調，自
然形成了贈序文之新體，蔚爲風行。

（二）贈序文不送行，卻以祝壽為旨要，興盛於明代

《古文辭類纂》中收錄之壽序，其產生情形與送行贈序類似，最早也來
源於獻贈之壽詩。推源其風，約產生於元、明之際，至明中葉時大爲流行。
有詩之壽序，在今傳明《李東陽集》中，仍多有存錄。如其〈太子太保吏部
尚書王公九十詩序〉、〈壽羅母陳太宜人七十詩序〉、〈封右諭德靜王先生八十

壽序〉、〈壽祭酒羅先生七十詩序〉、〈壽都憲閔公朝瑛七十壽序〉、〈成國太夫人壽七十詩序〉、〈壽舅氏劉公八十詩序〉、〈壽工部尚書魯公七十詩序〉、〈太師英國公張公壽七十詩序〉等，皆屬此類之作。其後壽詩之序文在書寫過程中與唐人贈詩之序如出一轍，逐漸出現了無詩壽序，也因此壽序僅管在內容上與唐、宋贈序有別，後人仍視其爲贈序之一支。

歸有光曾記述明人慶壽之風俗曰：

> 年至艾（五十歲），始爲壽。客爲文，具儀物，奉觴堂上，主人迎延，作樂歡宴，以是爲禮。（〈許太孺人壽序〉，《歸震川集》卷十二）

又云：

> 必於其誕之辰，召其鄉里親戚爲盛會，又有壽之文，多至數十首，張之壁間。（〈陸思軒壽序〉，《歸震川集》卷十三）

歸氏所謂「客爲文」、「有壽之文」的「文」，就是指壽序而言。此風至清朝大盛，名家集中幾乎無不收有這類作品。演變到最後，甚至慶賀戰功、祝賀新婚，亦以贊序爲之。例如歸有光〈賀戚總戎平倭序〉是慶賀戰功之作，清孫同康〈賀曾孟樸新婚序〉是祝賀新婚之作。贈序文演變到此，內容上已近於頌贊之作，不復是唐宋人贈序原貌。

這裡試舉歸有光〈王母顧孺人六十壽序〉爲例，以說明姚書所收壽序之大致內容：

> 王子敬欲壽其母，而乞言於余。予方有腹心之疾，辭不能爲，而諸友爲之請者數四，則問子敬之所欲言者，而子敬之言曰：「吾先人生長太平，吾祖爲雲南布政使，吾外祖爲翰林、爲御史，以文章政事，並馳騁於一時。先人在綺紈之間、讀書之暇，飲酒博奕，甚樂也。已而吾母病瘵，蓐處者十有八年，先人就選，待次天官，卒於京邸。是時執禮生十年，諸娣妹四人皆少，而吾弟執法方在娠，比先人返葬，執法始生；而吾母之疾亦瘳，自是撫抱諸孤，煢煢在疚。今二十年，少者以長，長者以壯，以嫁以娶；向之在娠者，今亦頎然成人矣。蓋執禮兄弟知讀書，不敢墮先世之訓；而執法以歲之正月，冠而受室。吾母適當六十誕辰，回思二十年前，如夢如寐，如痛之方定，如涉大海，茫洋浩蕩，顛頓於洪波巨浪之中，篙櫓俱失，舟人束手，相向號呼。及夫風恬浪息，放舟徐行，遵乎洲渚，舉酒相酬。此吾母今日得以少安，而執禮兄弟所以自幸者也。」

　　噫！子敬之言如是，諸友之所以賀，與余之所言，亦無出於此矣。

　　恩斯勤斯，鬻子之閔斯，子敬兄弟其念之哉！（《古文辭類纂》卷三
　　十三）

本篇內容上是以記人事爲主，與贈詩無關。此類壽序皆以「致敬愛」爲篇
旨，雖然其行文、譬喻間，辭彩可觀，但已失去了唐、宋人贈序規勉之意
〔註6〕。曾國藩乃因此批評曰：

　　元明以來，始有所謂壽序者。夫人之生。飢食而渴飲，積日而成年，
　　苟不已，必且增至六十七十，又不已，則至大耋期頤，彼特累日較
　　多耳，非有絕特不可幾之理也，胡序之云？而爲此體者，又率稱功
　　頌德，累牘不休。（〈易問齋之母壽序〉，《曾文正公文集》卷一）

　　古之知道者，不妄加毀譽於人，非特好直也，內之無以立誠，外之
　　不足以信後世，君子恥焉。……熙甫則未必餞別而贈人以序，有所
　　謂賀序者，謝序者，壽序者，此何說也？又彼所爲抑揚吞吐，情韻
　　不匱者，苟裁之以義，或皆可以不陳。（〈書歸震川文集後〉，《曾文
　　正公文集》卷二）

認爲壽序是無聊之作。然章學誠則說：

　　夫生有壽言而恐有祭輓，近代亡於禮者之禮也。禮從宜，儀從俗，
　　苟不悖乎古人之道，君子之所不廢也。……夫文生於質，壽祝哀誄，
　　因其人之質而施以文，則變化無方，後人所闢，可以過於前人矣。
　　夫因乎人者，人萬變而文亦萬變也。因乎事者，事不變而文亦不變
　　也。（《文史通義・貶俗》）

強調壽序禮俗甚美，而且壽序之爲體乃因乎後人所闢，章氏並認爲此新體「可

〔註 6〕　對於壽序的批評，清人惲敬〈與衛海峰同年書〉所論尤詳盡：「壽序非古也，
　　　　其原出於唐之中葉，天子以所生日爲節，賜天下酺，而臣之諛者，臚功德而
　　　　頌之；今世所傳賀生日表，皆諛者之詞也。浸假而用之以諛權貴有力者，浸
　　　　假而有位大君子亦諛之，浸假而大君子亦受此諛，以爲固當；於是販夫販
　　　　婦、牛童馬走，苟有年，必有諛者爲之壽，苟爲壽，必有諛者爲之功德之
　　　　言。此非黃帝、倉頡以來，書契之不幸也，天下之勢也！然自唐歷宋、元，
　　　　至有明之初，其文無一傳者，何也？違心之言，泄沓齟齬，必不能工；工
　　　　矣，而羞惡之心不泯，則逸之而已。正德、嘉靖以後，士大夫文集始有壽序
　　　　之名，爲詞要無可取。震川先生，有明文格之最正者，集中壽序八十餘首，
　　　　皆庸近之言；稍善者，以規爲諛而已，不諛者未之見也。」（《大雲山房文稿》
　　　　補編）

以過於前人」。我們從唐人贈詩之序，到明、清壽序這一段書寫過程來看，姚鼐所舉之「贈序」類作品，的確如章氏所言「因其人之質而施以文」，與序跋文以典籍作品為主完全不同，如屈萬里先生所論的：

> 到了唐代，「序」的用途被擴大了。按照《唐文粹》所載，除了整部的書籍之序、和個別的詩文之序而外，還有「錫宴」、「讌集」和「餞別」等序。於是，「序」的勢力，更突破了書籍詩文的範圍，而兼有了「事」的領域。(〈「滕王閣序」的兩個問題〉)

事實上，不祇是唐人擴大了詩集序的範圍、韓愈擴大了贈序的用途，如宋人「改名」、「字說」類序文，以及明、清之壽序等等，也都不斷地因人事發展所需，對原有的寫作體裁加以更新、加以開拓。

唐人贈序係由贈詩而作，後來去詩存序，「贈序」之名乃因而建立。姚鼐《古文辭類纂》序目說到了宋代，因「蘇洵之考名序，故蘇氏諱序」，故而贈序一體有改名為「引」、為「說」的。例如蘇洵〈送石昌言為北使引〉、〈仲兄文甫字說〉、〈名二字說〉數篇皆是。但我們看到蘇軾贈序文，如〈太息送秦少章〉、〈日喻贈吳彥律〉、〈稼說贈張琥〉、〈楊薦字說〉、〈送章子平詩敘〉等，名稱上花樣更多，且皆不以「序」名。這一方面固然是受到蘇洵避諱作法的影響，另一方面，也可能是宋人有見於贈序在體製上與序跋不同所致。

姚鼐《古文辭類纂》卷三十一收錄了韓愈〈愛直贈李君房別〉一文，韓愈此篇不以「序」名，姚氏卻視之為贈序，大概因為此篇是贈別之作。本節曾論及《古文辭類纂》有十二篇「不送行」贈序，如此則姚鼐的分類，就不免造成了困擾，如韓愈〈師說〉於文末云：

> 李氏子蟠，年十七，好古文，六藝經傳皆通習之，不拘於時，學於余。余嘉其能行古道，作〈師說〉以貽之。(《韓集》卷一)

可見此篇也是「贈人」之作 [註7]，然而姚鼐《古文辭類纂》卻因本文之論理性質，將其收入「論辨類」中。如果我們將韓愈〈師說〉此文也歸之於贈

〔註7〕據黃振民的研究：「考此類（不送行）之贈序，又有其題目不僅不以序名篇，且亦不揭示被贈者姓名，然就其內容觀之，而實為贈言之序者。例如唐韓愈〈師說〉，即屬此類之作。……他如唐來鵠〈儉不至說〉，宋蘇軾〈剛說〉，明蘇伯衡〈染說〉，清汪琬〈改過說〉等，亦皆屬此類之作。若此類之序，至此已與論說之文相混，令人無從區分矣。」(〈論以「序」名篇之古文〉，《教學與研究》第十期，頁1～29) 此類作品與論說文唯一不同之處，在這些篇章皆為「贈人」而作，其間差別僅管細微，然不可不辨。

序類下，就可以清楚地發現宋人所謂「名某說」、以及「某人贈某人」等「不送行」贈序之名，韓愈皆已經創製於前，並不始於蘇氏。事實上，韓愈亦未必將其贈別之「序」、「贈某人別」之文、與「某說」贈某人等作品視同一類〔註8〕。例如韓愈贈行之「序」，多於序中明白交待某人所去之處，責以新職之重；〈愛直贈李君房別〉一文則因不知李生去所，故云「贈別」；〈師說〉一文則以論說贈人，未有遠行之事。

　　今就姚鼐《古文辭類纂》將韓愈的贈別序，與「不送行」的宋、明人取名序、壽序等作品收羅為一類，可知他是以「贈人」為此文體共性。換言之，這些篇章皆應於人際酬酢所作，此類文章雖易流於浮汎，姚氏乃責以「致敬愛，陳忠告」之旨趣。

　　僅管韓愈、姚鼐等古文家都強調他們的贈序「得古人之意」，然而這些應酬文的精彩處，其實是在於他們以古人莊重論說之語，贈與某一具體對象；唐宋贈序文於此處，恰是與漢魏之論說有別的。這種新體散文的特色，由於兼備事、理，並且以個人出處去留為內容，發之以歌誦，發之以規諷，因此使得古文家「用世」之論說益發平易可親，而能廣受社會大眾所歡迎。

〔註8〕 據王基倫〈柳宗元古文作品之體類區分及其意義〉的研究：「……柳完元之外，韓愈〈南陽樊紹述墓誌銘〉，及晚唐李漢〈昌黎先生集序〉、牛希濟〈文章論〉等文，亦曾試圖區分當時的古文體類。這些資料反映出幾個現象：(1)中晚唐時期，韓愈等人已進行初步的古文作品之體類區分。(2)魏晉以來的體類架構已不敷使用，唐代古文有重新建立體類區分的必要。(3)韓愈等人雖試圖釐清古文體類，然名目紛雜，難以統一。(4)論、表、狀、策、書、序、碑、誌、記、銘、賦為較常見的古文體類，牋、傳、箴、判、贊、頌、檄為較罕見的古文體類。(5)由排列次序可知，論辯、表牋狀、書啟序、碑誌、哀辭祭文各自性質相近。」（《臺北師院學報》第七期，頁205～234）根據王說，是韓愈等人於古文體類之創製，仍未有定見。

結　語

　　贈序是唐代新興的文體，原本是贈別詩集前的序文，內容多以記宴遊賦詩之事爲主；中唐古文運動時，韓、柳等古文家將此類贈詩之序從詩集中抽出，寫了不少沒有贈詩的序文贈人，所以稱作「贈序」。

　　贈序因爲是應酬文，所以在內容上多與時政、人事遭遇相關，古文家看中此點，便利用此體寫了許多「致敬愛，陳忠告」的作品，以宣導古文運動「貫道」之主張。其中，尤以韓愈的贈序文最爲傑出，清姚鼐編《古文辭類纂》乃認爲韓愈贈序「得古人之意」，將其作品舉爲古文贈序類之典範。

　　後世文家在提及韓愈的文學成就時，多半標舉他「書序碑誌」等作品之成功，以此類篇章爲韓文之最佳者。值得注意的是，無論書啓、贈序、以及碑誌這些「文類」，都有確實的書寫對象、有相應的書寫事宜。本論文認爲中唐古文運動能夠成功，韓、柳等人在文體創製上的努力應爲一重要關鍵，他們撰寫這些「銘狀雜文」的新鮮風格，不僅在當時發揮了極大的影響力，更造成宋明以後「古文」的面貌一新。

　　中唐古文運動由於受到初、盛唐古詩運動的影響，內容上強調個人性情之呈現，行文間則重視辭彩之動人。韓愈的贈序文在此創作思潮下，乃發爲具有詩歌風韻的散體短篇，蔚爲流行。

　　唐人贈序文之題材，原本由贈詩而來，因此作法上頗重歌誦詠歎之節奏韻味，即有所規勉，亦多發之以諷諭。韓愈贈序最精於辭意鋪排，或曲折往復、或雄偉嚴正、或詼諧譏諷、或迷離詭譎，篇篇寓詩意於教化之中，令讀者沉吟再三、鑿然洞開、而目不暇給，此所以唐宋古文運動之能應運勃興。

　　吳訥、姚鼐等文家說韓愈贈序「得古人之意」，主要是針對這些作品的思

想內容而論；韓愈贈序除了少數幾篇寄託隱世懷抱，被前人評為「有激而云」之外，大多數作品都高唱孔孟的教化理想與載道宗旨，對現實人生、社會前途表現出熱切慷慨的關心。贈序雖非莊論，受序者或許地位卑微，然韓愈皆持極正大之理想加以警醒、加以期勉。

　　韓愈贈序文極受文家重視，中唐時便有許多人向他求序，宋代歐陽修、王安石、蘇軾等人之贈序文，亦於韓愈作品多所取法。明、清古文家則不但對韓愈贈序之修辭句法加以分析，又考證其文中所述人事，多方探究韓愈為文之機軸。姚鼐《古文辭類纂》將贈序自序跋類下抽出，別立為一類，並舉韓愈作品為此文類典範，更可徵韓愈創製贈序文體製之成功。

　　贈序此文類所以值得重視，不祇在於它是序文寫作中一個極端的發展，從介紹註釋的陪角取代了「本文」的地位；也由於此文類將序跋以「論說文義」為內容的敘述焦點，轉移到了具體的人事上面。而贈序文「論說事理」的結果，則使得此等文體具備了強烈的個人言志色彩；贈序文之內容，便傾向於陳述作者面對人事遷異的看法。於是贈序文成功與否，往往乃取決於作者才性識見之高下。

　　本論文認為，於贈序文體中「言志」，於應酬人事間「貫道」，正是出於中唐古文家韓愈之創見。而中唐古文運動的創作觀念對於我國近代文學史之發展，也產生了相當深遠的影響。

參考書目舉要

一、經史子類

1. 《十三經注疏》，藝文印書館。
2. 劉向，《戰國策》，里仁書局。
3. 司馬遷，《史記》，鼎文書局。
4. 班固，《漢書》，鼎文書局。
5. 范曄，《後漢書》，鼎文書局。
6. 陳壽，《三國志》，鼎文書局。
7. 房玄齡，《晉書》，鼎文書局。
8. 沈約，《宋書》，鼎文書局。
9. 姚思廉，《梁書》，鼎文書局。
10. 姚思廉，《陳書》，鼎文書局。
11. 魏收，《魏書》，鼎文書局。
12. 李百藥，《北齊書》，鼎文書局。
13. 令狐德棻，《周書》，鼎文書局。
14. 魏徵，《隋書》，鼎文書局。
15. 劉昫，《舊唐書》，鼎文書局。
16. 歐陽修，《新唐書》，鼎文書局。
17. 王欽若，《冊府元龜》，臺灣中華書局。
18. 紀昀，《四庫全書總目提要》，臺灣商務印書館。
19. 章學誠，《文史通義》，里仁出版社。
20. 晁公武，《郡齋讀書志、後志》，廣文書局續編。

二、詩文集類

1. 王勃，《王子安集》，商務四部叢刊影印明刊本。
2. 陳子昂，《陳伯玉文集》，商務四部叢刊影印明刊本。
3. 李白，《李太白文集》，北京中華書局。
4. 蕭穎士，《蕭茂挺文集》，商務影印文淵閣四庫全書。
5. 李華，《李遐叔文集》，商務影印文淵閣四庫全書。
6. 元結，《元次山文集》，商務四部叢刊影印明刊本。
7. 獨孤及，《毘陵集》，商務四部叢刊影印亦有生齋校本。
8. 權德輿，《權載之文集》，商務四部叢刊影印無錫孫氏本。
9. 韓愈，《韓昌黎文集校注》，華正書局。
10. 柳宗元，《柳宗元集》，華正書局。
11. 姚鼐，《惜抱軒全集》，中華書局。
12. 曾國藩，《曾文正公全集》，文海出版社。
13. 蕭統，《昭明文選》，華正書局。
14. 張溥，《漢魏六朝百三家集》，世界書局。
15. 嚴可均，《全上古三代秦漢三國六朝文》，北京中華書局。
16. 董誥等，《全唐文》，大化書局。
17. 陸心源，《全唐文拾遺》，大化書局。
18. 陸心源，《全唐文續拾遺》，大化書局。
19. 陳鴻墀，《全唐文紀事》，世界書局。
20. 李昉，《文苑英華》，新文豐書局。
21. 姚鉉，《唐文粹》，世界書局。
22. 茅坤，《唐宋八大家文鈔》，商務影印文淵閣四庫全書。
23. 張相，《古今文綜》，中華書局。
24. 姚鼐，《古文辭類纂》，世界書局。
25. 曾國藩，《經史百家雜鈔》，岳麓書社。
26. 逯欽立輯校，《先秦漢魏晉南北朝詩》，學海出版社。
27. 丁仲祐編，《全漢三國兩晉南北朝詩》，藝文印書館。
28. 錢仲聯集釋，《韓昌黎詩繫年集釋》，上海古籍出版社。

三、文論類

1. 劉勰，《文心雕龍》，文光出版社。
2. 呂祖謙，《古文關鍵》，商務叢書集成。

3. 謝枋得,《正續文章軌範》,商務四庫珍本十一集。

4. 李塗,《文章精義》,莊嚴出版社。

5. 陳騤,《文則》,莊嚴出版社。

6. 吳訥,《文章辨體》,中央圖書館藏明徐洛重刊本。

7. 吳訥,《文章辨體序說》,長安出版社。

8. 徐師曾,《文體明辨序說》,長安出版社。

9. 歸有光,《文章指南》,廣文書局。

10. 劉熙載,《藝概》,金楓出版社。

11. 吳曾祺,《涵芬樓文談》,臺灣商務印書館。

12. 林紓,《畏廬論文三種》,文津出版社。

13. 林紓,《韓柳文研究法》,廣文書局。

14. 劉師培,《論文雜記》,寧武南氏校本。

15. 劉師培,《漢魏六朝專家文研究》,臺灣中華書局。

16. 林雲銘,《古文析義》,廣文書局。

17. 馮書耕、金仞千,《古文通論》,國立編譯館中華叢書編審委員會。

18. 王葆心,《古文辭通義》,臺灣中華書局。

19. 宋文蔚,《文法津梁》,蘭臺書局。

20. 周振甫,《文章例話》,蒲公英出版社。

21. 姚永樸,《文學研究法》,廣文書局。

22. 姚永樸,《國文學》,廣文書局。

23. 薛鳳昌,《文體論》,臺灣商務印書館。

24. 蔣伯潛,《文體論纂要》,正中書局。

25. 褚斌杰,《中國古代文體學》,學生書局。

26. 陳必祥,《古代散文文體概論》,文史哲出版社。

27. 謝楚發,《中國古代文體叢書》(散文編),人民文學出版社。

28. 童慶炳,《文體與文體的創造》,雲南人民出版社。

29. 羅聯添,《中國文學史論文選集》(三),學生書局。

30. 中國人民大學古代文論資料編選組編,《中國古代文論研究論文集》,上海古籍出版社。

31. 王構,《修辭鑑衡》,臺灣商務印書館。

32. 黃慶萱,《修辭學》,三民書局。

33. 沈謙,《修辭學》,國立空中大學出版。

34. 沈謙,《修辭方法析論》,宏翰文化事業。

四、文學史及批評史類

1. 郭預衡，《中國散文史》（中冊），上海古籍出版社。
2. 陳柱，《中國散文史》，臺灣商務印書館。
3. 吳小林，《中國散文美學》，里仁書局。
4. 劉麟生，《中國駢文史》，臺灣商務印書館。
5. 邵傳烈，《中國雜文史》，上海文藝出版社。
6. 郭紹虞，《中國文學批評史》，文史哲出版社。
7. 羅根澤，《中國文學批評史》，學海出版社。
8. 劉大杰，《中國文學發展史》，華正書局。
9. 前野直彬，《中國文學的世界》，學生書局。
10. 王忠林，《增訂中國文學史初稿》，福記文化圖書公司。
11. 龔鵬程，《文學批評的視野》，大安出版社。

五、專　書

1. 羅香林，《唐代文化史》，臺灣商務印書館。
2. 劉伯驥，《唐代政教史》，臺灣中華書局。
3. 傅樂成，《隋唐五代史》，眾文圖書公司。
4. 李樹桐，《唐史新論》，臺灣中華書局。
5. 蕭公權，《中國政治思想史》，聯經出版社。
6. 錢穆，《中國學術思想史論叢》（四），東大圖書公司。
7. 鄺士元，《中國學術思想史》，里仁書局。
8. 鄧小軍，《唐代文學的文化精神》，文津出版社。
9. 淡江中文系，《晚唐的社會文化》，學生書局。
10. 倪豪士，《傳記與小說》，南天書局。
11. 龔鵬程，《文化、文學與美學》，時報出版公司。
12. 龔鵬程，《文化符號學》，學生書局。
13. 屈萬里，《詩經釋義》，聯經出版社。
14. 錢鍾書，《管錐編》，書林出版有限公司。
15. 朱光潛，《朱光潛全集》，安徽教育出版社。
16. 陳寅恪，《陳寅恪先生論文集》，里仁書局。
17. 葛曉音，《唐宋散文》，上海古籍出版社。
18. 何寄澎，《唐宋古文新探》，大安出版社。

19. 林紓,《韓柳文研究》,廣文書局。
20. 錢基博,《韓愈志》,華正書局。
21. 羅聯添,《韓愈研究》,學生書局。
22. 胡楚生,《韓文選析》,華正書局。
23. 王更生,《韓愈散文研讀》,文史哲出版社。
24. 王基倫,《韓柳古文新論》,里仁書局。
25. 呂大防等,《韓愈年譜》,北京中華書局。
26. 屈守元、常思春,《韓愈全集校注》,四川大學出版社。
27. 《韓愈資料彙編》,學海出版社。

六、期刊論文類

1. 梅家玲,〈唐代贈序初探〉,《國立編譯館館刊》第十三卷第一期。
2. 潘玉江,〈淺談古代序文和贈序〉,《外交學院學報》1988年第三期。
3. 黃振民,〈論古文中之贈序文〉,《國文學報》第十五期。
4. 黃振民,〈論以「序」名篇之古文〉,《教學與研究》第十期。
5. 王基倫,〈魏晉南北朝序體結構演變及其創造性轉化〉,《第三屆魏晉南北朝文學與思想學術研討會》論文。
6. 蒲彥光,〈文選「序」類研究〉,《大陸雜誌》第九十四卷第四期。
7. 屈萬里,〈「滕王閣序」的兩個問題〉,《大陸雜誌》第十六卷第九期。
8. 高瀾,〈秋日登洪府滕王閣餞別序叢談〉,《致理學報》第一期。
9. 胡楚生,〈韓愈〈送楊少尹序〉的寫作技巧〉,《書和人》第六四〇期。
10. 劉子驤,〈曲折含蓄的〈送董邵南遊河北序〉〉,《中文自學指導》第四期,1985年。
11. 周振甫,〈讀韓愈〈送孟東野序〉〉,《寫作》1983年第五期。
12. 陳傳興,〈「稀」望——試論韓愈「畫記」〉,《中外文學》第十六卷第十二期。
13. 劉正忠,〈韓愈贈序散文的藝術〉,《大陸雜誌》第九十卷第六期。
14. 葉國良,〈論韓愈的冢墓碑誌文〉,《古典文學》第十期。
15. 鄭郁卿,〈韓昌黎文之文法與布局研究〉,《臺北工專學報》第七期。
16. 柯慶明,〈從韓柳文論唐代古文運動的美學意義〉,《第一屆國際唐代學術會議》論文集。
17. 王基倫,〈韓柳古文的美學價值〉,《中國學術年刊》第十七期。
18. 王基倫,〈「韓愈以詩為文」論題之辨析〉,《第二屆國際唐代學術會議》論文集。

19. 何寄澎，〈論韓愈之「以詩為文」——兼論韓文寫作策略之形成及其影響〉，《中國文學的多層面探討論文集》。

20. 王基倫，〈柳宗元古文作品之體類區分及其意義〉，《臺北師院學報》第七期。

21. 王基倫，〈韓愈古文作品之體類區分及其意義〉，《陳奇祿院士七秩榮慶論文集》。

22. 董崇選，〈區分文類的價值〉，《文史學報》第十六期。

23. 劉苑如，〈雜傳體志怪與史傳的關係——從文類觀念所作的考察〉，《中國文哲研究集刊》第八期。

24. 李再添，〈文心雕龍之文類論〉，《新埔學報》第七期。

25. 王更生，〈唐宋八大家及其散文藝術〉，《中國學術年刊》第十期。

26. 王更生，〈簡論我國散文的立體、命名與定義〉，《孔孟月刊》第二十五卷第十一期。

27. 王基倫，〈孟子書對韓愈文的影響〉，《孔孟月刊》第二十三卷第三期。

28. 林耀潾，〈陳子昂詩觀研究〉，《孔孟學報》第六十四期。

29. 吳彩娥，〈陳子昂與韓愈復古思想之比較〉，《輔仁國文學報》第二集。

30. 陳紹棠，〈唐代古文運動和集部之學的確立〉，《唐代文學研討會論文集》。

31. 錢穆，〈雜論唐代古文運動〉，《新亞學報》第三卷第一期。

32. 羅聯添，〈論韓愈古文幾個問題〉，《漢學研究》第九卷第二期。

33. 衣若芬，〈試論《唐文粹》之編纂、體例及其「古文」類作品〉，《中國文學研究》第六期。

34. 葛曉音，〈中晚唐古文趨向新議〉，《北京大學學報》1987年第五期。

35. 顏瑞芳，〈唐代古文家寓言之發展及體類〉，《國文學報》第二十三期。

36. 羅聯添，〈獨孤及考證〉，《大陸雜誌》第四十八卷第三期。

37. 陳寅恪，〈論韓愈〉，《中國文學史論文選集》（三），學生書局。

38. 方介，〈韓愈的聖人觀〉，《國立編譯館館刊》二十二卷一期。

39. 林繼中，〈由雅入俗：中晚唐文壇大勢〉，《人文雜誌》1990年第三期。

40. 羅漫，〈論唐人送別詩〉，《文學遺產》1987年第二期。

41. 游喚，〈古典散文與現代散文〉，《古典文學》第五期。

42. 李章佑，《韓昌黎文體研究》，臺灣大學中研所碩士論文，民國57年。

43. 何寄澎，《北宋的古文運動》，臺灣大學中研所博士論文，民國73年。

44. 張春榮，《姚惜抱及其文學研究》，師範大學國研所博士論文，民國79年。

45. 方介，《韓柳比較研究》，臺灣大學中研所博士論文，民國 79 年。

46. 王基倫，《韓歐古文比較研究》，臺灣大學中研所博士論文，民國 80 年。

47. 金南喜，《魏晉交誼詩類的研究》，臺灣大學中研所博士論文，民國 82 年。

48. 姜明翰，《中唐贈序文研究》，東吳大學中研所碩士論文，民國 84 年。

49. 兵界勇，《韓文「載道」與「去陳言」之研究》，臺灣大學中研所碩士論文，民國 84 年。

50. 李珠海，《唐代序文研究》，臺灣大學中研所碩士論文，民國 85 年。